O ÚLTIMO CASO DE Jamie

O ÚLTIMO CASO DE Jamie

O QUE É UM *WATSON* SEM SUA *HOLMES*?

BRITTANY CAVALLARO

TRADUÇÃO DE ISABELA SAMPAIO

Rocco

Título original
THE CASE FOR JAMIE
A Charlotte Holmes Novel

Copyright © 2018 *by* Brittany Cavallaro

Todos os direitos reservados.

Nenhuma parte deste livro pode ser reproduzida
em parte ou no todo sob qualquer forma
sem autorização, por escrito, do editor.

Publicado em acordo com a autora,
a/c Baror International, Inc., Armonk, New York, USA

Direitos para a língua portuguesa reservados
com exclusividade para o Brasil à
EDITORA ROCCO LTDA.
Rua Evaristo da Veiga, 65 – 11º andar
Passeio Corporate – Torre 1
20031-040 – Rio de Janeiro – RJ
Tel.: (21) 3525-2000 – Fax: (21) 3525-2001
rocco@rocco.com.br
www.rocco.com.br

Printed in Brazil/Impresso no Brasil

preparação de originais
BEATRIZ D'OLIVEIRA

CIP-Brasil. Catalogação na publicação.
Sindicato Nacional dos Editores de Livros, RJ.

C369u   Cavallaro, Brittany
             O último caso de Jamie / Brittany Cavallaro ; tradução Isabela Sampaio. – 1. ed. – Rio de Janeiro : Rocco, 2022.

             Tradução de: The case for Jamie : a Charlotte Holmes novel
             ISBN 978-65-5532-257-6
             ISBN 978-65-5595-126-4 (e-book)

             1. Ficção americana. I. Sampaio, Isabela. II. Título.

22-77640   CDD: 813
                                                              CDU: 82-3(73)

Meri Gleice Rodrigues de Souza – Bibliotecária CRB-7/6439

O texto deste livro obedece às normas do
Acordo Ortográfico da Língua Portuguesa.

Para Annalise, Lena, Rachel
e todas as outras garotas geniais
com quem tive o privilégio de trabalhar

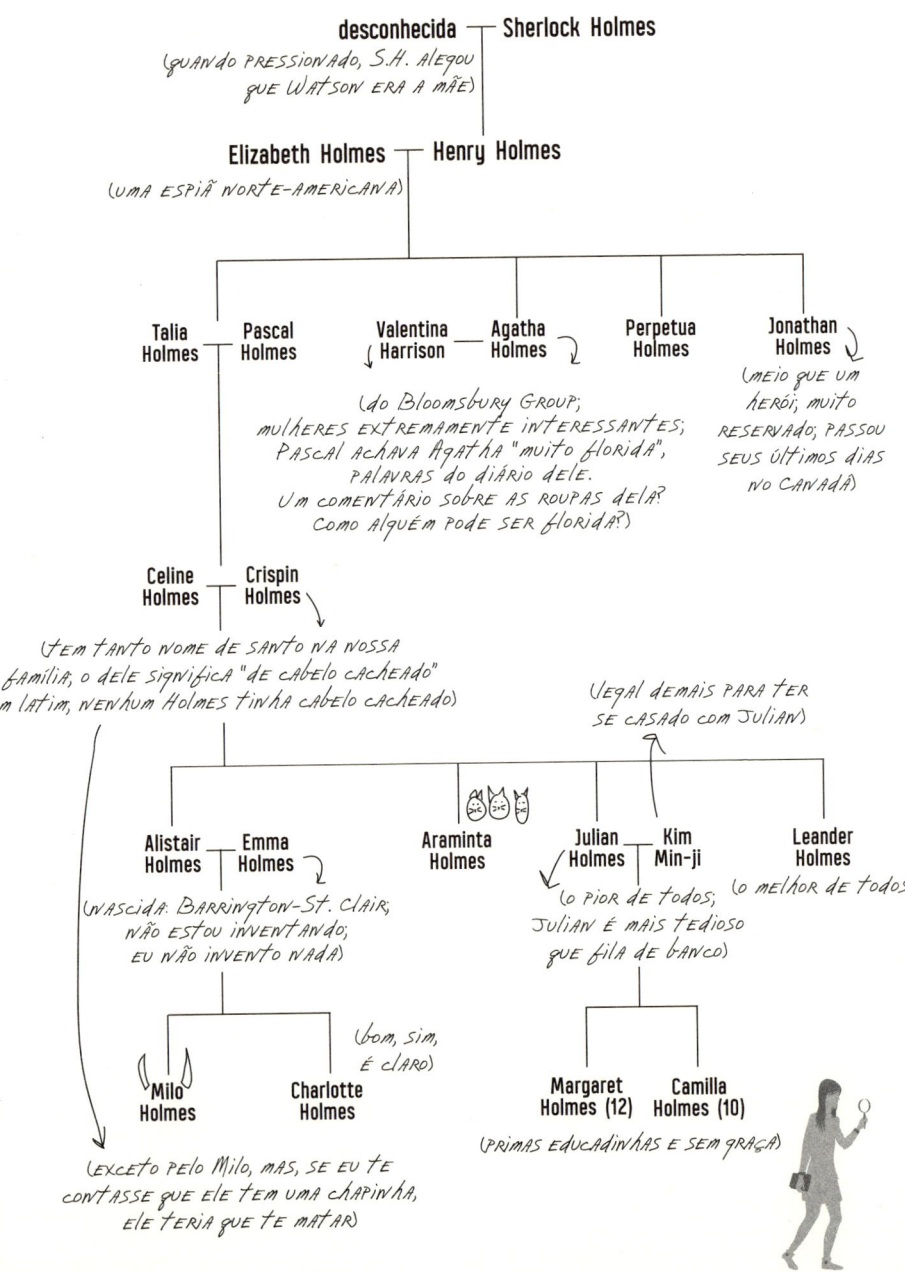

MORIARTY

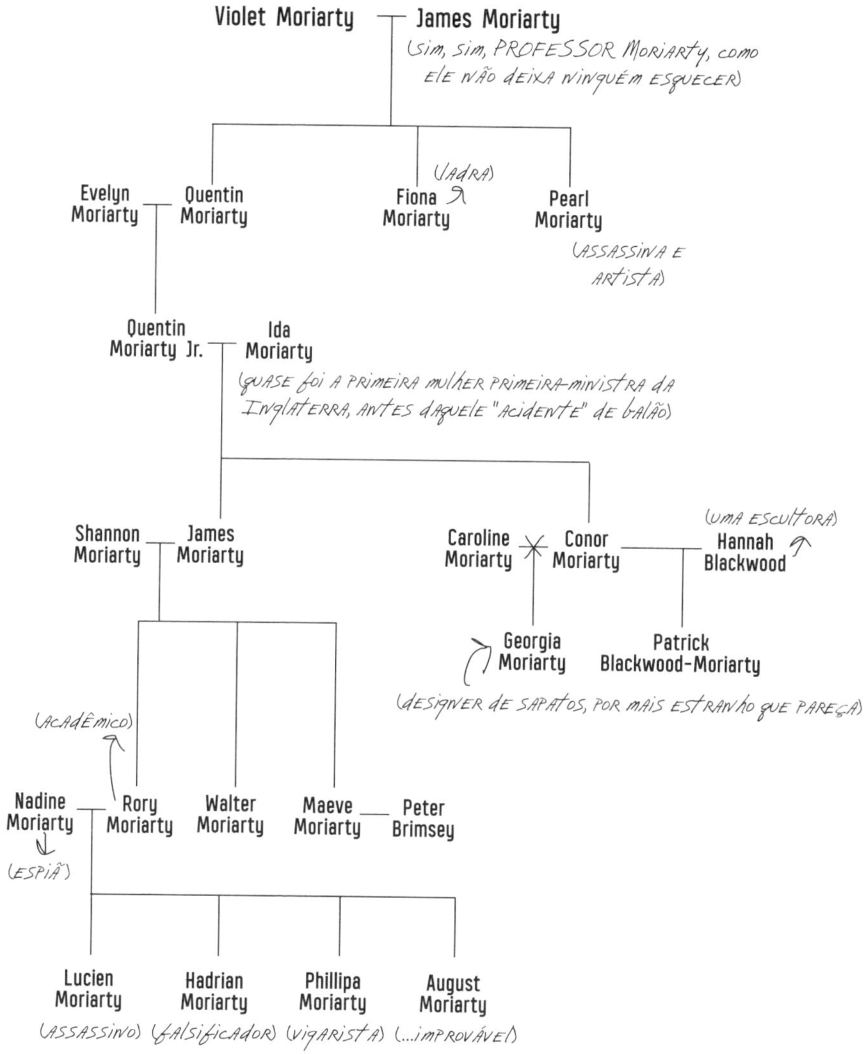

Violet Moriarty — **James Moriarty**
(Sim, sim, PROFESSOR Moriarty, como ele não deixa ninguém esquecer)

- **Evelyn Moriarty** — **Quentin Moriarty**
- **Fiona Moriarty** (ladra)
- **Pearl Moriarty** (assassina e artista)

Quentin Moriarty Jr. — **Ida Moriarty**
(quase foi a primeira mulher primeira-ministra da Inglaterra, antes daquele "acidente" de balão)

- **Shannon Moriarty** — **James Moriarty**
- **Caroline Moriarty** ✕ **Conor Moriarty** — **Hannah Blackwood** (uma escultora)
  - **Georgia Moriarty**
  - **Patrick Blackwood-Moriarty** (designer de sapatos, por mais estranho que pareça)

Nadine Moriarty (espiã) — **Rory Moriarty** (acadêmico), **Walter Moriarty**, **Maeve Moriarty** — **Peter Brimsey**

- **Lucien Moriarty** (assassino)
- **Hadrian Moriarty** (falsificador)
- **Phillipa Moriarty** (vigarista)
- **August Moriarty** (...improvável)

Aí estão eles. Por favor, me diz que você não pretende emoldurar isso.
— C.H.

"*Você é o único ponto fixo em uma era de mudanças.*"

— *O último adeus de Sherlock Holmes*, Sir Arthur Conan Doyle

um
jamie

Era janeiro em Connecticut, e a neve não parava de cair pelo que parecia uma eternidade. Ela se acumulava nos parapeitos das janelas e nas frestas entre os tijolos do prédio de ciências reformado. Pendia dos galhos das árvores, aninhava-se entre as raízes. Eu a sacudia do meu gorro de lã antes de todas as aulas, a espanava do cabelo, a puxava das meias. Por baixo de tudo, meus pés estavam vermelho-vivo. Havia neve por toda parte, que parecia nunca derreter totalmente, que se agarrava à minha mochila e ao meu blazer e, nos piores dias, às minhas sobrancelhas, desmanchando-se no meu rosto no calor da primeira aula como se fosse suor, como se eu fosse culpado de alguma coisa.

Ao voltar para o quarto, passei a acomodar minha jaqueta na cama extra como se fosse um corpo, para que a neve pingasse em outro lugar que não no carpete. Estava de saco cheio de molhar os pés. Um colchão extra úmido parecia menos importante. Mas, conforme o inverno avançava, era difícil não enxergar uma metáfora naquele pseudo-homem patético, ainda mais nas noites em que eu não conseguia dormir.

Mas eu já tinha me cansado de encontrar metáforas em todo canto.

TALVEZ EU DEVESSE COMEÇAR POR AQUI: NÃO EXISTEM muitas vantagens em ser acusado de homicídio. Antigamente, eu diria que ter conhecido Charlotte Holmes foi a única coisa boa que saiu de toda aquela bagunça. Mas isso era coisa do meu antigo eu, aquele que mitificou essa garota até não conseguir ver a pessoa por trás da história que eu tinha criado. Se eu não conseguia vê-la como realmente era, como sempre havia sido, então também tinha dificuldade de me enxergar com clareza. A ilusão que criei não é incomum. É a ilusão do Grande Destino — de que sua vida é uma história com curvas e reviravoltas até chegar a um precipício narrativo, um clímax, o momento em que você vai tomar a decisão difícil, derrotar o vilão, finalmente provar seu valor. Deixar algum tipo de marca no mundo.

Talvez tenha começado quando li a história do meu tataravô sobre Sherlock Holmes caindo das cataratas de Reichenbach depois de finalmente derrotar o malvado professor Moriarty. Um grande sacrifício feito por um grande homem: para derrotar o mal maior, Holmes teve que se entregar. Estudei "O problema final" como tinha estudado todos os outros, usando essas histórias para montar um manual de instruções para aventuras, deveres e amizades, do mesmo jeito que qualquer jovem busca modelos para seguir, e então me apeguei a essas ideias por muitos anos além do que deveria.

Porque não existe nenhum vilão clássico por aí. Não existe nenhum herói. Havia Sherlock Holmes, que forjou a própria morte e ressurgiu três anos mais tarde como se nada tivesse acontecido, esperando que todos o recebessem de braços abertos. Havia pessoas egoístas, e havia aqueles que se juntavam a elas por um senso equivocado de lealdade.

Agora eu sabia como era tolice a minha grande obsessão pelo passado — não só pela minha própria ancestralidade, mas pelo passado recente, os meses que passei com minha própria Holmes. Perdi tempo demais com isso. Com ela. Para mim, bastava. Eu estava mudando. Borboletas, crisálidas, tanto faz. Eu estava construindo um casulo. E ia emergir dele um Jamie Watson mais realista.

A PRINCÍPIO, FOI DIFÍCIL SEGUIR O PLANO. QUANDO DEIXEI a propriedade dos Holmes e voltei para Sherringford, me vi mais de uma vez no quarto andar do prédio de ciências sem nenhuma lembrança real de ter caminhado até lá. No fim das contas, não tinha importância. Eu poderia ter batido na porta do 442 pelo tempo que quisesse. Ninguém teria atendido.

Não demorei muito a chegar à conclusão de que ficar me lamentando não ajudaria em nada. Eu precisava analisar a situação. No papel. Em vez de criar uma história a respeito, como já fizera no passado, eu seria objetivo. O que tinha acontecido comigo desde o dia em que Lee Dobson apareceu morto no quarto dele? Quais eram os fatos?

A parte ruim: amigos mortos; inimigos mortos; traição absoluta; suspeita generalizada; decepção; concussões; sequestros; meu nariz quebrado tantas vezes que eu estava começando a parecer um boxeador de quinta categoria. (Ou um bibliotecário que tinha sofrido um assalto violento.)

A parte boa?

Meu pai e eu estávamos nos falando agora. Eu estava dando uma surra nele no *Palavras Cruzadas* pelo celular.

Quanto à minha mãe... Bem, sem muita novidade boa por ali também. Uma noite dessas ela tinha ligado para me dizer que estava saindo com uma pessoa nova. "Não é nada sério, Jamie", disse ela, mas a hesitação no tom de voz dizia que, na verdade, era sério, sim. Que ela estava com medo de que eu reagisse com o mesmo ressentimento que tinha demonstrado pelo meu pai quando eu era pequeno e ele tinha conhecido Abigail, minha madrasta, e se casado com ela.

— Mesmo que seja sério — eu disse à minha mãe —, principalmente se for, estou feliz por você.

— Tá. — Depois de uma pausa, ela prosseguiu: — Ele é galês. Muito gentil. Contei que você era escritor, e ele disse que gostaria de ler algumas das suas histórias. Ele não sabe como elas são sombrias, mas acho que vai gostar mesmo assim.

As histórias que escrevi sobre a minha própria vida. Não eram nem um pouco fictícias, e minha mãe sabia disso. Só não conseguia dizer em voz alta.

Por mais estranho que pareça, essa foi a gota d'água — não a lista de prós e contras, mas a constatação de que meus meses de amizade com Charlotte Holmes foram tão deprimentes que minha mãe estava distribuindo alertas de conteúdo por aí.

Depois de dez minutos defendendo meu caso na sala da diretora, eu já estava recolhendo minhas coisas para o andar debaixo do alojamento Michener. Tinha usado todo o papo de ter sido acusado injustamente de homicídio para barganhar um quarto individual. Era uma desculpa que já tinha um ano, mas ainda era válida. Ela me conseguiu o que eu queria. Nenhum colega para ficar me encarando enquanto eu chorava. Ninguém por perto. Só eu, sozinho, para tentar dar um jeito na minha vida e transformá-la em algo que eu de fato gostaria de viver.

Assim, o tempo passou, como costuma acontecer.

Era janeiro outra vez em Connecticut, e não parava de nevar. Eu não ligava. Tinha uma revista literária para editar, treinos para a temporada de rúgbi da primavera e horas de dever de casa todas as noites. Eu tinha amigos, amigos novos, que não exigiam todo meu tempo, toda minha paciência e minha confiança não conquistada.

Era meu último semestre na Sherringford. Fazia um ano que eu não via Charlotte Holmes.

Que ninguém via.

— Guardei lugar pra você — disse Elizabeth, enquanto tirava a bolsa da cadeira ao lado. — Você trouxe...

— Aqui — respondi, e peguei uma lata de Coca Diet na mochila.

O refeitório tinha parado de servir refrigerantes no ano anterior (e encerrado o self-service de cereais 24 horas por dia, uma perda que todos nós lamentávamos publicamente), mas minha namorada deu um jeitinho sagaz de contornar as regras mantendo sempre um engradado de refrigerante no frigobar do meu quarto.

— Valeu. — Ela abriu a lata e serviu a bebida em um copo com gelo que já estava à espera.

— Cadê todo mundo? — perguntei, porque nossa mesa do almoço estava vazia.

— A Lena ainda está esquentando o tofu no micro-ondas. Ela está experimentando um treco de molho de soja com mel; o cheiro estava péssimo. O terapeuta do Tom teve que remarcar a sessão dele, então ele está lá, mas já deve estar quase acabando. A Mariella ainda está na fila com a Anna, que deve sentar com a gente hoje, e não sei onde estão seus parças do rúgbi.
Fiz uma careta.
— Eu vi eles lá perto da área do pão. Acho que estão se abastecendo de carboidratos.
— Pra ficar bem monstro — disse Elizabeth, com uma imitação bem fiel de Randall.
Era uma piada antiga; eu sabia minha fala.
— *Vem, monstro.*
— *Veeeeem, monstro.*
— *Veeeeem, monstro.*
Demos risadinhas. Fazia parte da sequência. Ela voltou para o hambúrguer dela; eu voltei para o meu. Nossos amigos apareceram, um por um, e quando Tom finalmente chegou, me deu um tapinha nas costas e roubou um punhado das minhas batatas fritas. Ergui a sobrancelha para ele, como quem diz "Como foi a terapia?", e ele deu de ombros para indicar que tinha sido tranquila.
— Você está bem? — perguntou Elizabeth. Nos meus momentos mais carrancudos, eu achava que essa era a pergunta favorita dela.
— Estou.
Ela fez que sim e voltou a atenção para o livro que estava lendo. Em seguida, ergueu o olhar mais uma vez.
— Tem certeza? Porque você parece meio…

— Não — respondi depressa demais, depois forcei um sorriso. — Não. Estou bem.

Era tipo uma dança da qual eu conhecia todos os passos, uma coreografia que eu podia executar de cabeça para baixo, de trás para a frente, em um navio naufragando e em chamas ao mesmo tempo. No outono, a gente comia no pátio; na primavera, nos degraus na frente do refeitório. Era inverno, então tínhamos pegado nossa mesa de sempre do lado de dentro, perto do balcão aquecido, e eu ouvia o zumbido baixinho das luzes que mantinham a comida quente. Mariella e Tom avaliavam as chances de entrarem na chamada antecipada das faculdades que escolheram. Eles deveriam receber a resposta naquela semana (da Universidade de Michigan para o Tom; Yale para Mariella) e não conseguiam falar de outra coisa. Lena estava trocando mensagens com alguém por baixo da mesa e comia o tofu com a mão livre, enquanto Randall e Kittredge comparavam os hematomas que tinham conseguido nos treinos. Kittredge tinha certeza de que alguém estava cavando buracos no campo de rúgbi durante a noite. Randall tinha certeza de que Kittredge não passava de um babaca destrambelhado. Elizabeth, como sempre, estava lendo um livro ao lado da bandeja, alheia a todos os outros conforme virava as páginas em seu mundinho particular. Eu nunca sabia o que se passava ali dentro. Não achava que teria tempo o suficiente antes da formatura para descobrir.

Elizabeth era mais competente do que qualquer outra pessoa que eu conhecia. Assustadoramente competente. Se a calça do uniforme dela voltasse do alfaiate com meio centímetro a mais, ela aprendia a fazer a bainha sozinha. Se quisesse cursar as matérias de Shakespeare e Dança II e as duas fossem no mesmo horário, ela dava um jeito de ter um programa de estudo independente sobre "*Romeu e Julieta* analisado pela ótica da dança irlandesa" aprovado até o fim do dia.

Se o garoto de quem ela gostava voltasse para a escola amargurado e de coração partido, ela esperava um semestre para que ele se recuperasse antes de chamá-lo para sair. *Quer ir comigo ao baile de boas-vindas?*, dizia o bilhete enfiado dentro da minha caixa de correio no outono anterior. *Prometo não engasgar com um diamante desta vez.*

Eu aceitei. Não tinha muita certeza do motivo na época — embora eu não estivesse mais de luto pelo meu não relacionamento com Holmes, não estava de olho em garota nenhuma. Basicamente, andava estudando. Era tão tedioso quanto parecia, mas, se minhas notas não melhorassem, eu não teria a menor chance de entrar em qualquer faculdade, muito menos na que queria.

O assassinato do Dobson não vai servir de desculpa para as suas notas pra sempre, sabia?, dissera o orientador. *Embora dê uma redação de admissão e tanto!*

Assim, eu estudei. Joguei rúgbi nas duas temporadas, na esperança de que, mesmo se minhas notas ainda não estivessem boas o suficiente, uma faculdade boa em algum lugar talvez quisesse um zagueiro inglês magrelo. Levei Elizabeth ao baile de boas-vindas por um senso de responsabilidade — aquele diamante de plástico na garganta dela foi mais ou menos minha culpa, mesmo que eu não o tivesse posto lá — e, para minha surpresa, me diverti mais com ela do que com qualquer outra pessoa em meses.

Isso não tinha surpreendido Elizabeth.

— Você tem um tipo, sabia? — dissera ela enquanto ria debaixo das luzes da pista de dança.

Elizabeth tinha arrumado o cabelo em cachos longos que mais pareciam fitas, usava um colar brilhante que balançava enquanto dançávamos e, quando ria, era com o corpo todo. Eu gostava dela. Gostava mesmo.

Tive a estranha sensação de que estava pegando um antigo capítulo da minha vida e escrevendo por cima dele, até que o texto que havia embaixo tivesse sumido.

— Que tipo? — perguntei.

Não tinha muita certeza de que queria ouvir a resposta. Com a música, com a máquina de fumaça, eu já estava com um pé naquele ano e o outro no anterior.

Mas ela abrira um sorriso para mim, um sorriso travesso. Era um tipo de travessura diferente do que eu estava acostumado. Travessura sem segredos. Travessura sem perigo. Era o sorriso de uma garota inteligente para quem tudo começava a dar certo, que sabia que estava prestes a conseguir o que queria.

— Você gosta de garotas que não aceitam palhaçada — dissera ela, e me beijara.

Ela estava certa. Eu gostava de garotas que reagiam; gostava de garotas com um olhar atento. Elizabeth tinha os dois e, por mais que às vezes eu me sentisse como um item em sua lista que ela havia ticado com sucesso (*Namorar o garoto por quem você teve um crush no primeiro ano*), bem...

Bem, era mais besteira minha do que qualquer pista que ela desse. Porque, como de costume, eu estava encarando a janela bem-iluminada, pensando no meu trabalho de história europeia, nos meus problemas de cálculo, nos milhões de coisas acontecendo ao mesmo tempo — e, mais do que isso, convencendo a mim mesmo de que eu precisava *mesmo* pensar naquilo tudo, que eu precisava me forçar a ligar.

Então alguém deixou cair a bandeja atrás de mim com um estalo agudo e um tinido, e lá estava eu de volta.

Em um gramado em Sussex, August Moriarty aos meus pés, sangue cobrindo toda aquela neve. Sirenes da polícia se aproximando. Os lábios pálidos e rachados de Charlotte Holmes. Aqueles últimos segundos. Aquela outra vida.

— Já volto — falei, mas ninguém estava ouvindo, nem mesmo Elizabeth, entretida com o livro. Pelo menos consegui chegar ao banheiro antes de começar a ter ânsia de vômito.

Um dos titulares do time de lacrosse estava lavando as mãos.

— Pesado. — Eu o ouvi dizer por cima do meu vômito. Quando saí da cabine, já estava sozinho.

Eu me apoiei na pia e fiquei encarando o ralo, a cerâmica rachada ao redor do metal. Da última vez que isso me aconteceu, tinha sido com uma porta de carro batida com força, e a náusea viera acompanhada da raiva. Uma raiva horrível e alucinante — de Charlotte, por fazer suposições; do irmão dela, Milo, por atirar em um homem e sair impune; e de August Moriarty, que tinha me avisado, com duas semanas de atraso, para fugir...

Meu celular tocou. *Elizabeth*, pensei enquanto o tirava do bolso. *Querendo saber como eu estou.* Não era um pensamento ruim.

Mas não era Elizabeth. Não era nenhum número que eu conhecesse.

Você não está seguro aqui.

Fui tomado por aquela sensação, como se alguém tivesse dado o *play* em um filme que eu tinha esquecido que estava assistindo. Um filme de terror. Sobre a minha vida.

Quem é?, respondi, e depois, horrorizado: *É você? Holmes?* Em seguida, liguei para o número uma, duas, três vezes, mas àquela altura a pessoa já tinha desligado o celular.

Deixe seu recado, dizia. Fiquei ali parado, perplexo, até me dar conta de que tinha deixado a caixa postal gravar alguns segundos da minha respiração. Encerrei a chamada com pressa.

De alguma maneira, consegui voltar para a mesa do almoço, e minha cabeça latejava de medo e desidratação. Elizabeth ainda estava lendo. Randall estava no terceiro sanduíche de frango. Mariella, Kittredge e aquela tal de Anna estavam, mais uma vez, se queixando sobre o self-service de cereais, e havia todo um ecossistema ali, uma paisagem que funcionava bem sem mim.

Por que eu jogaria aquele peso nos ombros deles? O que eu queria, voltar a ser uma espécie de vítima? Nem mesmo Elizabeth, a pessoa a quem eu costumava recorrer, poderia me ajudar. Ela já tinha lidado com coisas demais por minha causa.

Não. Endireitei os ombros. Terminei meu hambúrguer. Mantive uma das mãos grudada no celular, só para garantir.

— Jamie — chamou Lena.

Balancei a cabeça.

— Jamie — repetiu ela, franzindo um pouco a testa —, seu pai está aqui.

Fiquei surpreso de vê-lo assomando sobre nossa mesa, com o gorro de lã salpicado de neve.
— Jamie — disse ele. — Está no mundo da lua, é?
Elizabeth sorriu para ele.
— Ele andou assim o dia todo. Em outro plano.
Deixei de mencionar que ela estava ignorando todo mundo para ler *Jane Eyre*. Abri o melhor sorriso que pude.
— É, sabe como é. Várias coisas, hm, da escola. Trabalhos e tal.
Do outro lado da mesa, Lena e Tom trocaram um olhar expressivo.
— É verdade — falei, e minha voz vacilou um pouco. — Hm, pai. O que houve?
— Emergência de família — disse ele, enfiando as mãos nos bolsos. — Já autorizei sua saída do campus. Vamos, vai pegar sua mala.
Ah, meu Deus, pensei. *De novo isso.* Além do mais, eu não tinha certeza de que minhas pernas me sustentariam se eu ficasse de pé.
— Não posso. Aula de francês. Vai ter um teste.
Tom franziu a testa.
— Mas isso foi ont...
Eu lhe dei um chutinho por baixo da mesa.
— Emergência de família — repetiu meu pai. — Levanta! Vamos lá!
Fui enumerando tudo com os dedos.
— Aula de inglês. Física. Tenho um seminário. Para de *me olhar* desse jeito.
— Jamie. Leander está esperando no carro.

Uma onda de alívio me dominou. Leander Holmes era uma das únicas pessoas com quem eu conseguia falar quando estava daquele jeito, todo estranho e abalado. Eu sabia tão bem quanto meu pai que ele tinha usado seu trunfo e eu tinha perdido aquela rodada. Peguei minhas coisas, ignorando a piscadela dramática de Lena do outro lado da mesa.

— A gente se vê hoje à noite — disse Elizabeth, já de volta ao livro. Por outro lado, àquela altura ela já estava acostumada com esse tipo de coisa.

— Eu realmente tenho um seminário de física para apresentar amanhã, sabia? — falei ao meu pai enquanto saíamos do refeitório.

Ele me deu um tapa no ombro.

— Claro que tem. Mas isso não é muito importante, é?

dois
charlotte

Quando eu tinha cinco anos, me convenci de que era vidente.

Não foi uma suposição tão louca assim. Meu pai sempre tinha falado para nos basearmos apenas nos fatos, e os fatos existiam. Durante uma semana inteira, tive sonhos sobre ir para Londres. Os sonhos se baseavam em fatos. Minha tia Araminta tinha que ir resolver alguns assuntos financeiros e se oferecera para levar meu irmão e a mim, e depois nos acompanhar a um museu para ver uma exposição sobre dinossauros. Milo era louco pelo estegossauro.

No sonho que eu andava tendo, nós descíamos do trem em uma estação enfumaçada. Minha tia comprava um pretzel para cada um. Tínhamos que esperar um tempão em um saguão de mármore, e Milo puxava meu cabelo, que estava cacheado. Meu cabelo nunca estava cacheado; era impraticável levar tanto tempo para se arrumar. Com a implicância dele, eu acabava chorando — o que era uma raridade, já que eu nunca chorava — e a gente não ia ao museu.

Quando o dia finalmente chegou, tudo aconteceu como eu tinha sonhado. Minha mãe tinha enrolado meu cabelo molhado em um coque antes de sairmos, e no nosso vagão, quando tirei o elástico, meu cabelo tinha secado em um emaranhado de cachos. Ganhamos pretzels da barraquinha da estação. No banco, minha tia resolvia os assuntos dela em um escritório com janelas de vidro fosco, enquanto a gente foi obrigado a esperar no saguão de mármore. Por um tempão. Eu não conseguia parar de me remexer, impaciente, e como não tínhamos permissão para nos mexermos, Milo puxou um dos meus cachos. Doeu, mas eu não gritei. Não podíamos fazer barulho. Não podíamos fazer quase nada, a não ser reparar em cada detalhe de onde estávamos e nos lembrar de tudo para mais tarde, e estávamos naquele saguão havia quatro horas, e eu precisava muito, muito mesmo, ir ao banheiro. Eu tinha pavor de fazer xixi nas calças. Não conseguia nem imaginar o que aconteceria se eu fizesse.

Quando pensei nisso, comecei a chorar. Eu nunca tinha chorado em público antes, não desde que tinha idade para me lembrar, e Milo puxou meu cabelo de novo, um aviso — ele tinha doze anos, idade o suficiente para querer me impedir de sofrer as consequências, mas não o bastante para se expressar de modo racional —, bem na hora que a tia Araminta saiu do escritório para dar de cara com aquela cena. Eu chorando. Milo me cutucando.

— *Crianças* — disse ela, em uma voz que parecia água gelada. Com isso, não pude mais me conter.

Não fomos ao museu. Pegamos o trem seguinte para casa.

Horas mais tarde, antes de ir para a cama, bati na porta do escritório do meu pai. Queria pedir desculpas rápido pelas minhas ações antes de lhe contar minha dedução sobre ser vidente. Ele ficaria orgulhoso, pensei.

Meu pai prestou atenção enquanto eu apresentava meu caso. Ele não sorriu. Mas ele raramente sorria.

— Sua lógica é falha — disse ele quando eu terminei. — Correlação não é o mesmo que causalidade, Lottie. Sua mãe dá banho em você pela manhã às sete. Araminta ia te buscar às sete e meia. Faz todo sentido que sua mãe não teria tido tempo de arrumar seu cabelo e que o prendesse em um coque, como sempre faz nesse tipo de situação. Você sabia sobre a barraquinha de pretzel na estação, que Araminta poderia ser persuadida a lhe comprar uma guloseima. E, quanto ao banco, você sabia que ia ter que esperar, talvez por tempo o suficiente para que não conseguisse mais fazer seu passeio especial ao museu. Você garantiu essa possibilidade com seu comportamento.

— Mas os sonhos...

— ...não são capazes de prever o futuro, e você sabe disso. — Ele franziu a testa para mim, as mãos entrelaçadas. — A única coisa capaz disso é o raciocínio da mente humana desperta. E, quanto à situação do banheiro, espero que não se repita.

Mantive as mãos atrás das costas para que ele não visse que eu estava inquieta.

— A tia me pediu para esperar.

— Sim. — Um músculo acima do olho dele se contraiu. —Você só deve seguir as regras que são razoáveis. É razoável se levantar, perguntar onde fica o banheiro mais próximo e usá-lo antes de voltar para o seu lugar. Não é razoável fazer uma bagunça para os outros limparem.

Isso fez sentido para mim.

— Sim, pai.

— Hora de ir para a cama — disse ele, amenizando um pouco a expressão carrancuda. — O professor Demarchelier chega amanhã às oito para repassar suas equações. Estou vendo pelas suas unhas que você ainda não terminou seu dever de casa. Agora, me explique como eu sabia.

Endireitei um pouco a postura e expliquei.

SÓ SIGA AS REGRAS QUE SÃO RAZOÁVEIS.

O problema desse axioma é que pouquíssimas regras são razoáveis quando examinadas de perto.

Um bom exemplo: existem leis que proíbem que se tranque alguém em um armário contra a vontade da pessoa. No geral, isso parece lógico — violação da autonomia pessoal do indivíduo, possíveis danos ao armário em si —, mas, mesmo assim, eu tinha pelo menos sete motivos razoáveis para manter aquele valentão específico trancado até conseguir as informações que estava procurando.

Não que ele fosse um grande valentão. Era um funcionário do departamento de passaportes, e estávamos no prédio dele, depois do expediente. Não tem nada de eficiente nessa descrição: funcionário do departamento de passaportes. Não dizia nada sobre seu rosto corado, nem sobre seu sotaque de Nova Jersey, nem como tinha sido fácil encurralá-lo ali, naquela noite de domingo, para fazer minhas exigências.

Às vezes, a linguagem falha. Seria mais preciso referir-se a ele como meu alvo.

— Vou contar à polícia — ameaçou ele. Àquela altura, já estava bastante rouco de tanto fazer ameaças.

— Decisão interessante — respondi, porque era mesmo.

Eu estava sentada de costas para a porta do armário enquanto examinava um arranhão infeliz na ponta da minha bota. Para limpá-la, teria que comprar óleo de visom de novo, e, embora visons sejam perversos, também são pequenos e de aparência frágil. (Sei que estou sendo uma hipócrita aqui — meus sapatos são feitos de couro; o couro vem das vacas; as vacas não deveriam ser punidas por serem menos fofas, mas, infelizmente, é assim. O mundo é frio e amargo, e eu sigo usando minhas botas de couro.)

Ele estava falando de novo.

— Interessante?

— Interessante porque você teria que explicar todos os documentos falsificados que encontrei no seu escritório.

Tirei do bolso a cópia de um exemplo (passaporte da União Europeia, vencimento em 2018, nome TRACEY POLNITZ) e a deslizei, dobrada, por baixo da porta fechada.

Ele abriu o papel com um farfalhar.

— Isso não é falso, sua garotinha idiota...

— O original não tinha um chip RFID. Não passou num teste UV. As marcas d'água e os microrrelevos não resistiram à análise básica de uma lanterna...

— *Quem é você?*

Não deu para ouvi-lo passar a mão pelo rosto suado, mas mesmo assim eu sabia que era o que ele tinha feito.

Pergunta irrelevante.

— Quero qualquer documentação que você tenha forjado para Lucien Moriarty.

— Não tenho nada com esse nome...

— É claro que não vai estar com o nome dele. Imagino que você saiba dos pseudônimos; quando ele viaja para os

Estados Unidos, o que faz com frequência, sempre pousa em Dulles, aqui em Washington, não importa quanto custe. Eu rastreei os voos dele dos últimos seis meses. Você acha que existe um motivo para ele sempre chegar às quartas-feiras?
Silêncio.
— Vamos tentar assim: há quanto tempo sua amante trabalha nas noites de quarta? Bem conveniente que ela trabalhe na alfândega, não é mesmo? Bem conveniente que o leitor de RFID dela sempre dê positivo, mesmo quando não há chip no passaporte.
Silêncio seguido do som de um murro na porta.
Àquela altura, eu já tinha terminado de examinar minha bota. O arranhão era fácil de remover, na verdade, e, quando eu não estivesse vestida daquela versão tão próxima de mim mesma (com roupas pretas, peruca loira), mas de alguma versão tão distante que parecesse minha própria lua (Hailey, uma criação feita inteiramente para o olhar masculino), eu mandaria poli-las. Só estava tão perto da minha aparência normal naquela noite porque o homem no armário já tinha me visto em todos os outros disfarces que eu tinha à disposição, e eu queria que minha aparição no trabalho dele fosse furtiva.
Estou fugindo do assunto. Meus sapatos, como eu disse, iam ficar bem, então, em vez disso, peguei o martelo.
— Vou te dizer como vão ser os próximos cinco minutos — falei, enquanto arremessava o martelo para cima. O metal opaco parecia preto àquela hora da noite. Esse era um detalhe que Watson notaria e, ao me dar conta disso, ouvi minha voz ficar mais dura. — Ou você me passa cada um dos pseudônimos de Lucien Moriarty e os

passaportes correspondentes, ou eu vou voltar à sua casa e entrar no quarto do seu filho. Vou me certificar de que ele esteja dormindo. Aí vou afundar isso aqui diretamente na garganta dele.

Meu pai tinha me ensinado a sempre esperar um segundo para dar ênfase, então foi o que eu fiz. Em seguida, fui bem direta — nesse caso, com um rápido golpe do martelo na porta.

O homem gritou lá dentro.

— Posso entrar e sair no tempo que você vai levar para se arrastar para fora desse seu buraquinho miserável. Ou a gente pode ignorar todo esse processo tedioso, e você me fornece as informações que eu pedi. Em respeito à sua confusão emocional, vou te dar trinta segundos para avaliar minha oferta.

— Você é a Genna — disse ele, admirado. — Você era namorada do Danny, que ele conheceu no parque canino…

Antes que eu pudesse me conter, já estava falando no tom de voz "por favor, me ame" de Genna.

— Nossa, sr. B, sua terrier é tão fofa. Como é que ela se chama? Sempre quis uma, mas meus pais nunca deixaram. Ela tem *tanta* sorte de ter uma família que a ama tanto assim! Olha só esse rabinho!

O homem ficou em silêncio por tempo o suficiente para que eu sentisse um leve medo de ter provocado um derrame nele. Mas aí reconheci o fiapo de som que vinha por baixo da porta: ele estava chorando.

Baixei o olhar para o martelo nas minhas mãos.

ULTIMAMENTE, EU VINHA ACEITANDO A IDEIA DE QUE ERA capaz de ser cruel.

Levando em conta os fatos disponíveis sobre os últimos anos (graças, mais uma vez, a Watson), isso pode parecer uma revelação irônica. Eu não era ótima nem em meus melhores momentos, mas nunca tinha analisado o motivo.

Eu simplesmente era o que era — uma garota que tinha se transformado em uma estátua. Acreditara que era melhor buscar falhas e imperfeições nos outros, mapeá-las, explorá-las, polir minhas próprias falhas até que brilhassem feito mármore. Eu precisava ser impenetrável. Disse a mim mesma que faria isso até passar a acreditar. Infelizmente, o que veio em seguida foi uma série de explosões. Ser uma coluna de mármore imponente em uma cidade é uma coisa boa. Ver-se em pedaços enquanto a cidade está em chamas é bem diferente.

A cidade parecia estar em chamas havia muito tempo.

Toda noite, antes de dormir, eu fechava os olhos e me lembrava do que tinha acontecido da última vez em que perdi a cabeça de verdade. Pensava em August. August, que acreditava em lutar contra seus piores instintos, em esperança, na polícia e provavelmente em filhotinhos fofos e no Natal, que tinha me amado como se eu fosse sua própria sombra impossível. August, que só estava em Sussex porque eu queria vê-lo sofrer.

Era demais pensar naquilo como uma história. Eu precisava separá-la em fatos e levá-los à luz um por um.

1. Lucien, depois de não conseguir me enredar com falsas acusações de assassinato na Sherringford, bolou um novo plano.

2. Chantagens direcionadas a Alistair e Emma Holmes, meus pais, e a meu tio favorito, Leander.
3. As condições: ou eles mantinham Leander fora da jogada e longe da rede de falsificação que sustenta seus irmãos, Hadrian e Phillipa, ou
4. Lucien alertaria o governo sobre a existência dos únicos bens do meu pai, uma série de contas bancárias offshore recheadas de dinheiro russo.
5. Quando eles, a princípio, se recusaram, Lucien ordenou que a enfermeira domiciliar da minha mãe — uma mulher a serviço dele — a envenenasse.
6. Meus pais não me contaram nada disso.
7. Em vez disso, me mandaram para o escritório de Milo na Alemanha, onde August Moriarty trabalhava a seu serviço. Imaginaram que lá eu estaria segura.
8. Nesse meio-tempo, minha mãe levou a melhor sobre a enfermeira enquanto o sistema de segurança da nossa casa estava desligado, pôs as roupas dela na enfermeira e a drogou. Em seguida, forjou a cena de modo que suas posições não parecessem invertidas.
9. Isso envolveu perucas e fantasias, e assim (só assim) minha mãe foi bem das minhas.
10. Leander se escondeu no porão enquanto meus pais debatiam qual seria o próximo passo.
11. Vale repetir que eu não sabia de nada disso.
12. Por muito tempo, usei esse fato para me absolver de culpa.
13. *Nota bene*: Lucien Moriarty estava orquestrando esses esquemas do exterior, intocável, inalcançável,

e logo desapareceu até mesmo dos olhos vigilantes do meu irmão.
14. Por mais doentio que pareça, eu o admirei por isso.
15. Tudo que eu tinha deduzido, tudo que eu tinha descoberto, era que Lucien estava envenenando minha mãe, que as finanças da minha família estavam em apuros e que meus pais estavam trancando meu tio no porão. Presumi que o tivessem aprisionado para exigir que ele entregasse sua parte da herança, solucionando assim os problemas financeiros deles.
16. Veja bem, eu tive poucos motivos ao longo dos anos para acreditar que meus pais pudessem ter boas intenções.
17. E, mesmo assim, senti a necessidade de protegê-los das consequências dos meus próprios erros. Com o bônus de trancar Lucien Moriarty e jogar a chave fora.
18. Meu plano era simples: eu desmontaria a rede de falsificação dos Moriarty, e então levaria os infratores, Hadrian e Phillipa, de volta para a casa da nossa família na Inglaterra. Lá, eu os incriminaria pelo desaparecimento do meu tio, o que livraria meus pais da culpa. Essa ação tiraria Lucien do esconderijo, já que ele jamais permitiria que sua família levasse a culpa pelos atos de um Holmes.
19. O plano da minha mãe era simples: meu tio Leander aceitaria tomar uma dose não letal do mesmo veneno que Lucien tinha dado a ela, então iria ao hospital e alegaria que Hadrian e Phillipa Moriarty o tinham envenenado. O que tiraria Lucien do esconderijo, já

que ele jamais permitiria que sua família levasse a culpa pelos atos de um Holmes.
20. Você poderia até pensar, quem sabe, com base nessas informações, que esses dois planos se encaixariam lindamente.
21. Você estaria errado.
22. Com tudo em andamento, arrastei Watson de volta à Inglaterra comigo e, quando nos reunimos no gramado da minha casa, cada mísera pecinha envolvida nesse drama — Hadrian e Phillipa à solta, tendo se livrado dos guardas; meu pai furioso com minha interferência, supondo que ele e minha mãe eram culpados; Leander horrorizado, abatido e terrivelmente doente; e August. De mãos erguidas. Implorando por um cessar-fogo.
23. Quando meu irmão, Milo, chegou um pouco mais tarde do que esperava, de longe confundiu August Moriarty com o irmão dele e, com um rifle de precisão, lhe deu um tiro fatal.
24. Esses são os fatos.
25. Até onde eu entendi. Se é que entendi alguma coisa.

Veja bem, eu estava acostumada a não confiar em ninguém. A ser a única pessoa com algum tipo de plano.
Onde isso me deixou? Largada. Leander se foi. Milo virou um assassino. August morreu no gramado coberto de neve, e Watson estava ali, sabendo que era minha culpa, e aquilo foi o máximo da minha capacidade, o máximo que eu aguentei.

Era uma rememoração forçada. Uma penitência. Não era para amenizar a dor, e sim para mantê-la viva. Tinha sido tão fácil isolar aquela parte de mim dotada de *sentimentos* que comecei a acreditar que era natural. Eu me enganei. Estava desaprendendo.

Você precisa sentir o sangue sob toda essa racionalidade, dissera a inspetora Green. *Precisa sentir, e não se sentir mal por isso. Caso contrário, vez por outra você vai sentir de qualquer maneira, e vai ficar tão atordoada que vai agir apenas de acordo com esse instinto, e vai continuar fazendo coisas bem estúpidas.*

Não gostei da insinuação de que eu era estúpida, mas, mesmo que não tivesse ligado, sabia bem que meus métodos tinham parado de funcionar. Além disso, eu era, acima de tudo, uma boa aluna. Assim, me propus a "sentir coisas" com a maior frequência possível. Abrir mão do meu controle, permitir que cada mínima coisinha feia que vivia nos fundos do meu coração se libertasse.

Imagino que a inspetora Green tenha pensado que eu faria as pazes com minha família, com Watson, comigo mesma, que eu "aproveitaria" essa oportunidade que ela tinha me concedido. Que talvez eu irrompesse pitorescamente em lágrimas no sofá dela, enquanto ela preparava uma pitoresca xícara de chá de camomila para mim. Como alguém poderia culpá-la por isso?

Eu não a culpava. Não cheguei a chorar. Peguei minha fúria e fugi. Eu tinha, como dizem, mais o que fazer.

Daí vem essa demonstração de crueldade casual deste lado da porta do armário. Era do tipo mesquinho, do tipo "a garota que você recebeu na sua casa por duas semanas estava montando um caso contra você para o governo", desnecessário para o caso que eu estava resolvendo, uma série de palavras arquitetadas especificamente para jogar sal em uma ferida aberta. E, mesmo assim, era humano ter aquele sentimento, saber que aquele homem horrível estava sendo cúmplice de um homem ainda mais horrível por dinheiro e querer fazê-lo compreender todo o peso de sua estupidez.

Ele tinha olhado para uma garota, namorada do seu filho adolescente, e visto Shirley Temple onde deveria ter enxergado veneno.

— Meu Deus — disse ele. — Você é desprezível. Quantos anos você tem? O que andou fazendo com meu filho?

— Dez segundos. — Bati o martelo na porta do armário mais uma vez. A madeira estava começando a rachar. — Nove. Oito.

Eu me sentia mal pelo filho dele, de um jeito abstrato que era, ainda assim, um avanço em relação a não sentir nada. Danny tinha sido um alvo fácil — parecia sempre perdido, suava até no frio, um garoto cuja cachorrinha minúscula o fazia parecer comicamente grande. Ele tinha medo demais de tentar qualquer contato físico comigo, o que, para mim, funcionou superbem. Passávamos a maior parte do tempo brincando com Button, a terrier dele, no quintal da família. Button adorava correr, e, quando ela escapou pela tábua em uma cerca (tábua que eu, claro, tinha pessoalmente arrancado), deixei Danny correr atrás dela enquanto fui ao escritório do pai dele para encontrar a documentação de que precisava. As fotos na lareira foram quase o suficiente: Danny e o pai em um catamarã; Danny e o pai sob a Sagrada Família, na

Espanha; Danny e o pai em um safári, o vago borrão da mãe de Danny atrás deles no Jeep. Eu soube então como o dinheiro sujo de Lucien Moriarty estava sendo gasto. Tudo que eu precisava era da prova.

Button escapou todos os dias durante uma semana. Era uma cachorrinha com iniciativa.

Eu não tinha nenhum plano real de machucar Danny. O pai dele não precisava saber disso.

— Três, dois, um — contei, e, bem na hora, o homem trancado no armário respirou fundo, trêmulo.

Quando o sol terminou de se pôr, eu já tinha tudo de que precisava.

— O que eu digo ao meu filho? — perguntou ele enquanto eu guardava meu kit.

Não respondi. Não era da minha conta, afinal.

Levei os mesmos 45 minutos de sempre para atravessar os cinco quarteirões até meu alojamento. Pensei estar sendo seguida duas vezes e, uma vez, tive certeza de que estava — ninguém andava com uma cópia do jornal local debaixo do braço de um jeito tão forçado, muito menos o levantava para esconder o rosto quando você passava pela vitrine de onde ele estava espionando. Eu recuei, entrei em um banheiro do Starbucks para trocar de disfarce (peruca, calça de yoga, tênis), então esperei até um grupo de garotas com roupas esportivas passar correndo e, a uma distância segura, me juntei a elas.

Quando cheguei, estava exausta. Mesmo assim, ainda tinha trabalho pela frente: remover e proteger minha peruca, cobrindo-a suavemente em seda e guardando na caixa de madeira debaixo da cama; fazer uma limpeza meticulosa do meu rosto e das solas das minhas botas; bloquear a porta, as três janelas e o grande duto de ar, cuja existência quase me impediu de alugar aquele quarto para início de conversa. Era muito raro que os anúncios de sublocação no site Craigslist tivessem tantos detalhes. Era preciso saber fazer as perguntas certas.

O processo levava tempo, mas eu nunca ficava entediada com rotina, desde que contribuísse para me manter viva. Assim que tive certeza de que estava em segurança, botei um estudo de Chopin para tocar em um volume alto o bastante para abafar qualquer ruído que eu pudesse fazer. Em seguida, metodicamente, desmontei meu quarto em busca de câmeras, aparelhos de escuta ou orifícios bem-feitos. Não havia nada.

Isso tudo só demorou até as nove da noite. Depois de ponderar por algum tempo, decidi que tinha as seguintes opções para o resto da minha noite:

1. Tomar o restante da oxicodona no forro do meu casaco.
2. Encontrar uma série de TV que não mencionasse assassinato e/ou lesões corporais, opioides, relacionamentos românticos, o Reino Unido ou, curiosamente, Sherlock Holmes. Digo curiosamente porque havia referências ao meu tataravô nos lugares mais estranhos. Comecei a assistir a alguns episódios de *Star Trek*, já que atendia aos meus requisitos e estrelava um personagem androide de quem eu gostava muito. Do nada, veio uma série de episódios em que ele usava um chapéu de detetive e solucionava crimes com uma

espécie de Watson de *Star Trek*. Agora eu precisava encontrar outra série.

3. Tomar o restante da oxicodona no forro do meu casaco — casaco que meu tio Leander, com seu bom gosto infinito, tinha me dado de Natal dois anos antes e que ainda cabia em mim porque aquele foi o ano em que eu decidi parar de comer para tentar matar de fome a coisa ruim dentro de mim, um casaco cujo forro dos bolsos eu tinha arrancado exatamente para aquele fim; depois, talvez, eu pudesse sair pela noite e deixar que algum bandido Moriarty rastreasse meus passos até aquela ponte específica sobre o rio Potomac, onde, nos últimos dias, eu tinha visto quatro, se não cinco oportunidades de me dar bem de verdade; eu teria meu estoque, então poderia curtir a onda daquela sensação (não a onda da droga em si, mas a onda de saber que estava a poucos passos de distância de uma noite para a qual eu poderia finalmente, irrevogavelmente, escapar) e usá-la — sério, se era para tudo acabar, enfim acabar, eu tiraria a faca da minha bota e enfiaria na garganta daquele bandido Moriarty para saber, de uma vez por todas, que havia menos um homem perseguindo Watson, que Watson estaria um pouquinho mais seguro. De volta ao meu quarto, à espera da inevitável derrocada (interferência da polícia ou retaliação violenta), eu escreveria minha confissão. Talvez, como toque final, eu pegasse a foto daquele domingo de março em que minha mãe me deu meu primeiro conjunto de química. A mão dela estava no meu ombro. Eu

estava sorrindo, uma criança. Poderia botar a foto nos meus bolsos, para que fosse encontrada. Dar a cartada da garotinha perdida uma última vez. Essa admissão de culpa silenciosa com certeza atrairia certos membros da minha família, embora eu imagine que Watson acharia de mau gosto. (Todas as noites eu reconhecia a possibilidade de arquitetar esse final, e todas as noites eu lembrava a mim mesma de como era um desperdício, um desperdício de *mim mesma*, das minhas habilidades, da minha força, e eu não era um desperdício. Não era. Não era. Eu não faria isso.)

4. Tirar uma foto do restante dos meus comprimidos, mandar a foto para a inspetora Green como prova de que não os tomei (um código de honra, obviamente; eu estava, entre outras coisas, tentando ser honrada), devolver os comprimidos para dentro do meu casaco e, então, limpar minha maldita bolsinha de maquiagem.

TIREI A FOTO E A ENVIEI. DEPOIS, TRINCANDO OS DENTES, despejei meus cosméticos no chão. Molhei uma folha de papel-toalha e comecei a esfregar.

Meu trem partiria em oito horas. Eu estaria em Nova York ao meio-dia.

três
jamie

MEU PAI TOCOU MADONNA ATÉ CHEGAR A NOVA YORK. Não os hits, as coisas que normalmente se ouvem nas rádios, mas as faixas mais obscuras. *Bizarro*. Meu pai curtia mais um Bob Dylan, então eu já tinha estranhado as escolhas dele, mas aquilo era bizarro ao quadrado. Especialmente porque, ao que parecia, ele sabia toda a letra de "This Used To Be My Playground".

Eu não costumava dar muita bola para as esquisitices do meu pai (não havia horas suficientes no dia), mas ou era pensar nisso ou em por que Leander estava tão distante quando entrei no carro. Ele não me deu nem um oi de verdade; só acenou com a cabeça, a mente a quilômetros de distância do banco do carona do Camry do meu pai.

Leander nunca cumprimentou a mim nem a ninguém desse jeito. Ele era meu tio de consideração, tio biológico de Holmes e, de longe, o membro mais humano da família dela, até onde eu sabia. Ligava para os amigos no Natal, sorria quando a gente entrava no recinto, dava festas no aniversário do meu pai. Enfim. Coisas humanas.

Mas era mais do que isso. No ano anterior, nas semanas após meu pai ter nos buscado na Grã-Bretanha, quando Leander ainda estava abatido da doença, e eu, tão derrotado e desiludido que ninguém, muito menos minha família, queria que eu ficasse sozinho... Bem. Depois de ficar na nossa cola por dias, meu pai finalmente tinha saído para dar uma volta no supermercado. Minha madrasta estava no trabalho, e meus meios-irmãos, na escola.

Com isso, fiquei no quarto de hóspedes encarando o ventilador de teto, como costumava fazer sempre que não estava dormindo. Eu passava a maior parte do tempo dormindo — de manhã, nas horas antes do jantar ou logo depois do pôr do sol. Dormia a qualquer hora, menos à noite, quando ficava deitado, imóvel e em silêncio, contando minhas respirações e assistindo às horas se esvaírem até que, por fim, eu me levantava para vagar pelos corredores, incapaz de afastar a imagem de August caído na neve.

August e eu não éramos bons amigos, mas ele era uma pessoa decente, decente de verdade, e pagara um preço por isso. Antigamente, eu achava que poderia viver naquele mundo da Holmes. Que seria capaz de pegar nas facas pelas lâminas, socar vidro com as mãos nuas, sobreviver à violência que a perseguia feito uma sombra. Mas agora sabia que não era capaz disso, que aquilo não era para alguém como eu.

Naquele dia em que meu pai finalmente nos deixou sozinhos, me dei conta de que eu não falava havia uma eternidade. Meu nariz quebrado tinha sarado, mas ainda doía quando eu abria a boca e, de qualquer maneira, não sabia o que poderia dizer. *Acabei de perceber que sou um covarde. Eu cedo sob pressão. Transformo incêndios pequenos em explo-*

sões. Não fazia diferença. Eu voltaria a dormir. Faltava uma semana para o início das aulas; ainda não era necessário ser um humano.

Leander tinha outros planos. Do andar de baixo, ele me chamou para a cozinha — a fim de me convencer a comer alguma coisa, imaginei, embora eu tivesse me forçado a tomar um pouco de caldo aquela manhã. Desci a escada bem devagar e fiquei parado na frente dele, me sentindo tonto de tanto ficar deitado.

Ele me encarou. Durante um tempão. Em seguida, inclinou-se sobre a mesa, pigarreou e disse com a voz rouca:

— Jamie, sabia que com esse novo corte de cabelo você está a cara do Donkey Kong?

Eu ri. Ri até ficar sem ar, até precisar me sentar, até chorar, com a mão de Leander no meu ombro, até finalmente, balbuciando, começar a falar sobre o que tinha acontecido.

Tudo isso para dizer que Leander não costumava se deixar levar pelo mesmo tipo de humor sombrio da família dele. Mas, no momento, parecia estar passando por algum problema, e embora meu instinto fosse de tentar ajudar, lembrei a mim mesmo de que essa era uma tática do antigo Jamie. Aquele que se envolvia nos problemas dos outros, que piorava as coisas. Eu estava tentando ser normal agora. Normal significava deixar que os adultos lidassem com os próprios problemas. (Além disso, eu estava ocupado demais conferindo meu celular. Até então, eu não tinha recebido mais nenhuma mensagem do Estranho Número Ameaçador.)

Meu pai, o adulto, estava lidando com a melancolia do melhor amigo adulto cantando "Material Girl" a plenos pulmões. Ele tinha, pelo menos, passado para os singles.

— Pai — falei. — *Pai.*

Ainda estávamos a quarenta minutos de Manhattan. Com uma das mãos ele segurava o volante e, com a outra, revirava o porta-copos em busca de trocados.

— "We're liv-*ing* in a material *world*, and I am a material..."

— Por favor, para. — Vi um músculo da mandíbula de Leander começar a saltar. — Pai.

— Preciso de *mo-e-das* para o próximo *pedágio*...

— Pai...

— James — disse Leander, sem se virar para olhá-lo. — Você se importa de desligar o som?

— A gente costumava tocar essa lá em Edimburgo — comentou meu pai. — Quando dávamos nossas festas de solstício de verão. Não lembra?

— Lembro. Por favor, desliga.

Meu pai nem tocou no rádio.

— A gente não precisa conversar sobre isso, sabe?

— Você tirou seu filho da escola — disse ele. A música tilintava sob as palavras. — Estamos indo para a cidade. Acho que temos que conversar.

Chegamos ao pedágio. Meu pai abriu a janela e, com uma brutalidade que eu não esperava, atirou as moedas na cesta.

Se aprendi alguma coisa com Charlotte ao longo dos últimos anos, foi a deixar uma cena como essa se desenrolar sem interrupção. Uma palavra errada, e seu Holmes mudava de assunto, largando o tema na beira da estrada.

Por fim, meu pai voltou a falar.

— Ele vai se formar na primavera. Tem se saído bem nas matérias. Está com aquela namoradinha...

— Não sei que importância tem isso — disse Leander em um tom suave, mas insistente.

Às vezes dava para ouvir um eco de Charlotte na entonação dele. Ela teria usado menos palavras. *Irrelevante*, diria, ou *Watson, para*, mas a impaciência seria a mesma.

Meu pai voltou os olhos para o retrovisor.

— Jamie — disse ele, buscando meu olhar. — No último ano... Bem, você sabe que o Leander ficou de olho na Charlotte. No paradeiro dela. Onde ela anda se metendo. Esse tipo de coisa. Por mais sábia que seja essa decisão...

— Não importa — disparou Leander. — Não estou *aprovando* nada, só tomando conta. Alguém tinha que garantir que ela está viva. O irmão dela com certeza não está fazendo isso.

Milo Holmes tinha tirado uma licença da chefia da Greystone para lidar com o pequeno problema da sua acusação de assassinato. Digo "sua" acusação de assassinato porque foi ele quem puxou o gatilho, mas, até onde o mundo sabia (inclusive o sistema judiciário), ele era inocente. Um dos mercenários de Milo tinha sido escalado para assumir a culpa no lugar dele, tenho certeza de que o fez por um belo pagamento depois que estivesse do outro lado das grades.

Ainda assim, um funcionário de Holmes atirando em um Moriarty? Milo sempre tivera o tipo de poder capaz neutralizar qualquer matéria midiática, mas aquela notícia saíra do controle até para ele. Era sensacionalista demais. Estava em toda parte. Eu estava fazendo o possível para ignorá-la.

Até onde sabíamos, Milo mantivera sua promessa: tinha se afastado da irmã e dos problemas dela. Ele não era o único.

O que tinha acontecido naquele gramado em Sussex? Eu percebi como sabia pouco.

Eu estivera observando Holmes tão de perto, tentando entender o comportamento dela, que não tinha recuado os passos necessários para ter uma visão geral. Ela decidira, desde o início, que o pai estava mantendo Leander em cativeiro. Que estava fazendo isso por causa de uma chantagem de Lucien Moriarty, que tinha alguma coisa a ver com as finanças da família dela. E, em vez de enfrentar tudo isso, em vez de aceitar que os pais que sempre a trataram tão mal pudessem, de fato, ser péssimas pessoas, ela me arrastara em uma espécie de missão mirabolante para pôr a culpa em outra pessoa.

Não terminou bem. Para dizer o mínimo.

Na sequência do sequestro de Leander e do assassinato no gramado, Emma e Alistair Holmes se separaram. Já não devia haver muito romance entre os dois, de qualquer forma. Eu nunca presenciei. Até onde a imprensa sabia, Emma tinha levado a filha para um retiro na Suíça para se afastar do alvoroço da mídia em torno do filho. Alistair ficou, estoico e sozinho, na casa deles à beira-mar em Sussex. Estava à venda. Ele não tinha mais condições de bancá-la.

Essa era a história oficial.

Em julho do ano passado, enquanto eu estava na casa da minha mãe para as férias de verão, Leander me levou para almoçar. Ele estava em Londres para "resolver algumas questões", dissera, e então ficou claro que essas questões envolviam a sobrinha. *Sei que você não gosta de falar disso, Jamie, mas...*

Charlotte Holmes não estava na Suíça. Também não estava em Sussex. Tinha completado dezessete anos e solicitado acesso antecipado ao fundo fiduciário que receberia aos vinte e um. O acesso tinha sido negado. Essa era a última notícia oficial sobre ela.

Isso foi o que Leander tinha descoberto em Lucerna, quando foi falar com a mãe de Charlotte, e como não achou a sobrinha — e como Emma tinha se recusado a lhe contar onde ela estava (*Pela segurança dela, Leander, você não sabe que Lucien Moriarty ainda está à solta?*) —, ele passara semanas tentando localizá-la pela França, passando por Paris, até pegar o trem da Eurostar para Londres. Lá, os rastros terminaram. Ele tinha esperança de se inteirar com seus contatos no aeroporto Heathrow.

Leander me levou para comer hambúrguer, esperou até que eu estivesse de boca cheia e despejou isso tudo na mesa como um saleiro virado de cabeça para baixo.

Não quero saber, falei enquanto mastigava furiosamente. *Pra mim já deu, pro Milo já deu... já deu pra todos nós. Achei que pra você também.*

Eu não vou salvá-la da zona que ela criou, disse ele.

Eu engoli em seco.

Então por que você está me contando isso? Sério, por quê? Antes que ele tivesse a chance de responder, eu falei: *Não*, e foi isso.

Mas ali estávamos de novo. A silhueta da cidade de Nova York se aproximava de nós como um trem-bala.

— Pai. Pensei que você só estivesse me arrastando para outro almoço esquisito com o clube do Sherlock Holmes. Que história é essa de Charlotte...

— Espera. — Leander endireitou de leve a postura. — Você levou ele para o fim de semana de comemoração do aniversário do Sherlock? Aquele em janeiro? Eu me recuso a ir nisso há anos.

— Ah, fala sério. Bufê de almoço, poemas humorísticos sobre o ano em Holmesiana...

— Talvez você mudasse de ideia se o assunto em questão fosse Watsoniana e todo mundo só quisesse pôr você em uma cartola e fazê-lo dizer coisas como "Brilhante, Holmes!".

— Já não basta o tanto de vezes que tenho que dizer isso no meu dia a dia — murmurou meu pai.

— Você nunca diz. Nunca ouvi você dizer uma vez sequer.

— Eu percebo os momentos que você quer que eu diga. É desnecessário. Você já faz isso por conta própria.

— Queria ouvir pelo menos uma vez...

— Os sherlockianos foram muito simpáticos com a gente — disse meu pai, e então pigarreou. — A comida é muito boa. Pãozinho Yorkshire. E todos ano eu ganho no quiz... Eles me chamam de craque sherlockiano. Enfim, a Abbie nunca vai comigo nessas coisas, ela diz que eu me comporto feito uma daquelas pessoas que reencenam a Guerra Civil, então você pode não me culpar por levar meu filho...

O som que veio do banco da frente pareceu um carro pegando no tranco depois de um longo inverno frio na garagem. Era Leander, rindo. Sem tirar os olhos da estrada, meu pai esticou a mão e agarrou o ombro dele.

Não sei dizer por que assistir aos dois me deixou tão incrivelmente triste.

— Nenhum de vocês chegou a me contar o que estamos fazendo aqui — falei. — Então não tem a ver com o clube do Sherlock ou sei lá o quê. Vocês não me tiraram do último tempo de aula para assistir a *Les Misérables*, nem para comer donuts de bacon, nem para ouvir o rádio da polícia no estacionamento do Walmart. Como a história acabava? Era um ensaio? Me contem o que está acontecendo.

— Achei que você não se importasse — disse meu pai, suavemente. — Achei que, quando o assunto era Charlotte, você não quisesse saber.

A gente podia até já ter tido alguns anos para desenvolver no nosso relacionamento, almoços e jantares aos fins de semana e uma ou outra viagem bizarra para a Broadway em uma quarta-feira à noite, mas bastava meu pai dizer uma palavra naquele tom de voz presunçoso e convencido para que tudo dentro de mim se rebelasse. Eu estava muito perto de dizer: *Beleza, vou só esperar no carro. Talvez eu ligue pra minha mãe para falar sobre o novo namorado dela.* Só para ver a cara dele.

Felizmente, eu não era mais criança.

— Tem razão — respondi por fim, do modo mais indiferente que pude. — Eu não me importo.

— Então espera no carro — disparou Leander, e, embora eu não fosse criança, foi assim que me senti.

Eu esperei no carro.
Achava que estávamos no SoHo. Eu gostava de Nova York, das partes da cidade que já tinha visto, mas tinha dificuldade de me localizar com precisão. Sabia que as avenidas imponentes de Upper Manhattan se transformavam nas ruas sinuosas e quase fofas do Lower East Side, mas, pelo que já tinha ouvido falar, eu não tinha a menor condição de morar naquela área. Decidi não me inscrever nas faculdades de

Manhattan, embora tivesse dado uma olhada na Brooklyn College. Enquanto lia a ficha de inscrição, eu não parava de imaginar arroz-doce artesanal, casas de boliche hipster, pessoas usando chapéus com abas que de fato lhes caíam bem. Eu duvidava que fosse me enturmar naquele lugar, então o risquei da lista.

Claro, eu nunca tinha ido ao Brooklyn, então qualquer ideia que eu tivesse do lugar era artificial.

Essa foi uma das coisas de que me dei conta ao acompanhar Charlotte Holmes para todo lado: todas as minhas ideias sobre o resto do mundo não eram, de fato, ideias *minhas*. É difícil resolver uma série de crimes de imitadores sem dar uma olhada criteriosa no material de origem, e Holmes e eu tínhamos sido infantis o bastante para brincar de Sherlock e seu médico. (Meu pai e Leander pareciam nunca ter superado essa brincadeira.) Agir como se fosse alguém que só se conhecia através da literatura era uma coisa, mas minha tendência a romantizar tudo não parava por aí. Quando passei os olhos pelo meu colégio interno, o lugar em si brigou com o que eu me lembrava de filmes como *Sociedade dos poetas mortos* e livros como *A Separate Peace*. A ficção se sobrepunha à realidade. Eu era alguém que só queria ver o mundo através de pinturas, nunca de fotografias.

Essa minha tendência a presumir, imaginar e julgar se infiltrava em tudo. No outono passado, Elizabeth tinha me dito sem rodeios que gostava que eu não fosse um namorado "romântico". *Romance me deixa desconfortável. Flores e essas coisas*, disse ela, mas com uma melancolia que me fez achar que ela queria que eu discordasse. Eu nunca tinha sido um namorado ruim antes, pelo menos não muito, então decidi me redimir. Eu a levei para um piquenique na floresta. *Finge que não é romântico, se precisar*, disse a ela, e Elizabeth riu, e bebemos o vinho que tínhamos roubado de uma das encomendas de bebida da irmã de Lena, e tudo teria sido terrivelmente romântico se eu não tivesse me dado conta no meio do caminho que eu tinha roubado a ideia todinha de um clipe do L.A.D.

    E agora eu estava percebendo que minha opinião sobre Nova York vinha de filmes que nem sequer se passavam na cidade. Enquanto a neve caía sem entusiasmo no carro do meu pai, eu não parava de pensar em um filme que tinha visto tarde da noite, anos antes, em que um garoto e uma garota passeavam por uma cidade a noite inteira enquanto conversavam e se apaixonavam. Eles estavam na Europa. Tinham combinado de se encontrar de novo no ano seguinte, se ainda tivessem os mesmos sentimentos um pelo outro. As pessoas iam para as cidades para coisas daquele tipo, achava eu — possibilidade, acaso. Uma garota escondendo o rosto no peito do seu casaco, inalando seu cheiro como se você valesse a pena.

    Esse era o outro fantasma que estava vagando pelo SoHo no momento. Eu estaria mentindo se não o reconhecesse. Aquelas garotas, dezenas delas, em casacos pretos com golas levantadas, em botas pretas elegantes com os gorros puxados sobre as orelhas. Garotas com andar determinado e cabelos lisos e escuros. Todas elas eram Charlotte Holmes.

    Imitações baratas.

    Espera aqui, meu pai tinha dito, e, antes que a porta se fechasse, ouvi Leander falar alguma coisa sobre "o filho de Morgan" ou algo do tipo. Eles entraram no apartamento em cima da confeitaria. Número 191 da Spring Street, apartamento 5. Ao menos eu tinha aprendido a prestar atenção. Enquanto ele e Leander faziam algo interessante lá em cima, algo que provavelmente nem tinha a ver com minha ex-melhor amiga, eu a observava passar pelo carro repetidas vezes.

Fiquei esperando que uma delas parasse. Que inclinasse a cabeça. Que, devagar, se virasse para espiar pela janela, com os olhos cobertos pelo vidro embaçado como uma vilã de filme de terror feita especialmente para mim. Talvez fossem apenas garotas de cabelos escuros a caminho do trabalho ou da escola, vestidas de acordo com o clima. Não importava. Eu estava voltando aos velhos hábitos, sonhando estar em um mundo diferente, vendo coisas que não existiam.

Eu não estava com saudade da Holmes. Não estava procurando por ela. Não alimentava esperanças de que ela voltaria para deduzir quem era o *stalker* do meu celular, para resolver meu pequeno mistério, me arrasar todo de novo.

Não estou, disse a mim mesmo, e saí do carro. Tranquei a porta. Fui tocar a campainha.

quatro
charlotte

TRACEY POLNITZ. MICHAEL HARTWELL. PETER MORGAN--Vilk.

Em circunstâncias normais, eu não andaria carregando uma lista de pseudônimos de ninguém, muito menos de Lucien Moriarty. Eu os teria decorado e eliminado as evidências. Mas eu também tinha que lidar com os números de passaporte correspondentes, que ainda não tinha enfiado no meu cérebro.

Essa descrição, embora meio malfeita, era precisa. Toda vez que eu tentava memorizar longas sequências de números, era como se enfiasse isopor em uma caixinha pequena demais. As palavras sempre tinham sido fáceis de lidar. Sobretudo nomes próprios, lugares e pessoas e seus veículos, qualquer resquício de identificação de uma vida vivida mundo afora. Com os números eu lidava bem, se pudesse manipulá-los. Equações, tranquilo. Teoria dos números, tranquilo. Mas decorar o pi até o vigésimo dígito era um exercício que eu achava inútil e impossível.

— Os dois nem sempre estão ligados — dissera o professor Demarchelier.

Eu tinha onze anos e estava solitária. Essa foi minha principal descoberta durante o ano: que eu, na verdade, queria conviver com outras pessoas, e que não havia outras pessoas por perto, então precisei disfarçar o que estava se mostrando uma falha bastante inconveniente. Demarchelier acreditava que eu tinha muitas falhas. Nesse caso, nós discordávamos. Eu gostava muito de mim mesma.

Aquela manhã, na verdade, foi uma das últimas vezes em que me lembro de ter gostado de mim mesma. Eu estava sonhando acordada com o treino de acrobacias que teria naquela tarde. Minha instrutora tinha me prometido que eu aprenderia a andar por uma trave em uma sala escura.

De salto alto.

Eu não estava pensando em números.

Demarchelier estalou os dedos ossudos na minha cara.

— Charlotte. Só porque você é muito ruim em alguma coisa, isso não torna essa coisa inútil. O único denominador comum em tudo que você tenta...

— É você mesmo — repeti. Talvez minha instrutora de acrobacias também vendasse meus olhos, se eu pedisse.

— Isso mesmo. — Ele franziu a testa do outro lado da mesa. — Assuma alguma responsabilidade.

Talvez ela até tirasse a rede. Se eu pedisse bem educadamente.

Demarchelier deu uma batidinha na lista de números do Seguro Nacional, que se estendia por toda a página.

— Você tem cinco minutos para aprender isso. Já.

Normalmente, eu teria precisado de vinte. Em um dia de acrobacias, eu precisava de 25. Naquele dia, eu estava tão distraída que, quando o tempo acabou, não tinha decorado nem um único número.

— Perceba que, se você saísse no mundo real com as habilidades que tem agora, você morreria.

A satisfação óbvia que meu tutor sentiu ao fazer essa declaração demonstrava alguma coisa sobre nosso relacionamento. Eu sabia disso porque os olhos dele estavam enrugados nos cantos, como se tivesse acabado de contar uma piada.

— Só porque não consegui decorar uma lista de números, eu morreria — falei. — Por favor, me dê licença.

Não falei em tom de pedido de propósito.

— Sim — disse ele. — Claro.

Naquela tarde, atravessei a trave de olhos vendados em vinte e dois segundos. Na semana seguinte, por sugestão de Demarchelier, tive que começar a tomar anfetamina para corrigir meu "problema de atenção".

Depois disso, as coisas progrediram rapidamente.

No trem da Acela para Nova York, decorei a lista dos números de passaportes falsos de Moriarty e, em seguida, rasguei a folha em pedacinhos. Eu estava no mundo real e, como começava a perceber, não tinha a menor vontade de morrer.

Passei a tarde em um restaurante no bairro Chelsea, bebendo água com gás no bar. Do outro lado do salão, em uma mesa lindamente acolchoada, meu alvo estava no tipo de almoço de negócios longuíssimo que me fazia ser grata por pelo menos não ser uma banqueira de vinte e poucos anos.

As azeitonas que eu tinha pedido custavam dezessete dólares. Só vieram doze. Eu estava tentando fazer aquela miséria durar.

Que horas você chega?, dizia a mensagem no meu celular.

Não posso planejar meu dia inteiro à sua mercê.

Daqui a pouco, respondi, e guardei o celular. Com uma expressão casual, a bartender retirou meu drinque e minhas azeitonas.

— Ou você ainda não acabou?

Eu não tinha acabado, mas não era na comida que eu estava pensando.

— Me vê...

Meu alvo se levantou, um pouco cambaleante. Resultado, talvez, dos dois dry martínis que eu tinha visto a bartender preparar para ele.

— A conta — completei, e, mesmo com o tempo que levou para fechá-la, recebê-la e pagá-la, ainda cheguei à porta antes do meu alvo.

Segui-lo foi moleza. Chegava a ser ofensivo. Ele nem estava muito bêbado; talvez fosse apenas muito estúpido. Ou desatento. Quando conheci Watson, tive quase certeza de que, caso eu tentasse, seria capaz de abrir e tirar o cinto da calça dele sem que ele percebesse. Certa vez lhe informei disso, e a declaração pareceu chocá-lo. Ele ficou mexendo no cinto por uma hora inteirinha depois.

Meu alvo caminhou no sentido sul por tantos quarteirões que eu me perguntei por que raios ele não tinha pegado um táxi. Certamente as luvas de couro de bezerro indicavam que tinha dinheiro. Estava bem frio, o tipo de inverno em Nova York que me fazia lembrar de uma viagem que eu tinha feito certa vez para ver meu tio. Leander tinha me hospedado em sua casa de veraneio quando meus pais não me quiseram de volta depois de uma temporada na reabilitação — se não me falha a memória, na clínica Garotas Exemplares de San Marcos. Meu tio me levou aos melhores restaurantes de Chelsea e, então, insistiu para que eu comesse a comida que ele pedia, e tudo correu bem até eu conhecer uma garota no banheiro às nove da noite de uma quinta-feira que me perguntou se eu "gostava de curtir" e tirou um saquinho do sutiã, o que, claro, me levou a três meses na clínica gêmea da Garotas Exemplares de San Marcos, a Nova Geração! de Petaluma.

    Era o que eu estava fazendo no momento, pensando *Nova Geração!, Nova Geração!* no ritmo dos meus passos enquanto caminhávamos pela Seventh Avenue. Ao fim de cada quarteirão, como se fosse um tique, ele pegava o celular para ver as horas, depois o devolvia ao bolso do sobretudo. E assim seguimos por longos e arrastados quarteirões na neve derretida; nosso progresso pontuado apenas pelos sinais vermelhos e pela imagem recorrente de Saturno na tela de bloqueio do celular dele. Por fim, ele entrou em uma ruazinha elegante no SoHo que me deixou surpresa que ele tivesse condições de bancar, mesmo com as luvas de couro de bezerro.

    Ele estava indo para casa. Estava indo encontrar alguém. Dava para sacar pelo seu jeito de andar, e pela alegre indiferença com os arredores, e porque eu sou quem fui criada para ser.

    Mas, ainda assim, havia algo de errado. Eu estava com um comichão no fundo dos olhos que significava que tinha visto algo que deveria ter notado, mas não notei.

Quando nos aproximamos de uma confeitaria, ele começou a procurar as chaves nos bolsos. Eu me demorei um pouco, fingindo olhar para o brioche na vitrine. A porta ao meu lado se abriu, e ele desapareceu lá dentro; antes que se fechasse, botei a mão na maçaneta.

Aquilo era uma arte. Contei dez segundos, tempo o bastante para que os passantes não pensassem que eu era uma vagabunda à toa, mas o suficiente para que ele já estivesse bem acima, então entrei de fininho atrás. Garanti que meus passos rangessem, vasculhei minha bolsa em busca de moedas. Sons femininos. Aqueles ruídos inofensivos que deixam os homens à vontade.

Era um prédio residencial de estilo antigo, com um espaço sob o patamar do primeiro andar onde os inquilinos deixavam suas bicicletas. Acima das caixas de correio, estava pregada uma guirlanda de Natal desbotada. Eu poderia ter olhado para confirmar o número do apartamento dele, mas não era necessário. Ele estava no terceiro andar. Dava para saber pelo som que as chaves fizeram na fechadura.

Tracey Polnitz, disse a mim mesma. *Michael Hartwell. Peter...*

— Peter Morgan-Vilk. — A voz desceu a escada. — Quanto tempo.

A sensação.

A sensação que eu tive na rua, sem tempo de catalogar e identificar.

Eu não conseguia lembrar a imagem da rua lá fora, congelá-la, virá-la em todos os ângulos, examiná-la em busca de discrepâncias e depois arquivá-la de volta. Não tinha uma memória eidética. Não era uma gênia sem precedentes.

Mas eu ainda era esperta o suficiente para saber que o carro de James Watson estivera estacionado naquele meio-fio e que só então estava me dando conta disso.

— Por quanto você vendeu seu nome, Pete? — perguntava meu tio Leander, mas àquela altura eu já tinha me escondido atrás das bicicletas, dos ciclomotores e das latas de lixo reciclável vazias sob o patamar do primeiro andar, e estava fora do campo de visão.

— Leander Holmes — disse Peter Morgan-Vilk, sua voz jovem e elitista emanando desprezo. Se ele estava bêbado, não dava para perceber pelo tom de voz. — É assim que você diz oi? Quanto tempo. Quem é seu amigo?

— Meu colega, James.

— Prazer. — Era o pai de Jamie falando.

— O Watson. — Peter soou entediado. — É claro. Como posso ajudar?

— Estamos procurando seu pai — disse James. — Achei que você saberia dizer onde podemos encontrá-lo.

— Olha, se tiver a ver com o Lucien, eu…

— Lucien? Moriarty? — Leander riu. — Não. Tem a ver com seu pai me devendo dinheiro.

Peter assobiou. O som ecoou pela escada.

— Não sabia que meu pai ainda estava fazendo essa merda.

— Ele precisa arrumar amantes menos caras.

— Estou ciente. Olha, não tenho contato com ele. Da última vez que tive notícias, depois que a campanha política dele foi por água abaixo e minha mãe foi embora, ele tinha partido para Maiorca com a namorada milionária para viver do dinheiro dela. Minha irmã caçula ficou arrasada. Isso foi há três anos. — Uma pausa. — Tem certeza de que não tem a ver com o Lucien? Porque meu pai ainda o culpa. Por tudo.

— Faz sentido. — Quem disse isso foi James, o tom caloroso e convidativo, atraindo Peter. — Eles tinham um contrato, né? Lucien dava consultoria na campanha dele, ou coordenava, ou...

— Consultoria. Lucien o abandonou no pior momento possível. É difícil abafar o caso de uma amante quando o cara que *soluciona* seus problemas desaparece na semana anterior. — Peter tossiu delicadamente. — Mais alguma coisa? Ou será que posso ir tomar um banho antes de voltar para o escritório?

— Só mais uma coisa — disse James, ainda amigável. — Quanto é que o Lucien está pagando ao seu pai para alugar a identidade do filho dele?

Então.

Leander também estava rastreando Lucien. Ele sabia pelo menos tanto quanto eu. Podia ser uma questão de dias até que eu fosse encontrada por ele, e antes que tudo fosse arruinado. Tentei respirar fundo e quase engasguei com o cheiro do lixo.

Antes que Peter respondesse, o interfone dentro do apartamento tocou.

— Mas que... — xingou Peter. — Espera aí.

Houve uma pausa, e a porta foi destrancada e aberta. Um adolescente entrou.

Jamie Watson tirou o gorro e espanou a neve do cabelo, que estava mais comprido. Diferente. O casaco era diferente. Os sapatos eram os mesmos, mas as solas estavam mais gastas, e havia uma camada de neve no joelho direito da calça que não havia no esquerdo, e uma cicatriz nas costas da mão direita que era precisa demais para ter sido causada pelo rúgbi. (Vidro? Uma lâmina? Era um corte reto.) Mas ele *estava* jogando rúgbi, e o time dele ainda estava perdendo, e ele tinha ficado acordado até tarde na noite anterior, estudando, e então eu não consegui mais parar. Comecei a olhar avidamente. Ele não tinha terminado o almoço e estava com aquela aparência indisposta que indicava que estivera mal-humorado até que alguém o fez comer uma barra de proteína. Ele tinha crescido meio centímetro e engordado três quilos e meio. Não. Três quilos. Não, ele... ele tinha uma namorada, e estava com ela havia um bom tempo, pelo menos vários meses, e ela tinha tricotado o cachecol marrom e branco que ele estava usando no momento. A franja era irregular. Ninguém na família dele tricotava. Mais ninguém daria um presente tão malfeito e que o destinatário escolheria, de fato, usar. Enquanto eu observava, a ponta do cachecol roçava no chão.

Watson.

Já fazia um ano inteiro desde a última vez que eu o tinha visto.

No passado, eu tinha aprendido os hábitos dele. Eu os tinha catalogado. Eu o conhecia de cabo a rabo. O garoto parado diante de mim era um estranho, uma casa reformada precisamente, mas com partes que me eram desconhecidas.

— Pai? — chamou ele. — Está pronto?

— Estou descendo — disse James. Passos nos degraus. Eu tinha perdido o fim do interrogatório deles.

Watson olhou para o chão. Os olhos dele percorreram a caixa de correio, a guirlanda encardida, as bicicletas, as lixeiras — todas as evidências de que Peter Morgan-Vilk era um homem que gastava dinheiro para alugar um péssimo apartamento em uma região cara da cidade. Seria fácil especular, a partir daí, que ele mesmo tinha negociado o empréstimo da sua identidade para Lucien por uma quantia substancial, que o pai não tinha nada a ver com o assunto. Se as identidades falsas de Lucien fossem confiscadas, esse então seria seu plano B: entrar nos Estados Unidos sem nenhuma repercussão e ficar sempre por três meses, se passando por um homem que de fato existia.

E o que dizer de Peter recebendo dinheiro do homem cujo mau comportamento derrubou o pai que ele desprezava? Esse era um motivo justo por si só.

Eu tinha chegado até ali com essas teorias, mas tinha, como disse antes, aprendido minha lição. Já bastava de começar pelas conclusões; dessa vez eu começaria do início, e tinha planejado interrogar Peter pessoalmente. E, mesmo assim, apesar do planejamento, tinha deixado de obter a informação de que precisava, e por pouco, e tudo porque o único amigo que já tive na vida estava tão perto que dava para ver a ruguinha no canto da boca dele.

Talvez eu tenha feito algum barulho. Um sussurro de decepção.

Watson aguçou o olhar; ele estava encarando as lixeiras à minha frente. Bem devagar, avançou um passo. E mais outro.

Eu não conseguia respirar. Não teria sido capaz, mesmo que ousasse.

— Vamos. — James disparou pelo que restava dos degraus, com Leander logo atrás. — Vamos jantar, levar você para casa.

Watson olhou mais uma vez para o patamar, para a porta fechada de Peter Morgan-Vilk. Em seguida, deu de ombros e seguiu James e Leander para fora do prédio.

Eu passei um tempão naquela escadaria.

cinco

jamie

— Continuo insistindo que a gente poderia simplesmente ter ligado para ele e economizado a viagem — disse Leander enquanto passávamos pelos portões principais da Sherringford. — Ainda mais porque o Jamie nem quis deixar a gente parar para jantar em Manhattan.

Soltei um suspiro.

— Já disse. Eu tenho...

— Um seminário — disseram os dois em uníssono.

— Bom, não tinha certeza se vocês estavam ouvindo. Sinto muito se não quis comer queijo quente artesanal...

Meu pai suspirou.

— Parecia lindo, né? Na vitrine?

Tentei não gritar com ele. Estávamos nos aproximando do meu dormitório, e eu tinha perdido o horário do jantar no refeitório por causa do trânsito de volta para Connecticut, e estava morto de fome. Eu sempre era um babaca quando estava com fome. Holmes costumava... não. Não importava o que pensei ter visto; eu não ia me permitir entrar nesse assunto.

— Não sei por que vocês me levaram junto — falei, pacientemente. — Pensei que tivesse deixado bem claro. Gosto de passar tempo com vocês, e sei que você vai voltar para a Inglaterra em breve, Leander, mas, da próxima vez, será que a gente não pode, tipo... ir ao cinema? Na cidade? Não quero mais fazer essa... essa encenação. Acho que já superei essa fase. E, de qualquer maneira, se eu preciso estudar, isso deveria ter prioridade.

Foi bom dizer isso. Resoluto. Adulto.

— Prioridade — repetiu meu pai. Ele e Leander trocaram olhares, e, em seguida, Leander se virou na minha direção.

— Jamie. Você vai passar para a faculdade em um lugar lindo, eu te garanto. Pode estudar literatura e ler nos fins de semana, e ir remar ou sei lá o que eles fazem em Oxford...

— Calma aí, você já remou — falou meu pai enquanto estacionava junto ao meio-fio. — Não finge que não sabe remar.

— Bom, pois é. Seu filho pode remar também. Os rios de lá são lindos para passear de barco.

— Remar? — perguntei. — Além disso, quem é que simplesmente *passa* para Oxford?

Leander pigarreou.

— Escuta, Jamie, você sabe se comportar. Você sabe seguir as regras. E tenho certeza de que, depois disso, você vai conseguir um emprego em algum jornal ou vai escrever seu romance em uma salinha pitoresca em algum lugar, do jeito que você sempre falou. É claro que, nessas vidas, você não ia precisar de nenhuma das habilidades investigativas que a gente está se oferecendo para te ensinar agora. Nada de aprender a *ler* as pessoas, ou *entendê-las*, ou *analisar as motivações delas*...

— Ah, fala sério...

Meu pai assentiu.

— Não, não é nem um pouco útil aprender a catalogar o mundo e então peneirá-lo até chegar aos detalhes mais importantes. Ainda mais para um escritor. Nada disso.

— Mas vocês não podem estar me *pedindo* para fazer isso — falei em um tom meio desesperado. — Não estamos falando de resolver quebra-cabeças ou problemas de lógica, nem de qualquer bobeirinha. Estamos falando de merdas do *Moriarty*, e, Leander, eu também estava lá naquele gramado em Sussex. Ouvi o que você falou. Eu *ouvi*. Você disse que estava de saco cheio. Então por que está aqui procurando a Charlotte?

Os olhos dele ficaram sombrios.

— A gente estava procurando o Lucien.

— Pai — falei. — Por favor.

O silêncio recaiu sobre nós, pesado como as sombras na luz de fim de janeiro.

— Porque... — A voz de Leander ficou áspera. — Porque, depois daquela confusão horrível, pensei que os pais dela fossem finalmente entrar em ação. Pensei que Emma e Alistair, que Deus abençoe os coraçõezinhos sombrios deles, fossem parar de terceirizar a educação emocional da própria filha para clínicas de reabilitação e tutores e fossem enfim prestar atenção ao que está acontecendo com ela. Você sabia que, durante aquela semana que passei com a Emma, naquele porão, eu acabei descobrindo que ela não sabia que a própria filha tinha sido estuprada? E a reação dela foi ficar... decepcionada. Ela me disse que achava que a Charlotte fosse capaz de se cuidar. Enquanto isso, a filha estava feliz da vida cultivando uma verdadeira *guerra entre famílias* porque achou que o pai tinha me sequestrado e queria, em vez disso, culpar um Moriarty. — Ele passou um longo minuto em silêncio, olhando pela janela para o fluxo de estudantes indo e vindo. — Eu devia ter entrado na jogada antes. Devia tê-la acolhido. Eu não... não sei o quanto teria que lutar contra o pai dela pela custódia. Provavelmente não muito.

— Ela tem quase dezoito anos — falei depois de um tempo. — É quase adulta.

Ela tomou as decisões dela. Eu tomei as minhas.

— Você tem dezessete — disse meu pai —, e não vou abrir mão dos meus direitos sobre você tão cedo.

— Por que vocês querem que eu vá junto?

— Porque você deveria querer — respondeu Leander.

— Porque me assusta que você não queira.

— Rastrear Lucien Moriarty. Isso assusta você.

— A Charlotte está procurando por ele... Porque sim, essa é a melhor maneira de encontrá-la. — Ele olhou pela janela. — Ela é sua *melhor amiga*. Não vi mais ninguém ocupando o lugar dela. O que eu vejo é você sozinho e perdido, e ela nunca te arrastou para fazer nada que você não quisesse. Jamie...

Meu pai franziu a testa.

— Leander...

— Vocês estão sequer falando de mim?

— Não. Vocês dois. A gente fala disso mais tarde. — Meu pai pegou a carteira e me deu uma nota de vinte. — Pede um delivery. Manda um oi para a Elizabeth. Escreve seu seminário e pensa sobre isso. O Leander só vai ficar na cidade por mais alguns dias.

Eu mal estava escutando. *Ela podia ter me contado o que estava planejando*, pensei. *O que ela pensava que fosse verdade e não me contou, e aí quando tudo acabou, ela...* Tentei respirar fundo. Eu não podia... *Sei que não é tudo culpa dela, mas não posso me machucar daquele jeito de novo.*

Disse a eles que ia pensar. O que mais poderia dizer?

Esperei até que o carro tivesse se afastado, para que meu coração parasse de martelar contra as costelas. Havia uma fila de caminhões fazendo entregas; a comida chegava ao refeitório naqueles enormes caminhões vazios o tempo todo. O último da fila tinha um homem pendurado na traseira, como se estivesse recolhendo lixo. Sob o macacão, ele tinha o tipo físico de um levantador de peso. Por baixo da touca, havia uma mecha de cabelo loiro.

Parecia Hadrian Moriarty.

Meu rosto esquentou, assim como meu pescoço, e ao cair de joelhos, tirei o cachecol. Reagir desse jeito com a simples menção a um Moriarty, achar que estava vendo fantasmas...

Não. Eu sabia o motivo. Sabia exatamente por que me sentia preso em uma caixinha escura, e seria ainda mais covarde se não pudesse admitir para mim mesmo.

O homem do caminhão saltou; eles estavam fazendo entrega no meu dormitório. O cabelo dele era escuro, não claro, e ele me lançou um olhar preocupado conforme trotava até a porta com uma prancheta.

— Tudo bem aí, Watson? — perguntou Kittredge, que passava correndo com um grupo dos meus colegas de time.

Um treino extra, ao qual eu tinha faltado. Eles estavam de shorts, e o calor saía do corpo deles como se fossem chaleiras.

Fiz que sim e ergui a mão. O símbolo universal para indicar que se estava bem. Ao meu redor, o campus estava pálido e brilhante de neve. Dava para ver todas as saídas. Em todos os lugares tinha uma saída. E, mesmo assim, era como se os caminhos estivessem desaparecendo, um por um.

Quando finalmente cheguei ao alojamento Michener, a sra. Dunham estava na recepção fazendo palavras cruzadas enquanto tomava uma xícara de chá.

— Jamie — disse ela — Divirta-se com... Ah, querido. Você está bem?

Eu sorri. Foi automático. Eu amava a sra. Dunham com uma estranha espécie de orgulho feroz, como se ela pertencesse só a mim. Claro que não era verdade. Nossa matriarca do alojamento sabia os nomes e a data dos aniversários de todos, nos levava sopa quando estávamos doentes e supervisionava o pequeno exército intercambiável de assistentes que eram demitidos o tempo todo por beber com os alunos ou dormir durante o turno. A sra. Dunham era a única constante no nosso dormitório, no meu dia a dia, e embora esse ano eu pudesse ter me inscrito para morar no luxuoso conjunto residencial dos alunos do último ano, não me inscrevi. Não estava pronto para abrir mão dela.

— Estou bem — respondi. — Só estou morto de fome. Perdi o jantar. Vou pedir um delivery agora mesmo.

— Bom, a Elizabeth esteve aqui agorinha para buscar você para a reunião da revista literária — disse ela. — E se você correr, talvez consiga alcançá-la no caminho. Aqui. Você tem dinheiro? Pad thai de frango? Coca-Cola de cereja? Claro que sei o seu pedido. Na volta, é só buscar aqui.

Eu me sentia na obrigação de contar a Elizabeth o que estava acontecendo, sobre a mensagem, o vômito e os detalhes da viagem a Nova York. Ao mesmo tempo, não tinha a menor vontade de contar. Talvez fosse um hábito que eu tenha desenvolvido com Holmes, essa coisa de escolher uma pessoa com quem confidenciar tudo; talvez não fosse um hábito saudável. Por mais que eu achasse que Elizabeth provavelmente poderia me ajudar a resolver o problema, também não queria despejar tudo no colo dela.

Muito menos depois do que aconteceu com ela no ano anterior.

— Me deixa só guardar minha bolsa — falei, entregando o dinheiro à sra. Dunham e subindo a escada.

O quadro branco na minha porta estava vazio, e o corredor, silencioso, exceto pelo zumbido das luzes no teto. As pessoas estavam enrolando no refeitório, seguindo em direção à biblioteca, estudando de portas fechadas.

Revirei minha mochila em busca das chaves. Ninguém na Sherringford trancava as portas, a não ser Elizabeth e eu. Ninguém tinha motivos para isso, a não ser nós dois.

E, apesar da minha decisão de não envolver Elizabeth na situação, percebi que estava com o celular nas mãos. *Tive um Incidente no almoço hoje*, escrevi para ela. *Foi por isso que sumi.*

Era o código que tínhamos desenvolvido na primeira vez que ela me viu ter um ataque de pânico, depois que me dei conta de que era impossível escondê-los dela.

A resposta foi imediata.

Quer que eu vá aí? A gente poderia faltar à reunião da revista e assistir a uns filhotinhos que curam Incidentes?

Andávamos assistindo a um programa chamado *Filhotinho surpresa*. Obviamente, era sobre pessoas sendo surpreendidas com filhotinhos. Por sugestão dela, só nos permitíamos assistir ao programa quando um de nós estivesse tendo um dia muito, muito ruim.

Não sei se o dia de hoje conta, escrevi de volta enquanto me jogava na cadeira da escrivaninha.

Foi um Incidente de vômito?, perguntou ela. *Alguém viu? Você está se sentindo bem agora? Seu pai ajudou? Ou, meu Deus, ele fez você jogar boliche de novo??*

As perguntas dela estavam me estressando — Elizabeth tinha uma tendência a me interrogar de um jeito que não era exatamente tranquilizador —, mas acabei rindo mesmo assim. Boliche, pelo menos, não estava na lista do meu pai.

Foi, sim; não; mais ou menos; ele me fez investigar uma coisa; se eu não tivesse que preparar um seminário, eu assistiria horrores ao programa dos filhotinhos. Depois de um instante, falei: *Isso soou meio estranho, mas não sei bem por quê?*

Mas tinha funcionado; eu estava sorrindo.

Vejo você na reunião da revista, amor, escreveu ela, e eu pousei meu celular na mesa.

Durante um longo minuto, girei na cadeira, depois abri meu notebook por reflexo. Tinha um e-mail da minha irmã (*Acho que estou ouvindo a mamãe e o Ted transando?? Qual é o som de sexo? Jamie, isso é LITERALMENTE A PIOR COISA DO MUNDO*, fileira de emojis de vômito) e um monte de spam. Respondi a Shelby com um emoji de vômito e duas facas e disse a ela para me ligar. Abri meu seminário de física. Dei uma olhada no meu dever de casa para o dia seguinte. No banner da King's College de Londres que eu tinha pendurado acima da escrivaninha. Uma meta. Muito em breve eu estaria na próxima etapa da minha vida. Eu tinha uma ótima namorada. Um ótimo grupo de amigos. Eu estava bem.

Claro, eu estava atrasado para a reunião da revista literária, mas finalmente me sentia calmo e grato pelo silêncio, e, embora tenha me apressado escada abaixo, não cheguei a correr. A noite se estendia diante dos meus olhos, também calma e silenciosa, e, se eu me atrasasse cinco minutos, nada mudaria. Devagar, enrolei meu cachecol de volta no pescoço e andei com cuidado pela neve.

Ao me aproximar do centro acadêmico, deu para vê-la por trás da porta de vidro. Elizabeth, enrolando na escadaria. A iluminação forte deixava o cabelo dela fluorescente e, enquanto eu a observava, ela conferia o celular. Fiquei um segundo ali parado, simplesmente olhando para ela. Sabia que em sua mochila havia um poema que ela tinha escrito sobre o salgueiro no quintal de casa. Eu andava escrevendo sobre o ano anterior, histórias sobre roubos de obras de arte, explosões e sequestros que o restante do nosso clube achava "irrealistas". Apesar de eles — e todo mundo na Sherringford — saberem sobre os detalhes do assassinato de Dobson, os fatos sobre minhas desventuras na Europa ainda eram loucos demais para acreditar.

E, enquanto eu escrevia compulsivamente sobre minha vida, tentando decifrá-la, Elizabeth se recusava a escrever sobre a dela. Seu agressor. Sua estadia no hospital. No mundo dos poemas dela, nada disso tinha acontecido. Era algo que eu admirava, por mais estranho que parecesse. Sua determinação de reescrever a própria vida excluindo as piores partes.

Parada ali no corredor, ela parecia um pouco uma estranha. Eu não parava mais para observá-la do outro lado de algum recinto; ela estava sempre debaixo do meu braço. De várias maneiras, namorar em um colégio interno se parecia muito com estar casado. Todas as manhãs, eu passava pelos três prédios de tijolinhos entre a minha porta da frente e a dela. Eu a encontrava no saguão de seu dormitório, que sempre cheirava a pipoca de micro-ondas e perfume doce demais. Como eu costumava estar dormindo no horário do café da manhã, ela pegava uma xícara de chá para mim, e íamos juntos para a aula, conversando sobre o dever de casa e aquecendo nossas mãos com as bebidas quentes. Quatro vezes por semana, andávamos juntos para o almoço; três vezes por semana, para o jantar. Estudávamos na biblioteca na maioria das noites, na mesa perto da cafeteira. Depois que as luzes se apagavam, não mandávamos selfies um para o outro, nem mesmo mensagens — o que mais teríamos a dizer?

Agora que era inverno, tínhamos parado de perambular pelo terreno em busca de lugares para ficarmos; em vez disso, deitávamos na minha cama, eu na beirada, ela contra a parede, e em vez de conversarmos, ficávamos atentos para ouvir um dos assistentes do alojamento passando, para que eu pudesse pôr meu pé direito no carpete. (*Durante o horário de visitas, mantenha um pé no chão!*, diziam as placas nas escadarias. Logo abaixo, alguém tinha feito um desenho anatomicamente correto de algo que se podia fazer com os quatro pés bem firmes no chão.) Basicamente, nós conversávamos. Sobre Nova York *versus* Londres; sobre a irmã dela, que compôs e gravou umas músicas estranhas e sofridas que botávamos para tocar no YouTube; sobre aonde iríamos se tivéssemos um carro e eu pudesse levá-la a um encontro de verdade. Às vezes, ela simplesmente dormia no meu peito enquanto eu lia para a aula de inglês, e eu a ouvia respirar enquanto marcava as páginas do meu texto com dobras. Isso me fazia sentir meio culpado, mas eu tinha tanta coisa para fazer que arrumar um tempinho para estudar era um alívio.

Minhas inscrições para as faculdades norte-americanas estavam concluídas, mas ainda faltavam alguns meses para as inscrições das universidades inglesas, incluindo a King's College de Londres, minha prioridade. Ao contrário de Tom e Lena, que passariam a primavera do último ano livres, eu ainda estaria na labuta.

Na maioria das vezes, eu sentia que estava sendo sensato com ela, essa garota disposta a confiar plenamente em mim, mesmo depois de tudo que tinha acontecido com ela por minha causa. Eu a estava tratando com cuidado. Ela estava me tratando com cuidado. Algumas semanas antes, Elizabeth tinha levantado a ideia de dormirmos juntos e nós a adiamos — de forma madura. Mas talvez só nos sentíssemos confortáveis fazendo isso porque, se não andávamos nem nos beijando, por que transaríamos?

Em outros momentos, eu me sentia namorando o aluno de intercâmbio que morava na minha casa. Ela era familiar, quase familiar demais, mas, mesmo assim, era uma desconhecida para mim. E segura. Ela era segura.

Juntos, estávamos seguros.

E mesmo assim, fosse lá por qual motivo, eu não conseguia me obrigar a entrar para encontrá-la.

Eu a observei. Seus olhos preocupados, sua boca. Sua decisão de subir sem mim. Quando ela estava fora do campo

de visão, lhe mandei uma mensagem: *Desculpa, acabei de voltar. Pode ir sem mim.*
Sem problemas, amor, respondeu ela. *Te ligo depois.* Não achei que tivesse condições de sentar e ouvir um grupo de pessoas criticando uma parte da minha autobiografia levemente disfarçada naquela noite. Quem estava na equipe da revista literária tinha que suportar o grupo criticando o trabalho enviado para cada edição. No outono passado, alguém tinha dito: *Seu narrador deveria tomar decisões melhores.* Era tipo terapia, só que os terapeutas usavam porretes.

Fui vagando lentamente de volta para o dormitório, tentando não me perder em pensamentos. Meu seminário. Tinha que focar no meu seminário. O vento se intensificou o bastante para o frio adentrar minhas mangas e meus sapatos, e desviei do caminho para pegar um atalho pelo prédio de ciências.

Pelo primeiro andar do prédio de ciências. Não pelo quarto. (Por que eu estava pensando no quarto andar? *Para de pensar no quarto andar,* disse a mim mesmo.) Um caminho reto.

Física. Eu precisava pôr as ideias em ordem. Ia apresentar um seminário sobre astrofísica no dia seguinte, uma introdução de cinco minutos sobre as teorias básicas que não envolviam matemática, e mesmo assim eu tinha levado horas para assimilar. E, embora já tivesse feito todo o trabalho pesado, ainda precisava organizar tudo em algo que parecesse um discurso. Perambulei pela ala de física, olhando para as exibições que os professores tinham feito sobre matéria, força e energia, e, quando cheguei ao meu dormitório, tinha conseguido recuperar algum foco. Por que eu me sentia prestes a desmoronar?

Na recepção, nada da sra. Dunham. Apenas sua placa que dizia FAZENDO A RONDA, com as letras desbotadas. A sacola com comida tailandesa estava pendurada na minha maçaneta. Eu a peguei e destranquei a porta.

Dei dois passos para dentro e parei. Senti um alerta no fundo do peito, uma espécie de puxão de pânico que me pegou de surpresa. Não. Não havia nada de errado. Era só uma reação ao que tinha acontecido mais cedo, ao meu Incidente, ou àquela mensagem, ou talvez meu pânico com a oferta do meu pai, e me forcei a fechar os olhos e respirar. Eu estava seguro. Eu estava bem. Para reforçar o argumento, fechei a porta depois de entrar e a tranquei.

Dava para ver todas as saídas. Dava para ver meu quarto inteiro. Não tinha mais ninguém ali.

Mesmo assim...

Amargurado, me obriguei a conferir. Dentro do armário. Debaixo das mesas. Meus papéis estavam onde eu os tinha deixado, a apostila de física, minhas anotações e o trabalho que eu tinha escrito sobre *Amada*. Meus lençóis estavam embolados na beirada do colchão. Eu tinha deixado a janela aberta para se contrapor ao aquecedor forte demais, mas estava no terceiro andar, e ninguém poderia ter escalado a frente do nosso prédio para invadir o quarto; não desde que a escola instalou todos aqueles holofotes, após o assassinato de Dobson.

Respirei uma vez. E mais outra. Botei meu jantar ao lado do notebook e fui clicar na minha apresentação de física. Com sorte, daria para terminar e ir para a cama à meia-noite.

Não estava ali.

Eu tinha saído e deixado minha apresentação aberta no notebook, e ela não estava ali.

Conferi a nuvem. Meu e-mail. Busquei nas minhas pastas. Abri um aplicativo diferente de processamento de texto, para o caso de eu ter usado por acidente. Nada.

Cinco horas de trabalho. Eu tinha saído por quinze minutos. E o trabalho sumiu.

Como pude ser tão burro? Vasculhei os papéis na minha mesa, mesmo sabendo que não havia uma cópia impressa, mas procurei de qualquer maneira, feito um idiota, um idiota em pânico. Eu teria que ter fechado o aplicativo. Arrastado o arquivo para a lixeira. Quando cheguei, será que estava mesmo tão distraído assim? Tão nervoso? Como eu podia ter…

Tive uma sensação, como um dedo roçando minha nuca. Girei na cadeira, mas estava sozinho.

Foi então, claro, que meu celular vibrou.

seis
charlotte

Eu tinha tido uma última conversa com meu irmão, Milo, nas semanas após o incidente em Sussex. Ele tinha ido à Suíça, para Lucerna, onde eu estava morando com nossa mãe. Ela o deixara entrar. Ficou levemente alvoroçada quando o viu — espanou fiapos invisíveis dos ombros dele, ajustou o colarinho — e então, quando se sentiu satisfeita, voltou à escrivaninha para completar a papelada de contratação do novo empregador dela. Ela tinha encontrado um laboratório na Suíça que a aceitou. Um lugar dentro do qual poderia desaparecer, esquecer.

Nós duas éramos mais parecidas do que a maioria das pessoas se dava conta, em um primeiro momento.

Fiquei sozinha com Milo. Mal conseguia suportar olhar para ele.

— Sai daqui — disse a ele, e me tranquei no meu quarto, onde havia, pelo menos, uma porta opaca entre mim e o homem que tinha dado um tiro fatal em August.

— Lottie — falou ele pelo buraco da fechadura. — Lottie, você sabe que aqui não é seguro, nem para você nem para a mamãe. Você sabe que não dá para ficar aqui. Posso te levar para Berlim, onde você vai ficar em segurança. Não gostaria disso?

— Para de falar comigo como se eu fosse um cocker spaniel — respondi. Eu estava um pouco sem fôlego, já que arrastava uma mesinha lateral para a frente da porta. — Você é desprezível.

— Seja razoável. Você sabe que ele vai vir atrás de você.

— Pois que venha — respondi, e estava falando sério.

— Ele não pode viajar   insistiu Milo. — Não sem eu ficar sabendo. Estou de mãos atadas em relação a qualquer ação direta, mas ele não pode viajar para lugar algum sem que eu saiba. Tenho planos reserva em andamento. Planos que ninguém pode rastrear até mim. Vou garantir que ele saia da jogada. O Lucien sabe disso, é claro…

Eu estava arrastando a cama até a porta para reforçar minha barricada. De repente, parei.

— Você está de mãos atadas porque vai confessar? — perguntei. — Você vai se entregar à polícia?

— Lottie — disse ele em um tom amoroso, paternal. Era assim que nosso pai falava antes de me bater. — Deixa de ser boba. Alguém precisa ficar de olho nas coisas. Precisamos falar de contingências. Não posso fazer nada se o Lucien estiver viajando com outras identidades. A polícia está atenta a qualquer movimento que eu faça…

Voltei a empurrar a cama, e dessa vez me esforcei ao máximo. Com um estrondo, ela bateu na mesinha junto à porta. As pernas se estilhaçaram. A porta cedeu. Não foi nada satisfatório.

— Você é um *assassino* — falei, ofegante.

Verdade seja dita, Milo não tinha se afastado da porta. Dava para ver seu olho pelo buraco da fechadura.

— Você sabe muito bem que você é a responsável pela morte dele.

Era verdade. Também era verdade que ele tinha puxado o gatilho.

— Sai dessa casa, seu merdinha assassino.

O olho piscou. Em seguida, recuou.

— O problema é seu — disse ele.

Depois disso, não o vi mais.

Quando finalmente saí de trás daquelas lixeiras, estava furiosa comigo mesma.

Não tinha feito nada do trabalho que pretendia fazer, e agora a única opção que me restava era tentar arrombar a fechadura de um apartamento para encontrar uma documentação de que eu não precisava de verdade.

No fim das contas, o que eu queria — o que eu *precisava*, para admitir a minha urgência — era uma lista completa dos pontos de acesso de Lucien Moriarty para entrar e sair do país. Talvez eu estivesse me achando, para roubar uma expressão de Watson, mas eu tinha uma hipótese. Estava cansada de partir do princípio de que minhas suposições estavam corretas; dessa vez, pretendia testá-las. De cabo a rabo.

Sabia o que ia acontecer se não testasse. Meus sentimentos por August tinham sido responsáveis pelas ações que tomei para arruinar a vida dele? Sim. O passo a passo que eu tinha seguido para encontrar meu tio resultaram diretamente na morte de August? Sim. Sim, mil vezes sim.

A única questão, portanto, era como eu poderia bolar uma punição para mim mesma enquanto derrubava Lucien no processo.

Nos meses seguintes à morte de August, pintei um alvo bastante deliberado nas minhas costas. Abri contas em redes sociais e marcava minha localização nas publicações. Passava horas caminhando pelas margens do rio em Lucerna todos os dias, bem devagar, com cores vibrantes, falando em voz alta no celular. (Eu disse a minha mãe que essas caminhadas eram "terapêuticas", feitas para me ajudar a recuperar a saúde. A resposta dela foi dar de ombros e me lembrar de levar meu spray de gás lacrimogêneo.) Tirei fotos minhas passeando pelo rio e as postei nas ditas redes sociais abertas.

Lucien não tinha nem sequer olhado na minha direção. A última notícia que tive foi que o desgraçado estava nos Estados Unidos. Em Nova York.

Levei vários meses para bolar uma armadilha, e então vim eu mesma para cá.

Mas Watson? Nunca quis que Watson estivesse envolvido. E, ao que parecia, talvez ele estivesse, se andava mesmo seguindo meu tio e James Watson naquela busca honestamente idiota por Lucien Moriarty. *Por que* eles queriam encontrá-lo?

Eu tinha criado aquela bagunça, e seria eu a dar um jeito nela.

Esperei chegar ao metrô para anotar os detalhes que tinha ouvido na escada. Foi o suficiente para confirmar, pelo menos, que Peter Morgan-Vilk era uma identidade que eu deveria ter em mente quando desse meu próximo passo. Eu confirmaria pelo menos mais uma, e então seguiria em frente.

Passamos por uma estação com wi-fi. Meu celular vibrou. *Me diz que você já chegou.*

Chego em dez, respondi, e então cheguei.

Seis malditos lances de escada de novo. Nova York era desgastante, mas não de um jeito interessante. *A chave está no sapo*, dizia a mensagem, como se eu não fosse saber de imediato que ela estaria no animalzinho de cerâmica ao lado do capacho.

Minha escolha de acomodações naquela viagem estava me fazendo pensar. No ano anterior, eu tinha feito a maior parte das viagens importantes (de trem, avião etc.) disfarçada de uma garota chamada Rose, que vinha de Brighton e estava viajando em seu ano sabático enquanto fazia vídeos para o canal de YouTube que esperava lançar quando voltasse para casa. O sotaque dela era parecido o bastante com o meu para que não constituísse um desafio, o interesse dela por filmes permitiu que eu andasse para lá e para cá com equipamentos de filmagem, e a atenção dela à moda era fácil de fingir, até certo ponto. Eu tinha desenvolvido a persona dela com base na minha melhor peruca, uma loira-acinzentada que mandei fazer em Londres. Rose usava muitas roupas pretas, assim como eu, em estilos feitos sob medida, assim como eu — mas, com o cabelo e os óculos escuros gatinho, as peças ganhavam um propósito. Por mais que ela me fizesse parecer uma vlogueira de moda, eu gostava dela.

Pensava em Rose desse jeito, como uma pessoa que eu mantinha guardada em um cantinho até precisar usá-la. Ela tinha sublocado imóveis em Londres por curtos períodos ao longo do último outono, mas esse inverno nos Estados Unidos tinha se mostrado mais caro. As finanças de Rose eram limitadas. As *minhas* finanças eram limitadas, e não sabia bem quando eu poderia reabastecê-las sem ter que me expor a mais atenção do que o necessário no processo. Por isso, quando a inspetora Green me ofereceu o apartamento de sua irmã enquanto a mulher estava de férias, acabei aceitando, mas não sem certa hesitação.

Você sabe que está financiando o trabalho de uma justiceira, disse a ela por mensagem.

O contato dela estava salvo no meu celular como "Steve".

Envolvi você em um caso quando você tinha dez anos. Não acho que essa seja a decisão mais louca que já tomei.

Não era um apartamento memorável. Antes de me livrar do meu personagem e das minhas malas, fiz uma varredura do ambiente. Uma hora mais tarde, posicionei meu notebook na bancada da cozinha e, embora tivesse removido a placa de rede, ainda conferi para ter certeza de que não estava conectada a nada. Passei até cola na entrada Ethernet para que ninguém pudesse forçar uma conexão a cabo. Aquele computador tinha que estar totalmente desconectado; era ali que eu mantinha meus arquivos, organizados pelo método que meu pai tinha me ensinado.

Eles detinham os fatos da minha investigação até o momento.

Lucien Moriarty entrava nos Estados Unidos com frequência, "a trabalho", e não usava o nome verdadeiro. Fazia voos diretos, muitas vezes vindos de Londres, e assim que chegava aos Estados Unidos, desaparecia. Lucien era, para todos os efeitos, um fantasma cujos movimentos eu só era capaz de rastrear quando ele estava dentro de um avião acima do Atlântico.

Tinha determinado isso depois de vigiar o aeroporto mais provável por três semanas seguidas. Não tive nem que comprar passagem. O Terminal 5 do Aeroporto Heathrow era bem grande, mas, uma vez que se tinha determinado que alguém estava indo e voltando toda semana e feito uma lista codificada por cores dos voos diretos para quatro grandes cidades estadunidenses da costa leste, dava para garantir certo sucesso. Ainda mais se esse fosse seu único foco.

Além disso, ninguém dava muita bola para a garota segurando a plaquinha de "SEJA BEM-VINDO, PAPAI" na área de desembarque tendo ao redor meia dúzia de outras jovens fazendo o mesmo.

Meu interesse nunca tinha sido em saber aonde Lucien Moriarty estava indo. Não estava nem mesmo interessada em saber de onde ele vinha. Isso viria mais tarde. Eu queria saber em quais dias ele escolhia voltar, e por quê.

A partir daí, as coisas ficaram muito técnicas, e passei certo tempo à espreita no Starbucks que os funcionários da alfândega frequentavam, consegui empregos temporários nos escritórios deles, entrevistei-os para o meu "jornal da escola". Descobri quem ele tinha subornado na Inglaterra e, partindo daí, tracei um plano para descobrir quem ele estava subornando nos Estados Unidos.

Por que ele não estava usando o próprio nome para viajar?

O motivo pelo qual ele estava nos Estados Unidos nunca foi uma dúvida, não para mim. Lucien Moriarty era um consultor político britânico. Era alguém que resolvia problemas, um homem que fazia escândalos desaparecerem. E, no entanto, no último ano, a lista de clientes dele tinha se tornado incômoda e imprevisível. Um cursinho em Manhattan. Um grande hospital chique em Washington, D.C. E, talvez o mais perturbador, uma clínica de reabilitação para adolescentes em Connecticut. Ele lidou com as crises públicas desses lugares. Ele os ajudou a desenvolver uma marca. Mantinha uma base na Inglaterra e ia e voltava semanalmente, mas, mesmo assim, não tomou nenhuma atitude em relação a mim, nenhuma mesmo. Mas Lucien Moriarty tinha uma ideia fixa, e bem que eu gostaria que fosse presunção minha saber que essa ideia fixa era eu.

Já bastava. Não importava o quanto eu olhasse para o meu próprio umbigo, ele não ia ficar mais interessante. Além disso, quanto mais me permitia ter pensamentos abstratos sobre o caso, mais me pegava imaginando como a vida poderia ser depois. Frutos do mar, quem sabe, em um restaurante bacana, usando minhas próprias roupas, com meu verdadeiro rosto à mostra. Sono ininterrupto e tentar de verdade abandonar o cigarro. E depois... Eu tinha uma loja em mente, algo em Cheapside, e tinha esperança de que ainda estaria disponível quando eu tivesse terminado a pena de prisão que provavelmente cumpriria quando tudo aquilo acabasse.

No meio-tempo, eu tinha um plano.
1. Entrar em contato com a Scotland Yard, fornecer relatório.
2. Entrar em contato com a fonte na Sherringford, receber relatório.

3. Comprar novo colete à prova de balas. Um com absorção de umidade dessa vez. (Estava cansada de tirar o colete encharcada de suor.)
4. Usando o colete à prova de balas, arrancar informações sobre uma certa loja em Greenpoint.
5. Começar a examinar as especificações restantes sobre a identidade de Michael Hartwell.
6. Confirmar entrevista com Starway Airlines.
7. Arrumar certificado de reanimação cardiopulmonar para credencial de voluntariado em hospital.
8. Mandar mensagem para Green com foto dos meus comprimidos intactos.
9. Passar dez minutos sem pensar em Jamie Watson tirando o cachecol feito pela namorada dele.
10. Cinco minutos. Três. Quanto tempo fosse possível.

sete
jamie

Não sei quanto tempo passei sentado à minha escrivaninha, me forçando a inspirar e expirar. Por fim, parei para olhar meu celular. A mensagem era do meu pai: *O Leander quer saber se você já se decidiu.* A pior coisa da minha vida até o momento? Eu não era burro. Seria muito mais fácil se eu fosse. Mas tínhamos ido a Nova York para perseguir os Moriarty, e quando voltei sofri um caso de sabotagem aleatória. Agora mesmo, eu via o grande círculo vermelho que tinha feito na minha apostila de física — *apresentações individuais, 40% da nota*. Não era assassinato. Não era um sequestro. Era pequeno, e insidioso, e eu sabia como as coisas funcionariam agora. Eu era capaz de reconhecer um padrão.

Só ia piorar. Mas eu estava cansado de me render.

Alguém estava punindo Charlotte ao me punir.

Ou era isso ou minha namorada estava muito brava comigo por eu ter faltado ao clube de redação.

— Tá — falei em voz alta. — Tá bom. — E virei a noite refazendo o maldito trabalho.

* * *

No dia seguinte, tinha aula de francês de manhã cedo. Elizabeth me acompanhou até lá, de braços dados comigo. Ela estava contando uma história sobre a colega de quarto estar deixando pilhas de casca de laranja debaixo do beliche delas, e como o cheiro era ótimo até as cascas começarem a apodrecer. Noite passada, elas tinham discutido sobre qual seria o momento ideal para varrer tudo de debaixo da cama — quatro dias? Cinco? Será que deveriam mesmo deixar as cascas ali embaixo? Apesar da minha exaustão, fiquei interessado na estranha poesia da história, nos gestos de Elizabeth, na risada dela. Na normalidade daquilo.

— Então, a laranja parece uma metáfora para alguma coisa — concluiu ela nos degraus que levavam ao prédio de línguas. — Não sei o quê.

— Eu sinto isso o tempo todo — falei.

— Senti sua falta ontem à noite. O clube foi idiota, como sempre. Mais poemas sobre as avós mortas das pessoas. Você parece que não pregou os olhos, sabia? — Elizabeth não tinha tocado no próprio chá, embora eu tivesse tomado o meu até a última gota, e ela pressionou o copo de papel dela nas minhas mãos. — Você estava pensando sobre... — Ela se deteve, mas dava para ouvir o final da frase: *sobre o ano passado*, ou *sobre Charlotte Holmes*.

— Não, eu tinha que fazer um trabalho para hoje ainda. Deixei para a última hora.

Não tinha contado a ela sobre minha apresentação de física arruinada; falar do assunto em voz alta fazia com que parecesse real. Além disso, só de ouvir a ansiedade daquelas quatro palavras — *você estava pensando sobre* —, acabei hesitando em dizer a ela. Precisava manter a positividade para que pudesse seguir em frente.

— Mais uma evidência de que não deveria fugir com meu pai no meio de um dia de aula.

— Ele é uma má influência. — Ela me deu um beijo na bochecha. — Mas você deveria sair com ele mais vezes. Isso te deixa feliz. Tenta ficar acordado. O monsieur Cann já está por aqui com você.

Estava mesmo, mas só porque eu tinha trocado as aulas de francês III pela sala 442 do prédio de ciências várias vezes no outono passado. Como eu podia culpá-lo por me odiar? Naquela manhã, viajei tanto durante a aula dele que Tom me mandou mensagem por baixo da mesa perguntando se eu estava bem e tive que dispensá-lo com um aceno. Na aula de história europeia, fiquei beliscando meu próprio braço até me machucar, e na de física li minha apresentação na tela o mais atentamente possível, tentando me manter de pé, e no segundo em que terminei, tomei a decisão executiva de faltar à única matéria que eu sabia que tinha um 10 inabalável — inglês — para dormir. Na volta para o dormitório, passei por Lena, brilhante feito um tordo no blazer vermelho do uniforme. Parecia tão desperta que me fez sentir vontade de chorar.

— Jamie — disse ela, agarrando meu braço. — O que está acontecendo? Você... você está com uma cara péssima.

— Não dormi — falei, e forcei um sorriso. Estava tão exausto que mal consegui voltar para o dormitório.

No corredor em frente ao meu quarto, me obriguei a prestar atenção. Só para o caso de ter alguém lá dentro, me esperando atrás da porta com um porrete. Mas acho que essa nunca foi a maneira de os Moriarty lidarem com as coisas.

Isso fazia mais o estilo Charlotte Holmes.

Cerrei os dentes e entrei.

Dentro do quarto, resisti ao impulso de catalogar minhas coisas, caso minha fadinha arruinadora de seminários tivesse me feito outra visita. Qual era o sentido? Aquele era o tipo de coisa que me faria enlouquecer — fui eu que deixei meu planner na cadeira, quando sempre o mantinha na estante? Fui eu que deixei a janela aberta? Ela estava aberta agora, percebi, e vai saber se fui eu quem a abriu...

Senti uma onda de pânico. Apesar da minha náusea intensa e da dor de cabeça, não estava mais nem um pouco cansado. Mas era tarde demais para ir para a aula de inglês.

Sentei na cama com o celular nas mãos. O que eu queria era conversar com alguém que me conhecia. Uma conversa que me traria de volta a um terreno conhecido. Percebi que era hora do jantar na Inglaterra. Minha irmã já teria voltado da escola, e, se o e-mail da noite anterior servia de indício, ela precisava desesperadamente de alguém com quem reclamar. Tentei uma videochamada, e ela atendeu quase no mesmo instante.

— Oi — disse ela, preocupada. — Você não deveria estar na aula?

— Provavelmente — respondi.

Ela balançou a cabeça.

— Espera, me deixa fechar a porta. Não que a mamãe esteja prestando atenção no que eu faço, de qualquer maneira.

— Ela ainda só tem olhos para o Príncipe Ted Encantado?

Shelby deu de ombros.

— Ele não tem muito de encantado, não. Ele é careca, mas não de um jeito sexy. A única coisa sexy dele é ser um pouco mais novo do que ela. *Rawr.*

— Mas a mamãe está feliz?

— Acho que está — disse minha irmã. — Sei lá. Tipo, talvez eu seja uma pessoa horrível, mas cheguei à conclusão de que odeio dividir a atenção dela com os outros. Você foi embora há tanto tempo que isso aqui ficou a cara de *Gilmore Girls*. Mas faz séculos que eu e a mamãe não saímos para tomar um frappuccino. A gente ia quase todos os dias.

Havia um tom de desculpas na voz dela. Shelby era nova demais para lembrar de verdade como tinha sido quando meu pai nos trocou pela nova família dele nos Estados Unidos. Para ela, eu ter passado anos sem falar com ele parecia uma tática para chamar atenção. (Olhando em retrospecto, posso dizer que definitivamente era mesmo.) Shelby não tinha a mesma lembrança dele; importava muito menos para ela a frequência com que ele ligava ou se ele se lembrava ou não de nos mandar cartões nos nossos aniversários. Será que todos os pais não passavam de uma voz no telefone? Será que as visitas opcionais do outro lado do oceano uma vez por ano não eram simplesmente assim mesmo?

Eu não estava curtindo ver o jogo virando para ela. Shelby e nossa mãe sempre foram próximas, e, se eu pudesse poupar minha irmã de alguma coisa, seria de assumir o papel principal na minha própria série de drama adolescente: *Ferrou tudo, meus pais estão namorando*.

— Fala com ela — sugeri. — Fala com ela que você sente falta dela. Pede um momento só de vocês. Ela te adora e quer que você seja feliz. Não vai ser um problema.

Shelby se jogou de costas na cama. A câmera balançou, depois parou.

— De qualquer maneira, não importa, porque... não. Espera. Eu estava pra te contar uma coisa. Eu... ele, tipo, me deu uma bronca ontem à noite. Me mandou voltar para o quarto e trocar de roupa.

Ergui a sobrancelha.

— O Ted fez isso? Sério?

— Fez. Eu estava usando um short, meio de cintura alta, com meia-calça, nada que eu já não tenha usado milhares de vezes, e ele perguntou se eu ia encontrar algum *garoto* com aquela roupa, e disse que talvez eu não devesse usar o short se fosse mesmo encontrar alguém, e ele estava "brincando", mas ao mesmo tempo não estava. A mamãe logo deu um fora nele. — Ela franziu os lábios. — Quero dar a ele o benefício da dúvida, sabe? Tipo, ele não tem filhos. Talvez esteja tentando experimentar o lance de ser pai.

— Ele está fazendo um péssimo trabalho, então — comentei, enquanto fazia uma nota mental para conferir o assunto com minha mãe. — Odeio essa merda. Faz parecer que *ele* está olhando pra você e te achando...

— Atraente. Ou sei lá o quê. Eu sei. É horrível. E ele nem é tão velho. — A voz dela ficou mais fria. — Acho bom ele não tentar de novo.

Tive a mesma sensação que às vezes me invadia, de que estava perdendo algo muito significativo por não ver minha irmã crescer.

— Senão?

— Senão ele vai ver — disse ela com firmeza. — Enfim, talvez nem faça diferença, já que não vou ficar por aqui. Vou estudar nos Estados Unidos.

Eu me levantei tão depressa que bati a cabeça na prateleira acima da minha cama.

— O quê? Não. De jeito nenhum. Não na Sherringford.

Ela riu com a minha reação.

— Não na Sherringford. Eu me recuso a estudar na sua escola esquisitona cheia de assassinatos, não importa o quanto me paguem. Não, a mamãe descobriu, tipo, outro colégio interno em Connecticut. É perto do seu. Mas esse tem uma proporção de um aluno para um cavalo. — Ela esperou que eu absorvesse a informação. — Jamie, sei que você é péssimo em matemática, mas sério. Por pessoa. Todo mundo tem seu próprio *cavalo*. E é um colégio só de garotas, o que é ótimo.

Até que não era de surpreender, quando ela botava nesses termos. Shelby tinha passado nossa infância inteira implorando por aulas de equitação, mas nossa mãe nunca teve condições de pagar. Em vez disso, ela deu a Shelby um pônei de pelúcia do tamanho de Shetland, que minha irmã arrastava para tudo que era canto com uma coleira.

— Eu sabia que você estava procurando uma escola, mas sempre pensei que fosse ficar na Inglaterra. Esse lugar não é caro? Como é que ela vai fazer para pagar?

— Acho que eles oferecem, tipo, uma ótima ajuda de custo. Ou talvez o novo namorado dela esteja se sentindo generoso. Vai saber.

— E você está de boa com isso tudo?

— Eu... — Ela mordeu o lábio, pensativa. — A mamãe tem a vida dela aqui agora. E eu meio que sinto que estou no caminho. Ir para esse lugar parece melhor do que ficar em Londres, ficando invisível pouco a pouco.

Soltei um suspiro.

— Sinto muito.

— É. — Shelby piscou rapidamente e esfregou os olhos.

— Enfim, não vou para a escola sem dar uma olhada nela primeiro; não sou besta. É isso que eu queria falar com você, que a mamãe comprou passagem para que eu pudesse ver o campus, e se eu gostar, já posso começar imediatamente. Ela estava falando sobre querer ver o papai. Acho que eles não se veem desde... desde...

— Desde o inverno passado. Desde que ele foi me buscar depois do que aconteceu em Sussex.

Por trás do celular nas minhas mãos, dava para ver a neve intensa caindo pela janela. De manhã, o tempo estivera limpo.

— Você está bem, Jamie?

Shelby se sentou na própria cama. Eu não gostava da expressão de pena nos olhos dela.

— Estou — respondi, brusco demais. — Estou bem.

— Deixa de ser idiota — cantarolou ela, do jeito que fazia quando a gente era criança. — Você está sendo idiota, tão idiota, tão idiota...

— Não ouse cantar a música do idiota pra mim...

Ela subiu uma oitava.

— Você é o maior idiota de Idiotópolis...

— Shel, meu Deus — falei, me esforçando para não rir. Tinha sido um bom instinto, ligar para minha irmã. — Espero que você goste dessa escola dos cavalos. Parece perfeita. A gente conversa mais sobre ela quando você estiver aqui.

— Também estou com saudade. — Ela franziu o nariz para mim. — Tchau, Jamie. Até logo.

Fiquei de pé e fechei as cortinas. Ainda havia luz o suficiente entrando de fininho por entre elas para salpicar minha cama, como se eu estivesse vivendo debaixo d'água. Deitado na cama, passei um tempinho observando a luz, o brilho dela na minha parede. Tive pensamentos sonolentos sobre o oceano no inverno. Decidi que queria vê-lo de novo. Talvez o Mar do Norte na Escócia, em vez da costa sul. Eu iria assim que estivesse na faculdade. Pegaria o trem sozinho. Olharia as ovelhas pela janela, as colinas ondulantes. Pararia uma noite em Edimburgo para conhecer o antigo reduto do meu pai. Queria reaprender como era ser eu, nos lugares que eu amava, para me lembrar de como era ser o suficiente. Fingir que não tinha ninguém atrás de mim.

Talvez não tivesse. Talvez eu tivesse cometido algum erro, salvado o arquivo por cima com algum nome idiota e o perdido em uma pasta. Talvez, depois dos últimos dois anos, meus instintos estivessem em frangalhos. Nada daquilo tinha a ver comigo, afinal.

A exaustão me envolveu feito um cobertor.

No sonho que tive, eu era órfão e morava na casa da Holmes. O pai dela estava me perseguindo, tinha nos deixado apavorados, escondidos juntos em um porão. Estávamos sozinhos no escuro ali embaixo, mas dava para ouvir uma plateia murmurando ao nosso redor, alguém tossindo, os primórdios de um aplauso. Quando me virei para dizer à Holmes que estávamos sendo observados, um holofote iluminou o rosto dela. Os olhos ficaram fluorescentes.

Só diz suas falas, disse ela.

Os cantos escuros do porão se estendiam para além de nós. Ouvi passos lá em cima, no teto. Seríamos descobertos. Tratava-se de um público em busca de uma peça.

Eu não sei minhas falas, sussurrei em resposta. *Você sabe?* Observei sua boca, a base de todas as decisões ruins. Ela acendia um cigarro e o botava entre os lábios. Ela tomava um punhado de comprimidos. Ela me beijava. Ela dizia algo imperdoável, fazia qualquer uma das coisas péssimas que costumava fazer, aquela garota que existia apenas para se opor ao mundo, e esperava que eu a mandasse parar e eu nunca mandava, nunca, eu preferia levar um tiro na neve antes de mandá-la parar.

Você queria as duas coisas, disse ela, *então não vai ter nada. Não. Vai passar o resto da vida esperando permissão.* O holofote tremeluziu. Isso acontecia quando ela dizia a verdade. Quando ele parou, foi para que todo mundo pudesse nos assistir. A plateia tinha chegado, mas isso só deixou Charlotte muito mais íntima. A mão dela subiu devagarinho até minha bochecha. Ela sussurrou: *Mesmo agora, você quer permissão para ser uma vítima. É tudo que você sempre quis. Que alguém viesse e te salvasse.*

Ela disse essas palavras como se estivesse lendo uma carta de amor.

Charlotte, falei.

Meu nome não é esse. A luz tremeluziu. *Jamie. Jamie. Jamie...*

— Acorda. — Alguém estava acendendo e apagando a luz, acendendo e apagando. Será que ainda estávamos no porão? Cadê as janelas? E as saídas? Eu tinha aprendido a procurar as saídas. O ensinamento estava infundido em mim.

Não. Eu estava no meu quarto. Sentei tão depressa que vi pontinhos.

— Quem está aí?

— Caramba, você está mesmo perdido. — Elizabeth estava encostada na porta do meu armário. O blazer vermelho chamava atenção na luz fraca. Já era noite? Será que ainda era o mesmo dia?

— Desculpa — falei enquanto esfregava o rosto. — Desculpa, eu estava... já acordei. Hm. Está na hora do jantar?

— Você perdeu a hora do jantar. — Ela cruzou os braços. — Vim para saber como você estava. A sra. Dunham disse que não tinha te visto desde hoje de manhã.

Engoli em seco.

— Perdi o resto das minhas aulas — falei.

— Perdeu.

Eu nunca a tinha ouvido usar aquele tom de voz comigo. Nunca. A última vez que ela foi tão categórica com alguém foi quando detonou Randall por ter feito uma piada machista.

E foi então que absorvi o que ela estava dizendo.

— Merda. Ah, que merda. Não posso...

A aula de cálculo. Eu tinha perdido a aula de cálculo. Será que tinha algum trabalho para entregar? Será que a srta. Meyers notaria? Ela nunca tirava os olhos das próprias anotações, e eu nunca levantava a mão, de qualquer maneira, será que eu...

— Jamie — disse Elizabeth baixinho. — Sério.

Eu não conseguia explicar a expressão assassina no rosto dela.

— Eu fiz alguma coisa? — perguntei rispidamente. — Por que você está brava? Que eu saiba, não foi você que perdeu um dia inteiro de aula por causa de um cochilo.

Ela deu passos firmes na minha direção, com uma intensidade repentina.

— Você me mandou um e-mail — disse ela. — Você me mandou um e-mail, o que por si só já é bem estranho, e disse que precisava falar comigo, mas só depois do jantar, e que eu deveria vir nesse horário específico, então eu vim... e faltei meu grupo de estudos de inglês, aliás... entrei aqui e encontrei você, o quê, *fingindo* estar dormindo, sussurrando o nome da sua ex? Charlotte, Charlotte, Charlotte. Você está todo suado, e seu quarto está nojento... por que as paredes estão grudentas? O que é que está acontecendo? Isso é algum tipo de piada de mau gosto? Por que você fez isso comigo?

Ela estava a centímetros de distância, com o dedo estendido como se quisesse enfiá-lo no meu olho, ou na minha garganta, e parecia a segundos de começar a chorar — eu nunca tinha visto Elizabeth chorar, não sabia que existia alguma coisa capaz de tirá-la do sério desse jeito —, e eu deveria ter ficado horrorizado, fazendo malabarismos para negar, para explicar.

Não fiz isso. Porque, conforme minha visão se ajustava, pude ver a parede atrás dela, borrifada com um líquido marrom que descia em linhas sinuosas até a escrivaninha. Até meu notebook, aberto, com minha caixa de entrada do e-mail visível na tela. Na metade superior da tela, pelo menos. A metade inferior oscilava entre o preto e a estática. O teclado estava pingando, assim como a cadeira da escrivaninha, o mural de cortiça, a beirada da minha cama. A flâmula da King's College de Londres acima da mesa.

Bem ao lado, uma lata amassada de Coca Diet que guardava na minha geladeira para Elizabeth. Eu levava uma latinha para ela todos os dias na hora do almoço como um pedido de desculpas. Por gostar dela, gostar muito, e mesmo assim ainda amar outra pessoa.

Alguém tinha sacudido a lata e espirrado o líquido no notebook que minha mãe comprara com o dinheiro que estava economizando para pagar as próprias aulas de cerâmica. Minha mãe, que nunca fazia nada por si mesma.

Culpa em cima de culpa em cima de culpa. Ela me envolvia com os dedos e os apertava.

— Meu Deus, Jamie — disse Elizabeth. Mais alto dessa vez. Alto o suficiente para ser ouvida no corredor. — O que está acontecendo? Eu sei que você tem tido ataques de pânico, sei que você está se sentindo um merda em relação a *alguma coisa*. Tem mais alguma coisa além do que você já me disse? O que está acontecendo?

Tudo em que eu conseguia pensar era em como antes eu tinha certeza de que um Moriarty estava atrás de mim, que essa era a nova tática deles. Me punir até que Charlotte reaparecesse para me salvar.

Ou era isso ou minha namorada *estava* me punindo por alguma coisa. Tinha sido engraçado quando pensei nisso na noite anterior. Naquele dia, com ela parada no meio dos escombros do meu quarto, não.

— Foi você que fez isso? — A pergunta escapuliu da minha boca como uma maldição. Não queria ter dito isso, pensado nisso... Nunca quis voltar a sentir tanto medo.

— Está falando sério?
— Você me ouviu. Foi você que fez isso? — Eu me sentia incapaz de parar. — Foi você que destruiu meu notebook para se vingar de mim por alguma coisa?

Os olhos de Elizabeth se encheram de lágrimas.

— O que foi que aquela garota fez pra te deixar assim?

Com essas palavras, nossa briga passou para outro nível.

— O que ela fez? E se eu apenas sempre tiver sido assim?

— Havia certos assuntos que eu não queria que Elizabeth abordasse. Esse era um deles.

Ninguém sabia de todos os detalhes. Ninguém a não ser eu, a Holmes e a Scotland Yard, e queria que as coisas continuassem assim. Caso contrário, como eu faria para seguir em frente, se todo mundo olhasse para mim e soubesse como eu tinha sido tolo?

— Ah, é? Então você sempre foi um babaca? — Elizabeth estava chorando. — Por que está falando comigo desse jeito?

Abri a boca, depois fechei. Minha acusação foi pra valer? Ela tinha mesmo ido à reunião do nosso clube na noite anterior ou será que tinha chegado ao meu dormitório antes de mim e deletado meu projeto? Não. Era impossível. Ela não fazia parte de nada daquilo. Eu não era egoísta a ponto de arrastá-la de volta para aquele mundo invertido em que os Moriarty mandavam enfiar joias pela goela abaixo de garotas.

Eu era egoísta de outras maneiras.

— Desculpa — falei. Era tudo que eu tinha a oferecer.

— Tudo bem. Não diz nada. Tudo bem — repetiu ela, então deu meia-volta e marchou em direção ao corredor.

Ouvi barulhos lá fora. Portas se abrindo, fechando.

— Não, Randall. — Eu a ouvi dizer. — Me deixa em paz. Me deixa em *paz*. Não fala com ele. Eu mesma vou falar, quando estiver pronta.

Randall enfiou a cabeça no meu quarto. Antes que ele pudesse dizer qualquer coisa, bati a porta na cara dele.

Em seguida, peguei meu celular e abri a mensagem do meu pai.

O Leander quer saber se você já se decidiu.

A droga do mundo inteiro queria que eu fosse encontrar a Holmes? Tudo bem. Eu ia encontrar a Holmes. Eu a encontraria e mostraria o tamanho do estrago que ela tinha causado.

Já, respondi. *Me busca em dez minutos.*

oito
charlotte

No verão após o incidente com a minha instrutora de acrobacias e a anfetamina e o professor Demarchelier, minha família fez nosso retiro anual para Lucerna. Passamos um bom tempo na Suíça naqueles anos. Milo estava estudando em um colégio interno no país, um lugar que, mesmo aos doze anos, eu sabia que nossa família mal tinha condições de pagar. As aulas de inverno aconteciam em uma estação de esqui na Áustria, em Innsbruck (daí vem o nome da instituição, Escola Innsbruck), e, durante a primavera e o outono, Milo fazia matérias com os filhos de primeiros-ministros e reis em Lucerna.

— Não quero voltar — dissera ele no fim do recesso de primavera, em um raro momento de discordância. Meu irmão obedecia às ordens do nosso pai sem titubear, como se nossa unidade familiar fosse uma operação militar. — Já sei o bastante para começar meu próprio negócio. Isso é tudo que a gente, que eu, sempre quis fazer, de qualquer maneira. Várias pessoas terminam os estudos aos dezoito anos.

Estávamos na mesa de jantar. Era o único momento garantido do dia em que nós quatro nos reuníamos. Como consequência, para mim era um inferno. Afastei meu prato e observei meu pai atentamente.

Ele inclinou a cabeça para o lado.

— Por que você acha que frequenta sua escola?

Analisei as mãos dele em cima da mesa. Elas estavam firmes.

Milo refletiu sobre a pergunta enquanto mastigava. Ele nunca parecia sentir o pavor reflexivo que eu sentia quando nosso pai nos examinava daquele jeito, como se fôssemos presas.

— Pelas conexões?

— Não é pelo esqui? — perguntei baixinho. Naquela época, eu tinha menos autocontrole.

Por sorte, meu pai não ouviu. Minha mãe esticou a mão por baixo da mesa e apertou meu joelho com força. Ela queria que eu fechasse o bico. Fez isso porque me amava.

— As conexões — disse meu pai. — Foi uma declaração um pouco sem rodeios, mas sim, bom. Agora, como você destacou, você tem dezoito anos. Qual é a utilidade de conhecer o primeiro-ministro da Bélgica?

— De conhecer o primeiro-ministro? — disse Milo lentamente. — Mas eu estudo com o filho do primeiro-ministro.

— E? — perguntou meu pai.

Na mesa, ele entrelaçava e soltava as mãos. Era um aviso. Se uma delas pousasse na mesa, significava que um castigo estava por vir, e não dava para saber se seria direcionado a mim ou a Milo; era uma loteria.

No silêncio, nossa governanta deu a volta e nos serviu mais água. O som era tranquilizante e… e eu não conseguia me concentrar. Não parava de olhar para as mãos do meu pai, pensando *não vou vomitar*. Faria barulho demais. Meu pai ouviria, e haveria consequências; talvez me confortasse ou talvez ficasse bravo. Nunca dava para saber, e eu não tinha condições de controlar meu pânico na época, então controlaria agora e não ia vomitar.

Eu tinha doze anos. Queria deixá-lo orgulhoso. Engoli em seco.

Milo também observava as mãos do nosso pai.

— Para mim não tem importância conhecer o primeiro-ministro da Bélgica. Só que eu poderia apresentá-lo a você. Por meio do filho dele.

Os dedos do meu pai envolveram o garfo, espetaram um pedaço de carne e o levaram aos lábios dele.

— Então você entende por que vai ficar em Innsbruck — disse meu pai, e então: — Charlotte, coma sua vitela.

E foi isso. Não vomitei. Não naquela noite.

Nossa viagem a Lucerna coincidiu com a volta às aulas de Milo. Alugamos uma casa fora da cidade, pequena, "delicadamente escandinava" e cheia de móveis surrados e confortáveis. Ficaríamos ali para a semana de orientação dele.

Em termos econômicos, não era viável que nós dois frequentássemos colégios internos, meu pai me disse, e, ao contrário de mim, Milo já tinha aprendido tudo que Alistair Holmes tinha a lhe ensinar. Ele precisava de estudos avançados. Mas eles me levavam nessas viagens porque eu ainda tinha utilidade. Sabia escutar. Sabia lembrar e resumir as partes importantes para meu pai. Eles me deixavam brincar com as crianças para que eu colhesse o que fosse possível sobre os pais delas.

Naquele ano, o ano em que eu tinha doze, as crianças com quem brinquei não eram exatamente crianças. Passei a primeira semana ao lado do prodígio do tênis de mesa, Quentin Wilde. Ele tinha quinze anos. A família tinha conseguido para Quentin acesso às instalações da escola antes mesmo do início das aulas, para que ele não perdesse um único dia do seu regime de treinamento. Ao que parecia, Quentin precisava de plateia, e eu deveria ser a tal plateia. Me disseram para vê-lo jogar. Me disseram para ficar devidamente impressionada. A mãe dele era uma espécie de secretária de energia norte-americana e o pai ficava em casa para cuidar dos filhos. Eu não sabia bem que tipo de cuidado ele oferecia, já que Quentin e os irmãos frequentavam o colégio interno, mas não parecia se estender ao bem-estar físico do filho. Era difícil me concentrar no tênis de mesa, porque eu odiava e porque o cabelo de Quentin era uma bagunça. Não podia deixar de pensar em como precisava de um corte.

(Na noite anterior, bem tarde, tão tarde que era quase manhã, meus pais haviam tido uma briga, e eu tinha ficado acordada para ouvir.

Isso é absurdo, e você sabe, dissera minha mãe. Mesmo por trás da parede, dava para saber que ela estava irritada. Eu era boa em escutar através da parede. Afinal de contas, tinha sido treinada. *Você sabe que custa quase meu salário do ano inteiro manter o Milo estudando lá. Você não faz o pedido de auxílio...*

Que tornaria nossa situação financeira informação pública. Que acabaria com o propósito disso tudo. Ouvi uma gaveta ser fechada com força, o mesmo som que tinha me acordado. E outro baque oco e suave. *Seja racional, Emma.*

Eu estou sendo racional, disse ela, baixinho. *Ser uma mulher com opinião contrária não faz de mim uma histérica. O mínimo que você poderia fazer é fingir, pelo menos para os seus filhos, que eles são mais do que degraus para a sua carreira. Que você os ama.*

Pelo amor de Deus, eu acredito em ser honesto com eles... Eles sabem que eu os amo...

E ama mesmo? Assuma alguma responsabilidade, Al! Você mente tanto que está começando a acreditar em si mesmo. Você foi demitido do ministério! Você foi flagrado vendendo informações! Parece que está começando a pensar que é a parte injustiçada da história e agora está submetendo nossos filhos à... à provação das suas expectativas, para que possa usá-los como uma espécie de escada para subir de volta ao topo...

Você está misturando metáforas, falou meu pai, friamente. O tom dele era de quem diz: *Você está bêbada*, e talvez ela estivesse mesmo. Eu não sabia se isso negava o argumento dela.

Você deveria querer coisa melhor para eles. Eu quero. Vou pegar os dois e ir embora, vou... vou pegar a Lottie, pelo menos... você não está vendo que ela é só pele e osso? Você não liga?

Nunca tinha imaginado que minha mãe gostasse tanto de mim. Eu me permiti sentir prazer por alguns instantes, antes que meu cérebro crítico viesse à tona novamente. Meu pai me ensinara: *As pessoas têm motivações, Lottie. Elas não são cegamente altruístas. Mesmo que só ganhem o prazer de se sentirem certas, elas estão em busca de alguma recompensa.*

Mas, se minha mãe disse que meu pai estava errado a respeito da minha educação, talvez as coisas que ele me ensinara durante as aulas também estivessem erradas. Mesmo assim, eu nunca a tinha ouvido contradizê-lo pessoalmente. Jamais. E agora ela estava dizendo que ele também tinha motivações, e que eram ainda menos altruístas que as motivações da maioria das pessoas, embora eu tivesse idade o suficiente para saber que talvez ela só estivesse esvaziando seu arsenal contra ele, como uma ofensiva. [Arsenal. Esse era o time de futebol sobre o qual meu pai estivera falando no dia anterior. Brinquei com a ideia por um instante. *Arsenal, jogos, arsenais, perda...*]

Não ficou claro quem estava falando a verdade, isso se alguém estava mesmo.

Você está mimando ela, disse meu pai. *Ela já é bem pouco promissora. Os diamantes Jameson? Aquilo foi um triste acidente, e você sabe. Você a levaria e, em nome de protegê-la, estragaria qualquer potencial que ela de fato tenha. Não vou permitir isso.*

Suas expectativas...

Dessa vez, o som foi de vidro quebrando e se estilhaçando, e alto o suficiente para acordar meu irmão na cama de solteiro ao lado da minha. *Vai dormir, Emma*, ordenou meu pai, e então disse com todas as letras: *Você está bêbada*, e Milo tocou meu ombro antes de voltar a fechar os olhos.)

É importante saber que eu tinha isso em mente.

Quentin precisava de um corte de cabelo. Eu sabia cortar o meu; fazia um bom trabalho. Eu me ofereci para cortar o dele, e ele aceitou, e de volta à nossa casa alugada vazia, tirando a tesoura do meu kit, fiquei sozinha no banheiro. Sabia que estava a poucos passos de entrar em colapso. Mas eu podia dar um jeito naquilo. Em mim mesma. Eu tinha um método: eu me permitia sentir, meu cérebro crepitante e insone, o tédio de assistir a um garoto idiota acertar uma bola por horas e horas, a injustiça de passar meus dias do final de julho na Suíça, em um ginásio abafado, quando poderia estar lendo a enciclopédia ou explodindo coisas no quintal, e o triste fato de que, mesmo que minha mãe me quisesse como moeda de troca, era preferível a não ser querida de jeito nenhum, então eu recolhia esses sentimentos da maneira como tinha sido ensinada e os enterrava no solo abaixo dos meus pés.

Pela primeira vez, meu método não funcionou.

Tentei outra vez. Passei um tempo ali parada, tremendo com a intensidade da coisa, e ele surgiu do meu estômago dessa vez, uma espécie de pânico triste e arraigado, e meus pensamentos evoluíram mais depressa. Eu senti. Senti tudo. Sabia que queria me apagar dos pés à cabeça, como um desenho, e que ainda queria que alguém tocasse meus contornos e me dissesse que me amava apesar delas. Tentei de novo. Falhei. Estava chorando e me maravilhando com a ideia de me ver chorando (chorando!) quando Quentin me encontrou.

Para minha surpresa, ele me abraçou.

— Problemas em casa? — perguntou ele quando me soltou. Fiz que sim. — Fodam-se eles.

Não tinha muito o que responder, então não falei nada.

Os olhos dele percorreram a bancada do banheiro e passaram pelo meu kit de cosméticos. Com um movimento rápido, ele pegou o frasco de anfetaminas.

— Você curte?

Avaliei a pergunta.

— Não particularmente.

— Você é uma menina estranha — comentou ele, e descarregou alguns dos meus comprimidos na palma da mão.

— Olha só. Vou fazer uma troca com você. Vamos dar uma festa mais tarde, eu, o Basil e o Thom. Você é meio novinha, talvez, mas se quiser pode ir. Quer uma amostra? — Ele tirou um frasco da mochila e, sacudindo-o, liberou dois comprimidos brancos. — Aqui — disse enquanto me dava um. — Saúde. — E o engoliu de uma vez.

Eu hesitei.

— Ele faz toda essa merda que você está sentindo desaparecer — disse Quentin, e eu engoli o comprimido tão depressa que ele começou a rir.

Quando voltei para a casa alugada, à meia-noite, meu pai me perguntou onde eu estive. Ele confiava que eu forneceria detalhes. E foi o que fiz: Quentin e eu tínhamos comido pizza juntos no ginásio enquanto ele falava da namorada, Tasha. Sempre gostei do nome Tasha. Foi a primeira vez que menti com sucesso para o meu pai.

Na verdade, assim que cheguei à "festa", fui ignorada. Basil e Thom tinham dividido uma garrafa de tequila, então passaram a noite vomitando no banheiro. Depois que cortei o cabelo de Quentin, ele passou horas praticando tênis de mesa com um foco inabalável que eu nunca tinha visto antes. Quanto a mim, caminhei até a piscina da escola e li minha enciclopédia Q-R com os pés na água. Era de praxe, a não ser pela parte em que troquei meu frasco de comprimidos pelo de Quentin.

Dos dele eu de fato gostava.

Dois anos mais tarde, contei a Milo, em um rompante de honestidade, o que realmente tinha acontecido naquela noite. A caligrafia do pedido de desculpas escrito à mão que recebi de Quentin estava tão trêmula que só pude presumir que Milo tinha apontado uma faca para o pescoço dele.

Isso era amor. O amor tinha essa cara.

Às quatro da manhã, botei a chaleira no fogo. Repassei as informações necessárias pelo meu banco de dados de negócios norte-americano favorito (só para assinantes) e anotei os resultados, depois os filtrei e, em seguida, os filtrei mais uma vez. Passei algum tempo dando uma olhada no bairro Greenpoint, no Brooklyn, pelo Google Maps. Depois, às quatro e meia, liguei para a polícia.

Eu até que gostava de ligar para a Scotland Yard e pedir para falar com o inspetor de plantão. Eu era uma fonte oficial. Estava listada assim nos registros. Também gostava de saber disso, embora eu não desse muito valor a essas instituições.

— Stevie — disse a inspetora Green. — Que bom ter notícias suas.

— Olá — respondi. Stevie era meu codinome, vinha da cantora Stevie Nicks. Era por isso que Green estava salva no meu celular como "Steve". A inspetora gostava de folk rock dos anos 1970 e tinha um senso de humor meio brega. — Já me acomodei.

— Excelente. Tem um relatório a fazer?

Acho que eu nutria um certo carinho por Lea Green. Eu a conhecia havia algum tempo. Ela foi a detetive do famoso incidente Jameson, aquele em que, segundo os jornais, eu tinha desenhado um mapa com giz de cera para levar a polícia às esmeraldas roubadas. Desejei muitas vezes poder voltar àquele dia com uma tesoura, como se fosse remover cenas de uma peça. E daí que a peça era a minha vida?

O pior cenário que eu podia imaginar, se nunca tivesse me envolvido com o caso Jameson, seria meu pai ter me esquecido completamente. Seria me tornar uma garota comum, estudando para o vestibular em algum lugar em Londres, querendo muito passar para química em Oxbridge. Em vez disso, eu fui uma criança com o sobrenome de um detetive famoso, escondida atrás de um sofá enquanto o pai trocava notas sobre casos com a New Scotland Yard. Tudo porque o sobrenome famoso *dele* tinha lhe dado tantos delírios de grandeza que ele se considerava um reizinho da solução de crimes.

Green estudara ficção policial em Cambridge antes de entrar para a polícia. Por isso ela se aproximou do meu pai. (Já pensei várias vezes que ela e Watson se dariam muito bem. Ele sempre gostou de mulheres impressionantes.) Desde então, tenho sido sua informante, embora a operação que ela e eu estávamos tocando no momento fosse, na melhor das hipóteses, semilegal. Ela confiava em mim. Se era ou não uma decisão sábia, era problema dela.

— Confirmei a identidade de Peter Morgan-Vilk — eu disse a ela. — Se você tiver alguma influência na alfândega, sugiro que pegue aquele passaporte. Morgan-Vilk não vai sentir falta, mas Lucien Moriarty vai.

— Muito bom. — Ela estava digitando. — Foi seu tio que conseguiu essa informação, então? Estava há meses lhe dizendo que estava seguindo Leander enquanto ele investigava Lucien Moriarty. Eu não falava com Green todos os dias; entrava em contato com moderação, em horários pouco convencionais, para lhe fornecer informações que eu tinha "coletado" das "anotações sobre o caso" do meu tio.

— Nós nos separamos — contei a ela. — Foi meu presente de aniversário. Vou seguir carreira solo.

— Certo. Meus parabéns, garota. O que você vai fazer agora?

— Investigar algumas insinuações que Morgan-Vilk fez sobre a carreira política do Lucien. Tenho algumas questões sobre a filha do Michael Hartwell...

— Stevie. — Green abafou uma risadinha. — A resposta é: "Vou para a Disney."

— O quê?

— Nada... Olha, vou pegar os passaportes de Polnitz e de Hartwell também.

— Vou investigar a procedência deles, de qualquer maneira. Imagino que Moriarty não os tenha escolhido ao acaso. Ele tem evitado assumir identidades de falecidos, seja lá por que motivo... A não ser por essa identidade de Polnitz. Mas os outros eu não entendo.

— Deixa que eu descubro. Preciso que você vá a Greenpoint hoje.

— Greenpoint — falei. Já estava no meu plano, e mesmo assim não gostei de receber ordens de ir até lá.

— Você podia disfarçar um pouco desse desdém, sabia? Pode te levar mais longe.

Abri a boca para pedir desculpas, e em vez disso acabei dizendo:

— Eu vi o Watson ontem. Ele não me viu.

Green suspirou. Ela podia até não saber todos os detalhes da minha história com Watson, mas viu em primeira mão como tudo foi pro saco.

— Como está se sentindo em relação a isso?

Era uma pergunta simples. Por que eu sempre queria morder a pessoa que perguntava?

— Não dormi bem. Tem alguma coisa específica acontecendo em Greenpoint hoje?

— A galeria tem um carregamento rumo a Connecticut. O envio vai ser no fim do dia.

Qualquer que fosse a emoção piegas que eu estava sentindo, ela se foi, como se eu a tivesse limpado com um pano úmido.

— Onde? Onde em Connecticut?

— Stevie...

— *Onde?* — Eu detestava fazer perguntas para as quais já sabia a resposta.

— Não é para você entrar no caminhão. Não é para chegar nem perto do caminhão, entendeu? Nada. De. Caminhão. Você só cuida das informações. Não quero que seja vista por eles. Não quero que fique...

— Dizer uma coisa de cinco jeitos diferentes não aumenta a eficácia...

— ... nem dando uma de Lara Croft. Estou falando sério, Stevie...

— Tá bom — respondi.

Uma pausa.

— Tenho que ir — disse ela, bufando. Dava para ouvir alguém (sua supervisora?) nos fundos. — Você não me mandou aquela foto ontem à noite.

— Dos meus comprimidos. Acabei caindo no sono.

— Desculpa.

— Não adianta pedir desculpas. Manda agora. — Green desligou.

Parecia que eu ia a Greenpoint, então. A facilidade com que segui o conselho dela me surpreendeu. A inspetora certamente tinha me dado um bom motivo, mas isso não tinha sido suficiente nas outras vezes.

Eu sabia, a essa altura, que deveria ter um supervisor. Bastava um rápido olhar para minha última operação para perceber disso.

Se você tivesse dito qualquer coisa, dissera Watson naquele dia no gramado. *Qualquer coisa. Eu poderia ter feito você mudar de ideia! Mas você me manipulou esse tempo todo só para...*

Isso é amor, eu tinha respondido. *É assim que é ser amado.* E então o atirei aos lobos.

Sim, eu precisava de supervisão. Ainda que Green não fosse exatamente a escolha certa, era um começo.

Tirei os comprimidos do forro do meu casaco. Bati uma foto. Fiz outra xícara de chá, vesti meu kit Rose-de-Brighton, finalizei o look com meus óculos escuros estilo gatinho e saí para comprar um colete à prova de balas.

O homem na loja de artefatos de proteção ficou incrédulo.

— O que...

— É para o meu portfólio de aprovação no Instituto de Moda — falei, sem paciência. — Estou fazendo um trabalho sobre segurança pessoal. Tem bastante tule.

— Tu o quê?

— Tule. T-u-l-e. Tipo um tutu? Acoplado a um colete. — Passei minha bolsa de um ombro para o outro. — Aqui estão minhas medidas. Eu mesma vou servir de modelo. — Como ele continuou me encarando, bati o pé. — Sério mesmo. É tão difícil assim entender?

Por sorte, a loja estava vazia; eu estava tendo que fazer toda uma cena. Pelo menos pude mostrar àquele vendedor exatamente o tipo de garota que ele esperaria que comprasse suas mercadorias, portanto ele logo me esqueceria. Se eu tivesse chegado sem nenhum disfarce e fizesse minha compra em silêncio, seria o tipo de esquisitice de que ele se lembraria.

— O dinheiro é seu. — Ele deu de ombros e se virou para pegar o modelo mais barato da parede.

— Não. Eu quero o Byzantium Express Nível 3X-A. Com absorção de umidade, se você tiver.

— Você fez o dever de casa — comentou o vendedor, com uma surpresa irritante.

Eu apenas o encarei.

— Com absorção — repeti.

— Absorção?

— É um teste muito estressante.

O homem hesitou.

— Esse sai por setecentos dólares, garota.

O que me deixaria com um total de duzentos. Mesmo assim...

— Gostei da cor — disse a ele. — Combina com a saia. Pode embrulhar para mim, por favor?

Em uma plataforma de metrô vazia, vesti o colete por cima da minha *chemise* e por baixo da blusa folgada. Enfiei o cabelo loiro na bolsa e, com dedos ágeis, desmanchei os rolinhos que tinha feito de manhã para prender os grampos da peruca. Voltei a ser eu mesma. A não ser pelos cachos.

Quando o trem chegou, me peguei conferindo os fechos do meu colete. Será que eu estava nervosa? Talvez. Não era uma tarefa que me deixava animada. Afinal de contas, tinha estado em quarto lugar na lista.

No entanto, eu teria que ver Hadrian Moriarty em algum momento. Não havia melhor ocasião do que agora.

nove
jamie

Dez minutos acabaram se tornando... um pouquinho mais do que dez minutos. Meu pai respondeu: *Aprecio o dramatismo, mas preciso terminar meu relatório mensal de vendas. A gente pode te buscar depois da aula amanhã.* Não tinha problema. Eu precisava de tempo para pôr a cabeça no lugar, de qualquer maneira. Pedi arroz cru e um saco de lixo no refeitório, depois enfiei dentro dele meu notebook desligado e virado de cabeça para baixo. A internet tinha me dito que o arroz absorveria o líquido. Eu tinha minhas dúvidas. A parte de dentro do saco tinha um cheiro estranho de pudim de tapioca.

Com o notebook marinando ao meu lado, eu me sentei para traçar uma linha do tempo. Não era uma linha complicada. A pessoa por trás de tudo aquilo não achou que havia necessidade de *complicá-la*.

O azar era dela.

Deletar minha apresentação de física? Isso aconteceu nos trinta minutos entre minha saída e minha volta ao dormitório. Meu pai tinha me deixado na porta do prédio, então era possível que alguém tivesse marcado o horário da minha chegada — mas a pessoa teria tido que me esperar sair novamente e sabido que eu não ia ao clube de escrita criativa, como de costume. A sra. Dunham tinha me visto entrar e sair, mas não sabia quando eu voltaria. Claro, talvez ela tivesse imediatamente invadido meu quarto e deletado meus arquivos, mas...

Senti um embrulho no estômago. A sra. Dunham. Eu me recusava a acreditar nisso.

E, de qualquer maneira, era inacreditável que ela tivesse mandado um e-mail para Elizabeth e dito para ela ir ao meu quarto, menos ainda entrado de fininho e sabotado meu notebook enquanto eu dormia. Era preciso ter colhões para fazer algo do tipo, e embora eu não duvidasse da coragem da sra. Dunham — ela era a matriarca de um alojamento com uma centena de garotos adolescentes; tinha certeza de que já tinha presenciado algumas das cenas mais grotescas que se poderia imaginar —, eu era incapaz de imaginá-la sendo tão insensível ou tão cruel. Nem mesmo em troca do dinheiro de Lucien Moriarty.

Porque, no fim das contas, tudo se resumia a isso, né? Quem se deixaria ser subornado. A menos que tivéssemos outra pessoa fanática na jogada, como Bryony Downs, consequência de coisas que a Holmes tinha aprontado, o culpado tinha que ser alguém financiado pelos Moriarty. Isso tornava tudo impessoal. Nojento. Talvez facilitasse a solução.

Era preciso tomar notas, então. Bolar um plano.

Eu começaria pedindo desculpas a Elizabeth. Ela merecia. Não passava de coincidência ela ter aparecido justo no momento em que eu estava tendo aquele pesadelo; ninguém poderia ter contado com isso. O mais provável era que o culpado tivesse entrado sorrateiramente no meu quarto para estragar o notebook, me encontrado dormindo e, em seguida, enviado aquele e-mail a Elizabeth, encorajando-a a aparecer para levar a culpa. Confundir minha leitura da situação.

Eu não tinha nenhuma ilusão a respeito da minha própria importância. No fim das contas, tratava-se de uma pessoa que estava atrás de Charlotte Holmes, e eu era um meio para esse fim. Era preciso partir desse princípio, certo? De que eu era o dano colateral.

Ou era isso, ou eu tinha feito novos inimigos na Sherringford sem nem ter me dado conta.

Passei um minuto esfregando os olhos.

Muito bem. Eu precisava revirar meu quarto para saber se tinha algum grampo. Levei só dez minutos; o cômodo era pequeno, e no ano anterior eu tinha aprendido o jeito mais eficaz de desmantelar os móveis do meu dormitório. Cortei o colchão, apalpei o armário, conferi as prateleiras, olhei atrás do espelho. Não encontrei nada.

Por que será que tinham chamado Elizabeth? Será que sabiam que eu surtaria e botaria a culpa nela? Era mais provável que o grampo estivesse muito bem escondido. Deixei o assunto de lado por enquanto.

A pergunta seguinte era como a pessoa tinha entrado, e quando. Eu podia conferir os registros de cartão de acesso dos dormitórios. Todo aluno tinha um cartão, uma medida de segurança reforçada após a morte de Dobson, que permitia que a escola rastreasse quem entrou em cada prédio e quando. Era preciso passar o cartão ao entrar. O problema era que não precisava passar ao sair. Alguém podia ter passado o dia todo esperando no dormitório. Mas havia câmeras de segurança. Holmes saberia dizer se a filmagem tinha sido adulterada. E será que alguém se daria ao trabalho de fazer isso? Será que não existia um jeito mais fácil de atingir Holmes? Qual era a motivação do culpado em me envolver nisso? *Não é necessário saber a motivação*, diria Holmes. *Você precisa do método. Precisa de um par de olhos. O que você precisa é parar de neurose, Watson...*

Fechei meu caderno.

Eu estava pensando na situação — nela — como se estivéssemos cuidando daquilo juntos. Não estávamos. Era apenas um efeito colateral do ano anterior. Da minha vida anterior. Eu solucionaria aquele caso e pronto. No entanto, não seria naquela noite. Eu tinha dever de casa a fazer, e nem sequer sabia qual era, graças ao meu cochilo infeliz e destruidor de relacionamentos.

Lena estava na minha turma de inglês. Era um bom começo.

Dever de casa?, perguntei por mensagem. *Dormi e perdi a aula.*

A resposta foi imediata.

Não estou falando com você, você fez um papelão com a Elizabeth e nem pediu desculpa?? Meu Deus, Jamie.

Elizabeth. Quem eu tinha culpado por tudo aquilo. Em quem eu estava com muita vergonha de pensar no momento.

Vou falar com ela amanhã. Estou dando um tempo pra ela esfriar a cabeça.

Era mentira, e Lena sabia disso.

Você é um covarde. Não vou te fazer favor nenhum, respondeu ela.

Era justo. Mesmo assim, revirei os olhos. Elizabeth era a única aluna de segundo ano no alojamento dos veteranos e dividia o dormitório com Lena. Carter Hall abrigava a equipe de segurança de toda a escola no térreo. O quarto de Elizabeth dividia uma parede com eles. Morar ali foi a única maneira de os pais dela permitirem que ela voltasse para a escola depois do ano anterior, e quem podia culpá-los?

Eu sabia que, se fosse ao dormitório de Lena, não sairia de lá até que ela (e provavelmente uma equipe de segurança) supervisionasse pessoalmente meu pedido de desculpas à minha namorada. Ex-namorada?

Meu Deus. Eu tinha ferrado tudo.

Só para testar, tirei o notebook do banho de arroz. Ele fez um som de esguicho. Enfiei o aparelho de volta no saco.

Meu celular vibrou.

Vou dar uma festa hoje à noite e se você fizer os drinques e pedir desculpas para Elizabeth e for menos babaca no geral, eu te passo o dever de casa. Uma pausa. Em seguida, ela enviou um emoji de faca.

O dia não estava indo conforme planejado. Só me restava deixar rolar.

Foi assim que acabei em uma festa completamente maluca nos túneis de acesso em uma terça à noite.

Os túneis que passavam por baixo da Sherringford tinham sido construídos quando a escola era um convento e as freiras precisavam de um acesso às capelas nos meses de inverno sem congelarem no processo. Quando a escola comprou a propriedade, no início do século XIX, os túneis foram fechados. Foi só nos últimos cinquenta anos, mais ou menos, que eles voltaram a ter utilidade. Atualmente, eram usados pela equipe de manutenção. Eram usados também pelos traficantes da escola, por casais em busca de um lugar para se pegar, pelo vice-diretor querendo um lugar seguro para guardar sua bicicleta reclinável de milhares de dólares, pelo time de rúgbi durante a Semana do Espírito Escolar para trancar calouros a noite inteira na sala das caldeiras e por Charlotte Holmes, na época em que ela estava em busca de um lugar para treinar esgrima.

Naquela noite, a festa estava acontecendo em um espaço cavernoso no meio do caminho entre os alojamentos Carter e Michener, longe o suficiente de ambos para que não fosse ouvida. Pelo menos a intenção era mesmo essa. Aparentemente, Lena tinha manipulado um zelador para que lhe passasse o código de acesso ("Manipulado como, exatamente?", perguntara Tom) e enviado os convites.

O meu não tinha sido exatamente um convite, acho. Em geral, eu não estaria segurando oito frascos de shampoo de grife cheios de vodca em um cômodo escuro em algum lugar debaixo do pátio às dez da noite. De uma terça-feira.

Era o fato de ser terça-feira que realmente pegava para mim.

— Não seria melhor se fosse em uma sexta? — perguntou Mariella.

Ela parecia genuinamente curiosa, mas era difícil medir o sarcasmo com a música eletrônica estrondosa.

O cômodo que Lena tinha escolhido servia para o armazenamento de inverno. Os alunos pagavam quarenta dólares para manter suas bicicletas abrigadas no subsolo durante os meses de neve; quando chegava março, todas eram retiradas de lá. As paredes de tijolos estavam tomadas de bicicletas. Elas abafavam o som. No momento, apenas metade do aposento estava cheia, mas, conhecendo Lena, o lugar estaria lotado até a meia-noite. Já tinha um jogo de pôquer rolando no canto, uma espécie distorcida de pôquer fechado. Holmes teria ficado horrorizada.

— Estamos comemorando alguma coisa? — perguntei a Mariella.

Ela estava ajustando uma luz estroboscópica. Eu não fazia ideia de como ou por que ela tinha uma luz estroboscópica.

— O Tom passou para Michigan — respondeu ela. — O que foi um choque para todo mundo, inclusive para o próprio Tom.

— Valeu pelo voto de confiança — disse ele, se aproximando por trás da gente. Eu não sabia como ele tinha conseguido escutar sob a batida da música.

— Meus parabéns, cara. — Esvaziei uma das mãos para apertar a dele. — Quando você ia me contar?

Tom pareceu meio constrangido.

— Amanhã, talvez? Fiquei sabendo que você teve um... bom, um dia ruim. Aqui, deixa eu arrumar uma mesa para você. Acho que o Kittredge disse que ia trazer misturadores para a vodca de shampoo.

— Então vai ser Vodca com Coca Diet Volume & Brilho — respondi. — Ótimo.

Tom enfiou as mãos nos bolsos do colete.

— Posso falar com você rapidinho?

— Pode — respondi, surpreso. — Mariella, você pode...

— Deixa comigo — disse ela, e assumiu o comando do bar.

Ziguezagueamos até chegar ao corredor. Lena tinha razão; com a porta fechada, quase nenhum ruído escapava.

— Eu estava falando sério — disse a ele, e minha voz saiu alta demais no corredor silencioso. — Meus parabéns. Michigan é uma faculdade difícil de passar.

— Meus pais queriam Yale — comentou ele, depois se retraiu. — Não. Foi mal. Estou trabalhando nisso. Eles querem Yale, mas eu não quero, e não é, tipo, sem noção da minha parte não querer ir para lá. Quero uma boa educação, sem fazer empréstimo estudantil, e eu sei muito bem que eles querem uma faculdade da Ivy League, mas não vão pagar por isso. E, de qualquer maneira, só um aluno da Sherringford passa para Yale por ano, e não vou ser eu.

Eu assenti.

— Terapia — disse ele como forma de explicação. — Estou trabalhando nessas questões.

— Terapia. Você curte?

Essa tinha sido uma das condições para que Tom voltasse à Sherringford, depois de ter colaborado com o sr. Wheatley para me espionar, no outono anterior. Terapia, reuniões quinzenais com a reitora e nenhuma nota abaixo de oito. O Tom Bradford que eu conheci este ano era mais calado, mas também muito mais pé no chão.

Às vezes eu ficava impressionado que ele e eu ainda nos falássemos. Mas, por outro lado, nós nunca tínhamos sido muito amigos, para início de conversa. Se uma traição era medida pelo grau de proximidade entre os envolvidos antes que ela acontecesse, então Tom não tinha me traído tanto assim.

— Se eu curto a terapia? Olha, não sei. Acho que está funcionando. Sinto que estou entendendo mais as minhas decisões. Às vezes eu faço escolhas melhores. — Ele arrastou um pé no chão. — Olha, Watson…

— Jamie — falei, pesaroso.

— Jamie. — Tom olhou para mim. — Eu não te convidei hoje à noite de propósito, e não é por causa desse lance com a Elizabeth.

Eu não soube o que dizer. Nós não éramos muito próximos, claro, mas éramos amigos. Almoçávamos juntos quase todos os dias. Estudávamos juntos na biblioteca à noite. Eu sabia da vida dele, e ele sabia da minha.

Pelo menos achei que soubesse.

— Não sei bem o que responder — falei.

De alguma forma, isso o irritou.

— Tá vendo? Olha só como você é! Eu te digo uma coisa totalmente zoada, e você não fica nem bravo. É como se não fizesse nenhuma diferença.

— Eu estou totalmente perdido na sua linha de raciocínio. Do que é que você está falando?

— Disso! De tudo isso! — Tom deu um chute no linóleo sujo. O som reverberou pelo corredor vazio. — Você não liga. A gente não é amigo, não de verdade. Você não é amigo de verdade da Lena. Não é amigo nem mesmo da Elizabeth… Ah, claro, você pensa que é, e talvez ela ache também. Mas é pura mentira.

Ele estava magoado, e era a festa dele, e mesmo que eu quisesse rebater o que Tom estava dizendo, ainda me sentia péssimo.

— Acho que não tinha me dado conta — respondi. — Sinto muito mesmo.

— Não é... Meu Deus, Watson. Nada. Não consigo tirar nada de você. Você não conta nada pra gente. Está na cara que tem alguma coisa acontecendo...

— Jamie — falei.

— O quê?

— Jamie. Não me chama de Watson.

Umas garotas se aproximando pararam, sem saber se deveriam interromper. A da frente tinha cabelos loiros, usava um vestido de festa e carregava um saquinho cheio de comprimidos coloridos. Parecia a garota que Mariella tinha levado para almoçar com a gente no dia anterior. Era do primeiro ano. Todas elas pareciam estar no primeiro ano, novas demais para estar ali.

— Por quê? — questionou Tom. — Como não estou no time de rúgbi, não posso usar sobrenomes? Você ainda está me punindo pelo ano passado? Não ligo se estiver. Só me diz para que a gente possa resolver isso! Eu...

Qualquer defesa que eu estivesse elaborando se desfez. Porque, embora eu não o estivesse punindo, estava fazendo algo pior. Eu não pensava nem um pouco nele. Nem nele, nem em Lena, nem mesmo em Elizabeth, nem mesmo agora que eu sabia que a tinha magoado.

Eu costumava ser bom no quesito amizade, ou achava que fosse. Eu ia atrás dos meus amigos, em ocupações artísticas, delegacias de polícia e festas cavernosas, na casa do meu pai quando ele e eu não estávamos nos falando, no quarto de Holmes para fazer vigília à noite. E agora eu não sabia nem o que dizer a alguém que estava me falando, meio sem jeito, que sentia minha falta. Talvez Tom e eu fôssemos mais próximos do que eu pensava.

O que será que eu teria dito, quando ainda era eu mesmo? Como era possível voltar para uma carcaça da qual você se desfez?

Qual era o meu problema?

— Está tudo bem — falei, me virando para abrir a porta.

As garotas aproveitaram a deixa para passar por nós; a que estava na frente esbarrou em mim e deixou cair a bolsa e o saquinho de comprimidos. Eu me abaixei para pegar a bolsa dela e chutei as drogas para trás. Ela não pareceu perceber.

Eu me virei para Tom.

— Ei, que tal você me chamar do que quiser e eu parar de ser um amigo de merda? Vamos te arrumar um shot, vamos?

Eu soava como um palhaço.

Ele me lançou um olhar de desprezo.

— Vai falar com a sua namorada — disse Tom, passando por mim para voltar para a festa.

Ergui o olhar e vi, horrorizado, que Elizabeth estava atravessando o corredor feito um fantasma, com uma echarpe enrolada nos ombros como um xale.

A música ficou mais alta. Alguém comemorou, então a porta pesada se fechou e bloqueou o som.

— Oi — disse Elizabeth, parada debaixo daquelas luzes industriais horríveis. Era evidente que tinha chorado. Os olhos dela estavam com um aspecto vítreo e distante, e com o xale em volta dos braços, ela parecia uma vidente, ou uma bruxa do mar. — Olha…

— Eu sinto muito — falei na mesma hora.

— Sente. — Não era uma pergunta.

— Sinto. Essa situação toda… foi uma loucura, e foi horrível, e eu não devia ter botado a culpa em você. É claro que você não teve nada a ver com isso. Mas eu não enviei aquele e-mail. Tem alguma merda estranha acontecendo, e parece que voltei ao ano passado, e não quis te contar porque não queria que você tivesse que lidar com isso…

— Eu sei — disse ela.

— Sabe? — Ao que parecia, aquele corredor era o lugar em que eu não sabia de nada. — Como?

Ela ergueu o queixo.

— Porque você me enviou outro e-mail pedindo que eu te encontrasse nesta festa. Mas o Tom me disse que não ia te convidar. Ele achou que, se eu soubesse que você não viria, eu ia me animar a sair.

— Ah — falei estupidamente.

Meu e-mail. Como um idiota, eu ainda não tinha trocado a senha. Estive ocupado demais fingindo ser detetive. Fingindo e falhando por completo.

— São os Moriarty, né? — As palavras saíram emboladas, como se fosse difícil para Elizabeth pronunciá-las.

— Não sei. Acho… acho que sim.

— E a Charlotte?

— É.

Ela apertou mais a echarpe em volta de si, pensando.

— Tá bom.

— Tá bom — eu respondi, e aguardei.

Eu me peguei esperando que ela revelasse, camada por camada, seu plano ridículo e intrincado. Nós daríamos o troco. Seríamos os heróis. Poríamos um ponto final naquela história, finalmente, de uma vez por todas.

Mas aquela era uma garota diferente. Aquela era uma versão diferente de mim, ao lado dela.

— Eu só sei que, se eles nos querem nesta festa, então deveríamos ir embora agora mesmo — dizia Elizabeth devagar.

Percorremos todo o caminho até a entrada do Carter Hall antes que o pânico começasse.

dez
charlotte

Quando conheci Jamie Watson, não dei muita atenção a ele. Eu tinha passado meses debaixo d'água. Meu verão em Sussex após meu primeiro ano na Sherringford tinha sido insuportavelmente calmo. Andara lendo sobre o peixe-pescador, porque estava certa de que tinha pendurado uma terrível lanterna involuntária na cabeça que tinha atraído Lee Dobson. Assim como o peixe-pescador, eu tinha dentes de um tamanho considerável, mas eu estava começando a descobrir que os usava mal em momentos de crise.

A leitura me distraía de mim mesma, então eu tentava ler o tempo inteiro. Quando não estava lendo, me pegava fazendo coisinhas que nunca tinha feito antes. Imaginava algum barulho quando não havia barulho nenhum. Coçava o joelho direito, só o direito, até finalmente romper a pele. Me levantava durante o jantar enquanto meu pai estava falando, porque tinha certeza de que estava prestes a começar a gritar. Meu pai estava começando a parecer velho. Meu pai tinha parado totalmente de olhar para mim.

Passei aquele verão me desintoxicando. O máximo que pude. Isso teve, como esperado, resultados abaixo do ideal, mas eu fiz o que deu. Estava me dando conta de que havia bem pouco de mim mesma a resguardar, então na Sherringford, no outono em que Watson se aproximou de mim no pátio, tudo em que pensei foi: *Aí está mais uma pessoa que quer algo de mim que sou incapaz de dar.*

Watson deu continuidade à sua ridícula proposta de amizade dando um soco na cara de Lee Dobson. Se era para alguém dar um soco na cara de Dobson, esse alguém era eu. Não um meio-estadunidense avoado que achava, assim como meu pai, que nossos nomes sinalizavam que devíamos ser algo além do que somos.

Eu nunca fui uma boa detetive. Sou impaciente demais para isso. O que eu de fato sou é outra questão.

Nos últimos meses, tive tempo o suficiente para pensar no assunto. Eis minha tese: sou uma garota que chegou ao mundo um pouco tarde. Eu não sabia como cuidar de outra pessoa porque não tive ninguém de quem cuidar (a não ser meu gato, Rato, que não precisava tanto assim de mim, pensando bem) e nenhum treinamento de verdade na área. Aprendi rápido, embora tenha sido meio sofrido. Nunca quis que alguém como Watson fosse minha cobaia.

O inferno está cheio de boas intenções e coisa e tal.

PELAS FOLHAS ESPALHADAS NA CALÇADA E PELA GUIRLANda na porta, a princípio achei que talvez eu tivesse anotado o endereço errado. Era claramente uma loja de flores, embora na placa estivesse escrito apenas OCASIÕES PERFEITAS, nome irritantemente vago. Se eu tivesse que escolher o nome de uma loja, seria uma referência ao proprietário e à finalidade. SABOTADORES DO MORIARTY, por exemplo. Era bom deixar bem claro, em consideração aos clientes.

A Ocasiões Perfeitas trabalhava com flores, embora elas estivessem todas do lado de dentro, protegidas contra o frio. Também trabalhava com molduras — de fotos de família, como aquelas penduradas na vitrine, e de pinturas, iluminadas na parede dos fundos. Pareciam não apostar muito em nenhum dos negócios, já que também sediavam uns eventos de Artes e Vinho, frequentados por mulheres de quarenta e poucos anos de semblante simpático, com dois ou três filhos na escola e um marido que nunca ajudava na limpeza.

A mulher na vitrine tinha acabado de ser demitida do cargo de secretária. Dava para ver pelas unhas curtas na mão direita, pelos sapatos elegantes, mas gastos, e, o mais óbvio, pela caixa de papelão debaixo da mesa, com três porta-retratos, uma luminária e um pote cheio de canetas. Ela estava em busca de uma distração antes de ter que encarar a nova realidade, e aquele lugar, com seu conforto, seu clima quentinho e o belo homem loiro que andava para lá e para cá reabastecendo copos, fornecia isso.

Eu fiquei com pena dela.

Parte de mim tinha pensado que talvez eu pudesse chegar e atravessar a porta da frente com armas em punho. Era o que eu teria feito no ano anterior. Esse fato por si só já indicava que era uma péssima ideia, e, de qualquer maneira, eu queria ver como ficaria a pintura depois que ela terminasse. No momento, meio que parecia um esqueleto banhado a ouro.

Havia um beco à direita da loja. Como eu tinha estudado os mapas de satélite, já sabia disso. Conforme eu tinha deduzido, era ali que o caminhão de entrega esperava, com o pisca-alerta aceso, até que estivesse pronto para seguir sua rota.

Segui em direção ao beco deliberadamente, como se estivesse pegando um atalho conhecido para casa. Assim que cheguei à porta do lado do motorista, olhei de relance para a rua e entrei. Estava destrancada. O fato de estar destrancada me fez hesitar por um instante, mas se era ou não uma armadilha não importava, no fim das contas. Eu tinha três minutos no máximo. Faria bom uso deles.

Vesti as luvas e comecei o trabalho.

À primeira vista, a cabine estava vazia, a não ser por uma garrafa de refrigerante pela metade. Devia ter impressões digitais nela; em um movimento rápido, eu a esvaziei e a guardei na bolsa. Em seguida, baixei as palas de sol; do lado do carona, havia um papel preso. Presumi que a lista de mercadorias sendo entregues estava errada. Era improvável que estivesse escrito *materiais perigosos* ou *itens que machucariam James Watson Jr. de modo sutil, mas irreversível*. Não me dei ao trabalho de passar os olhos por ela imediatamente; em vez disso, confirmei o endereço na parte de cima — sim, ali estava, Escola Sherringford —, tirei uma foto e a devolvi exatamente para o mesmo lugar em que a encontrei. Com o celular, tirei uma rápida foto do odômetro e das estações de rádio predefinidas. Vasculhei o assento em busca de cabelo que eu pudesse levar, encontrei alguns fios perdidos e os inseri dentro de um pote com uma pinça.

    Watson costumava ficar nervoso me vendo fazer essas coisas, imaginando que cada mínimo gesto tinha uma finalidade específica. Não tinha. Nem sempre. Como acontecia quando eu resolvia um problema de matemática, eu seguia uma ordem de operações, uma série de coisas que procurava por ordem de importância. Dessa forma, se eu fosse interrompida, teria conseguido cumprir as tarefas mais essenciais primeiro. A mecha de cabelo, por exemplo, provavelmente era inútil, mas, por via das dúvidas...

Três minutos tinham se passado. Inclinei a cabeça para ouvir (nada), em seguida saí discretamente da cabine e dei a volta para a traseira do caminhão.

A inspetora Green tinha me dito para não olhar e, na hora, ouvir isso tinha sido um alívio. *Só informações, Charlotte*, dissera ela.

Mas o caminhão estava indo para a escola de Watson, então eu ia olhar.

A trava que mantinha a porta fechada tinha um cadeado padrão. A rua estava vazia, mas eu não duvidava de que a Ocasiões Perfeitas tivesse uma série de câmeras de segurança voltadas para aquele ponto exato. E eu tinha pensado em ir sem disfarce, para marcar território. Mesmo aquele momento de decisão foi longo o suficiente para que as câmeras de segurança capturassem uma boa imagem do meu rosto.

Ouvi a voz do professor Demarchelier na minha cabeça: *menina idiota*.

Soltei um grunhido. Em seguida, peguei meu celular para conferir o clima e vasculhei minha mochila com a mão livre em busca do pacote de chiclete que guardei justamente para aquela ocasião. Peguei o chiclete e larguei a bolsa no chão. Depois, larguei o chiclete também. Não havia ninguém por perto para ver ou oferecer ajuda; isso era necessário.

Resmungando em voz alta, sentei na beirada do caminhão, a centímetros do cadeado, e comecei a guardar meus pertences esparramados. No meio do caminho, vasculhei meus bolsos, procurando ostensivamente o celular — olhei para atrás, depois debaixo do caminhão, depois nos bolsos, e em seguida botei minha bolsa em cima do cadeado, me debrucei sobre sua boca aberta e, com a cobertura que ela oferecia, rapidamente enfiei meus grampos na trava e a desmontei.

 Essa foi minha deixa para pegar meu celular de modo triunfal, enfiar tudo de volta na mochila, sacudir a cabeça e apertar o passo rua afora.

 Pelo menos cinquenta por cento do meu trabalho era mimetismo. Vinte por cento, como diria Watson, eram truques de mágica, e o restante era perícia e sorte, pura sorte. A não ser pelo um por cento que dependia totalmente da onipresença dos Starbucks e de seus banheiros públicos.

 Nem precisei pensar muito; havia um no fim da rua. Rumei para o banheiro feminino. Troquei minhas roupas por um vestido, mas mantive o colete à prova de balas; enrolei meu casaco, minha camisa e minhas calças e os enfiei no fundo da mochila. A loja estava vazia, e o barista poderia perceber se eu mudasse algo tão óbvio quanto meu cabelo, então deixei minha peruca no topo da bolsa. Eu a vestiria no próximo ponto cego que surgisse. Que Deus abençoasse os Estados Unidos e sua falta de câmeras de circuito interno; não haveria nenhum registro da minha transformação.

 Em dez minutos, eu estava de volta ao caminhão, como uma garota totalmente diferente.

 Em outro século, Holmes, você teria sido queimada como bruxa, dissera Watson.

 — Quero ver eles tentarem — falei em voz alta, então abri a porta da caçamba, que se enrolou acima.

Não era o visual adequado para descarregar um caminhão — vlogueiras de moda raramente faziam entregas —, mas era preciso me contentar com o que tinha. Entrei no veículo e puxei a porta o suficiente para esconder tudo, menos meus pés.

Com a lanterna do meu celular, examinei meus arredores. Havia caixas, sim, mas do tipo que abrigaria uma pintura ou, pelo menos, uma moldura. Só para testar, cutuquei o meio da caixa que estava ao meu lado, depois parti para as bordas. Eram mesmo molduras e telas. Existiam empresas profissionais que faziam o serviço de manuseio e transporte de obras valiosas, mas aquelas tinham sido consideradas desimportantes o suficiente para chacoalharem no tipo de caminhão que se usava para fazer entregas em mercearias.

Eu precisava do meu estilete. Estava no fundo da minha bolsa cada vez mais cheia; fui empurrando para o lado casaco, kit de arrombamento, estojo de pipeta, garrafa de refrigerante, silenciador, câmera de filmagem... achei.

A porta de enrolar se ergueu e se abriu.

O belo homem loiro não estava mais segurando uma garrafa de vinho. Em vez disso, segurava um facão. No fim das contas, o colete à prova de balas tinha sido um erro de cálculo.

— Olá. Vim fazer uma entrega — falei, porque, lá no fundo, eu era meio babaca.

— Charlotte Holmes — disse Hadrian Moriarty. Seus olhos me percorreram de um jeito perverso. — O que você quer?

— Gostei da sua loja — respondi, porque gostava mesmo. Era confusa e meio cheia, mas, mesmo pela porta entreaberta, dava para saber que tinha cheiro de rosas. Eu gostava de rosas.

Nessas situações, eu achava melhor pensar de modo abstrato em vez de imaginar se minha presa estava prestes a me matar ou não.

— Nenhuma fantasia? — resmungou ele. — Nenhum oclinho idiota?

— A peruca não conta?

— Nenhum parceiro?

— Não — respondi. — Você cuidou disso.

Nós nos observamos. Ele estreitou os olhos. Pôs um pé pesado na beirada da caçamba, depois outro, e então começou a me fazer recuar para perto da cabine, atrás das caixas e fora do campo de visão.

— Cadê a Phillipa? — perguntei. — Ou será que ela não recebeu um passaporte e não teve autorização de sair do país? Só os garotos podem sair de fininho?

— Aí está — disse ele. — Essa boquinha atrevida. Eu já estava me perguntando quando você tinha mudado.

— Não estou aqui por causa da sua irmã. Estou aqui por causa de Connecticut.

Percebi que estava preparada para mais do que um ataque direto. Hadrian tinha aquele tipo de olhar profundo e sedento que eu associava a homens como Lee Dobson. Sexo, ao que parecia, nunca era sobre sexo. Era sobre poder e opressão, e Hadrian estivera do lado perdedor de ambas as dinâmicas por bastante tempo.

Dito isso, eu estava sóbria no momento, e tinha parado de coçar o joelho direito havia meses, e mesmo que tudo dentro de mim estivesse aos berros, ainda segurava meu estilete e não hesitaria em arrancar os olhos dele caso encostasse um dedinho que fosse em mim.

Vagamente, lembrei que aquele homem tinha beijado meu tio. Eu teria que dar uma palavrinha com Leander sobre o assunto, caso voltássemos a nos falar um dia.

— Connecticut — disse Hadrian. — Esquece Connecticut. Vamos falar sobre Sussex um segundinho, que tal? Sobre a sua mãe ter drogado o Leander e o mandado para o hospital para botar a culpa em mim e na minha irmã? Essa foi boa, não foi? Irmão e irmã falsificadores com um sobrenome amaldiçoado envenenando um dos seus santificados Holmes. Você deve ter *amado* isso.

— O Lucien estava chantageando meus pais. Ele enviou uma "enfermeira particular" para envenenar minha mãe. Revanche é jogo limpo.

— Ah, é mesmo? Foi por isso que o Milo matou o August? Jogo limpo?

Eu estava esperando essa pergunta.

— Não — respondi no tom mais frio possível. — Ele pensou que o August fosse você. Ele achou que você estava tentando me machucar.

Nós nos encaramos.

— Garota — disse Hadrian, e havia um leve toque de humor nos olhos dele —, você mexeu em um vespeiro e tanto, né?

— Pode-se dizer que sim. — Havia alguém passando rapidamente pelo caminhão; nós dois ficamos em silêncio.

— Seu esquema aqui não parece nada mal — falei por fim.

— Não. Poderia ser pior.

A irmã dele, Phillipa, estava definhando em prisão domiciliar por envenenar meu tio (um dos poucos crimes que ela de fato não tinha cometido). O irmão, August, estava morto. O outro irmão, Lucien, ainda estava, para todos os efeitos, armando uma vingança que acabaria com o restante de nós.

Levando tudo isso em conta, trabalhar em uma loja de flores/molduras no Brooklyn até que não era ruim.

Hadrian viu que eu relaxei e abriu um grande sorriso.

— Connecticut — falei, me empertigando. — Não vale a pena. Não me importa o que você vai de fato entregar. Pare agora enquanto está ganhando.

— Eu tenho meus pedidos — disse ele.

— Do seu irmão. Seu irmão é quem manda em tudo — falei, e aguardei a reação dele. — Você quer mesmo voltar para esse jogo, depois de ter escapado dele? Como é que funciona? Seu irmão te deu um passaporte, então agora ele manda em você? Fala sério. Você é melhor do que isso. Precisa se livrar da influência dele.

Hadrian contraiu a mandíbula.

— Não vem me dizer a quem eu devo alguma coisa.

— Estou te dizendo o que é melhor para você.

— E o que é?

Eu o encarei, avaliando o tamanho do blefe que estava prestes a tentar. Apesar da nossa história compartilhada, eu não o conhecia bem o suficiente para detectar qualquer mudança reveladora em seus gestos ou comportamento desde a última vez em que o tinha visto. Eu só sabia que ele já tinha sido convidado para programas de entrevistas por toda a Grã-Bretanha, discutindo arte e antiguidades com uma espécie de carisma inteligente do qual eu não via nenhum sinal no momento.

As pinturas falsificadas que ele e Phillipa tinham vendido, as mais caras, foram as que ele mesmo tinha pintado. Ele ainda estava pintando. Qualquer criança seria capaz de perceber isso pelo pigmento debaixo das unhas. Pela vitrine da loja, eu tinha visto as telas penduradas na parede dos fundos — retratos sombrios e românticos, feitos como se fossem uma série. *O fim de agosto*, pensei. *O pensamento de um relógio de bolso*. August tinha dito que a arte era a única paixão do irmão.

Estendi a mão para que Hadrian pudesse apertar. Ele a apertou. Meus dedos pareciam minúsculos perto dos dele.

— Não faz a entrega — falei. Ele me encarou. — Não faz. Não me importa se vão fazer uma exposição com suas pinturas. Não vale a pena.

Hadrian afastou a mão bruscamente, e então eu soube ao certo o que estava nas caixas aos meus pés.

— Eles não valem a pena, os alunos de lá — falei.

Eu acreditava no que estava dizendo; seriam pérolas aos porcos. Aquelas pérolas em particular também eram feitas por porcos, mas esse não era o problema em questão.

— Pensei que você estivesse aqui para vingar aquele garoto, o Watson. — Hadrian pigarreou. — Não parece que é o caso.

Olhei para ele.

Eu tinha trazido um pequeno revólver. Tinha vestido um colete à prova de balas para o caso de haver uma briga pela arma. Tinha vindo sem nenhum disfarce para que ele soubesse, sem sombra de dúvida, que, se eu de fato decidisse matá-lo, era um feito meu.

Eu tinha passado meses pensando nisso. Hadrian, Phillipa, Lucien. Em acabar com eles como se fossem ratos que entraram nas paredes da minha casa. Em acabar com a ameaça e, assim, deixar o assunto de lado. Deixar meu ex-amigo seguir em frente, já que obviamente — e com bons motivos — ele não queria saber de mim. Talvez eu fosse para a cadeia. Eu não tinha medo da cadeia; sabia como lidar com a monotonia intercalada com ocasionais interlúdios mortais. E, de qualquer maneira, sempre achei que, mais cedo ou mais tarde, acabaria atrás das grades. Talvez não fosse presa. Eu era bem organizada nos meus métodos e talvez pudesse me safar dessa. Talvez eu terminasse meu ensino formal e arrumasse um emprego em um laboratório em algum lugar. Talvez fizesse pós-graduação em química. Eu teria que buscar um assunto específico para estudar, em vez de ficar experimentando aqui e ali, mas uma especialização poderia ser agradável. Com certeza interagi o suficiente com venenos para querer saber mais sobre antídotos, e talvez... talvez eu pudesse mudar de nome — um gesto simbólico, mas que permitisse a ginástica mental apropriada. Ninguém esperava nada de Charlotte Alguma Coisa. Ninguém diria a ela o que fazer aos sábados, a não ser ela mesma. Já pensei no assunto: um apartamento com vista para algo apropriadamente pitoresco, um pouco de chuva, ou neblina. Eu poderia voltar a compor no violino. Desde a infância não escrevia nenhuma melodia. Eu poderia, depois de um pouco de aprimoramento, claro, talvez tocar para...

Para mim mesma. Eu tocaria para mim mesma. Era o que eu sempre tinha feito, afinal de contas, e, se me sentisse sozinha, poderia chorar até dormir.

Você precisa sentir o sangue sob toda essa racionalidade, dissera a inspetora Green. Ao olhar para Hadrian Moriarty, não senti raiva. Senti cansaço, muito cansaço.

Soube, naquele momento, que não queria matar os três, afinal.

— Deixa o Watson em paz, que eu deixo você em paz.

Em defesa de Hadrian, ele chegou a levar a proposta em consideração.

— E se eu não deixar?

— Aí eu vejo você em breve. — Com isso, pulei para fora do caminhão.

Eu não era uma sentimentaloide. Não planejava perdoá-lo, mas também não o mataria. Eu estava com a lista, com a confirmação de entrega, com a garrafa, com o cabelo, com as predefinições do rádio e com meu colete à prova de balas de setecentos dólares intacto. Tinha vislumbrado um momento de dúvida na expressão de Hadrian Moriarty. Minha tarde tinha sido produtiva.

Ao passar pelas mulheres na loja, vi que todas elas estavam pintando a Torre Eiffel. A mulher que eu estivera observando antes tinha transformado seu esqueleto em uma estrutura alta e elegante. Retratara a torre à noite, iluminada e cintilante.

Talvez não tivesse sido demitida. Em vez disso, talvez tivesse pedido demissão para fazer uma viagem a Paris. Não era bem o que as evidências sugeriam, mas dessa vez eu lhe daria o benefício da dúvida.

Já estive em Paris. Estive em Berlim, Copenhague, Praga, Lucerna e na maior parte da Europa Ocidental, em nome da educação ou investigando algum crime, e não tinha visto nada no mundo que valesse a pena olhar.

Era uma pena, agora que pensava a respeito.

Na estação de metrô, conferi o clima mais uma vez. Em seguida, dei uma olhada no e-mail. Depois, na minha conta bancária, e quando vi o número xinguei em voz alta. Precisava reabastecer o cofre.

Fiz três ligações e embarquei no trem, com os nervos já à flor da pele. Meu dia tinha degringolado.

Teria que passar as horas seguintes lendo blogs de fofocas de celebridades.

onze
jamie

A gritaria não parecia do tipo causada por um incêndio ou uma explosão. Era pânico, com certeza — de que outra forma daria para ouvir por trás da porta pesada? —, mas o motivo eu não sabia. Tudo que eu sabia era que os berros não eram de susto.

Ainda não, pelo menos.

Elizabeth olhou para mim com o rosto pálido e a mão na barra de empurrar da porta. Estávamos a segundos de sair ilesos.

— Vai — eu disse a ela. — Ninguém viu você.

Elizabeth sempre foi mais esperta do que eu. Ela não protestou nem perguntou o que eu faria. Não pegou minha mão nem se recusou a ir. Sem dizer outra palavra, disparou em direção ao ar livre.

Eu desci o túnel para a festa. As luzes no alto projetavam sombras pelo corredor e pelas portas, criando monstros, policiais, Moriartys.

Quando cheguei à porta, o barulho já tinha parado.

De alguma forma, isso era pior.

Havia vinte pessoas na festa, e todas estavam amontoadas em torno de alguma coisa no chão. Alguém tinha abaixado o volume da música em vez de desligá-la por completo, e o som ecoava loucamente acima, com uma voz que uivava *get it get it get it get it* enquanto a luz estroboscópica marcava o ritmo. O filtro de linha estava perto da porta. Eu arranquei o fio da parede.

Todo mundo olhou para mim.

— É ele — disse alguém.

—Watson? — falou Kittredge, incrédulo.

— O Tom disse que o notebook dele ficou todo fodido...

A garota no chão, curvada com os braços em volta dos joelhos, chorando sem parar.

— O que aconteceu? — perguntei. — O que ela tomou?

Murmúrios. Trocas de olhares. Randall se pôs de pé, seus olhos duros.

— Como assim, o que ela tomou? O que foi que você deu a ela?

A sensação de que eu já tinha passado por tudo aquilo antes, de que sabia como terminaria.

— Essa é a garota que trouxe uns comprimidos. Não é? Eu vi que ela estava com um saquinho na mão. Ela deixou cair lá no corredor. Não peguei porque obviamente eu não queria que ela tomasse aquilo... O que está acontecendo? Ela está passando mal? Precisa de um médico?

Randall fez aquele movimento de jogador de rúgbi em que eu nunca fui bom, de endireitar os ombros para parecer maior.

— Alguém roubou o dinheiro que ela ia jogar no pôquer. Ela estava com mil dólares.

— *Mil dólares?* — O valor de entrada para uma partida costumava ser duzentos, o que já era muito mais do que eu tinha condições de bancar. Com mil dólares, dava para comprar um carro inteirinho. Um bem xexelento, mas mesmo assim. — Essas são as novas apostas? Vocês estão malucos.

— Claro que não — disse Randall. — A Anna estava apostando pelas amigas. Porque ela é legal nesse nível. E alguém tirou o dinheiro da bolsa dela. Que você pegou no corredor.

Boas intenções, o inferno ou fosse lá como fosse o ditado...

— Espero que todos vocês já tenham esvaziado os próprios bolsos — falei.

— Já esvaziamos, sim — respondeu Kittredge, ainda agachado. Ele mantinha uma das mãos nas costas da garota... Anna. — Você, não. Esvazia agora.

Enfiei as mãos nos bolsos da calça e os puxei para fora, depois fiz o mesmo com os bolsos do meu casaco. Tirei os sapatos e os sacudi. Joguei tudo o que eu tinha no chão — o que não passava de uma carteira quase vazia e meu celular.

— Ele ficou no corredor depois que o Tom voltou para dentro — comentou Anna, erguendo o queixo. — Pode ter escondido em algum lugar.

— Tom, você estava lá. Você me viu pegar algum dinheiro?

Ele estava encarando o chão, sem responder. *Tá bom*, pensei. *Eu sou o péssimo amigo*. A inversão não me trouxe satisfação alguma.

— Você está falando sério sobre esses mil dólares? — perguntei. — Suas amigas viram?

As amigas se entreolharam.

— Eu vi — respondeu a morena, mas havia um quê de dúvida no seu tom de voz.

— Vou chamar a polícia — disse Anna. — Isso é tão zoado. Vocês são *inacreditáveis*.

Kittredge cambaleou.

— Opa. Não. A gente vai resolver isso aqui. Ninguém vai chamar a polícia.

— Está mais para "ninguém vai ser expulso" — disse Randall. — Porque todos nós seríamos, se nos pegassem aqui.

— Onde foi que você enfiou o dinheiro, Jamie? — rosnou Kittredge. — É só falar, e a gente pode fingir que nada aconteceu. Tem tipo um milhão de salas aqui embaixo...

— O dinheiro mítico. O dinheiro que ninguém viu. — Eu o encarei. — O dinheiro que você arbitrariamente decidiu que eu peguei. Não vem de condescendência comigo, Kittredge.

— É você que está parecendo condescendente — disse Tom, no silêncio taciturno.

— Alô? — disse Anna ao telefone. — Estou ligando para relatar um roubo...

Randall olhou para Kittredge, que olhou para Tom, que olhou para as garotas que tinham vindo com a menina no chão. Todo mundo esperando permissão para tomar a atitude escrota de ir embora.

— Vão logo — disse Lena, de um dos cantos.

Eu não a tinha visto; ela estava sentada em silêncio em um cantinho, em uma cadeira dobrável, cercada pela fileira de bicicletas na parede. Estava usando sua cartola, a mesma que sempre usava nas festas, mas, naquela noite, a cartola a fazia parecer uma espécie de palhaço triste.

— Eu fico. Se vocês têm tanta certeza de que foi o Jamie, então ele pode esperar a polícia aqui também.

— Na escola Sherringford, sabe? — disse a garota ao atendente da emergência. Todos os demais começaram a ir embora, sussurrando. — Carter Hall. Estamos no subsolo. Isso, nos túneis de acesso, como você sabia... — Ela os seguiu até o corredor, talvez para não ter que ficar olhando para a minha cara.

Lena recostou-se na cadeira.

— Festa divertida, hein?

— Eles decidiram rapidinho que tinha sido eu.

— Você tem sido um cara tão legal ultimamente, e tão incrível de se conviver, que acho que o motivo é óbvio.

— Valeu — falei, azedo.

— Disponha.

Era um bom espaço para uma festa, pensei, estranho e industrial, feito inteiramente de metal e rodas de bicicleta. Alguém tinha armado um jogo de pôquer em um dos cantos, perto de um quadriciclo quebrado, mas agora as pilhas de cartas estavam jogadas e espalhadas pelo chão. Ao meu lado, o bar de bebidas-xampu de Lena tinha sido organizado de acordo com o que parecia ser a cor do frasco. Comecei a tirá-los da mesa, com a intenção de jogar fora.

— Para — disse Lena. — Com certeza eles vão querer isso como prova.

— Você está realmente aceitando a ideia de sermos suspensos, né?

Ela deu de ombros.

— Não vão me suspender.

— Sua família é uma grande doadora, então.

— Você já sabia disso — disse ela. — Mas é. A menos que eu mate alguém, acho que estou de boa.

Dava para ouvir um fio da voz de Anna falando com alguém no corredor, quase como se estivéssemos na nossa cela e ela fosse a carcereira.

— A Elizabeth recebeu um e-mail dizendo pra ela vir pra cá — falei por fim. — Da minha conta de e-mail. Mas eu não mandei nada. Era isso que eu estava fazendo no corredor, conversando com ela. Foi planejado. Isso ou algo do tipo ia acontecer.

Lena endireitou de leve a postura.

— O Tom me falou do seu notebook.

Franzi a testa. Eu não tinha contado a ele sobre a explosão do refrigerante, mas talvez Elizabeth tivesse falado.

— Bom. Acho que o que eu quero dizer é que não estou surpreso. Ela estava com um saquinho de comprimidos coloridos, no formato de estrelas, luas. Esse lance do dinheiro é tão vago que eu fico me perguntando se ela queria me ferrar com os comprimidos, aí percebeu que eles tinham sumido e partiu para outra estratégia.

— Sei lá, Jamie.

Lá fora, Anna ficou em silêncio.

— Espera aí — falei, e então abri a porta. — Você pode voltar aqui, só para eu te fazer uma pergunta?

Foi então que dei uma boa olhada nela pela primeira vez. Estava vestida com cores vivas, usava uma gargantilha no pescoço, e o cabelo era comprido, liso, loiro e brilhoso. A expressão em seu rosto dizia que ela preferia comer uma caixa cheia de escorpiões a ter que falar comigo por mais um segundinho que fosse.

— Não — respondeu ela.

— Tudo bem. Pode ser aqui mesmo. — Ela estava tremendo de leve e, embora eu não quisesse assustá-la, parte de mim estava contente por outra pessoa sentir medo, para variar. — Há quanto tempo você está recebendo dinheiro de Lucien Moriarty?

Anna contraiu o maxilar.

— Você é maluco.

— Não? Vamos tentar assim, então. Há quanto tempo você está recebendo dinheiro de alguém, de qualquer pessoa, para destruir minha vida?

Senti Lena se aproximando por trás de mim.

— Jamie — murmurou ela.

Eu me virei para ela.

— Ela deixou a bolsa cair na minha frente. De propósito. Com testemunhas. Tem certeza de que não conhece essa garota? Achei que essa festa fosse só para convidados. Você conhecia as amigas dela? Já as viu antes?

— Eu não conhecia nenhuma delas — disse Lena e, para minha surpresa, ela parecia furiosa. Do meu outro lado, Anna estava se afastando de mim como se eu tivesse sacado uma arma. — Mas eu não ia expulsar umas pobres calouras na frente de todo mundo. Jamie... Você devia, tipo... Devia ir embora. Você é a causa disso tudo, né? Estava envolvido numas merdas e veio para a festa e...

— E eu tinha que fazer meu dever de inglês, e você não quis me passar qual era, e tudo bem, talvez eu devesse ter te explicado, mas *como*, exatamente, sem soar maluco? "Tem vários lances ruins acontecendo na minha vida, mas todos eles têm um monte de negativas plausíveis"? "Sei que ultimamente eu estou parecendo muito desajeitado e sendo um babaca, mas na verdade eu não sou"?

Para minha surpresa, ela disse:

— Que tal dizer "Ei, galera, acho que tenho transtorno de estresse pós-traumático", ou "Ei, galera, aquelas merdas voltaram a me acontecer, e obviamente não é fingimento, porque vocês já viram acontecer comigo antes". Talvez a gente pudesse ter te ajudado.

— A gente quem? Você e o Tom? O que vocês poderiam ter feito? Eu não queria envolver vocês nisso. E o Tom? Sério mesmo? Desde quando o Tom quer se envolver nas minhas merdas?

— Bom, *eu* teria! Eu estava em Praga, Jamie. Eu estava em *Berlim*. Vi você ser levado numa maca... Comprei todas aquelas malditas artes! — Para minha surpresa, Lena me empurrou. Não com força. Não para me machucar. Apenas o suficiente para que eu cambaleasse para o corredor. — Eu poderia ter feito alguma coisa. Talvez tivesse obrigado você a fazer terapia. O Tom faz terapia! Ele podia ter conversado com você sobre isso! Mas você só finge... Meu Deus, você é tão egoísta. Acha que é o único que sente falta dela.

— Isso não tem nada a ver com...

— Não vem fingir que isso não tem a ver com a Charlotte!

— Que diferença faz para você, Lena? Eu era o melhor amigo dela!

Lena me encarou com olhos sombrios e raivosos.

— Bom, ela era a minha.

— Eu não... Lena, tem um limite para a quantidade de epifanias que eu posso ter numa só noite, tá?

— Gente? — Anna pigarreou. — Eu literalmente não faço ideia do que vocês estão falando.

Lena tirou aquele chapéu ridículo da cabeça e o enfiou debaixo do braço, como se tivéssemos chegado ao fim de uma apresentação.

— Jamie, você não quer amigos, sabia disso? Você só quer flutuar sozinho na sua bolhinha de tristeza. Aí você anda pra lá e pra cá todo, tipo, "estou *arrasado*, estou tão *sozinho*". Bom, a culpa é sua! Eu vi bem como é aquele tal de Lucien, tá? Eu estava lá. A gente teria acreditado em você.

A polícia chegaria em breve. Haveria perguntas, e algemas, e uma sala de interrogatório, e perguntas da reitora, ligações de pais que achavam que eu era um bolsista ladrão otário, um assassino, um garoto que enfiava joias pela goela de garotas abaixo, e eu tinha corrido tanto no ano anterior que pensei que tivesse deixado tudo isso para trás. Agora, de uma hora para outra, o jogo tinha virado.

E tudo bem. Tudo bem. No fim das contas... eu sentia falta dela.

Nossa, como eu sentia falta dela. Especialmente naquele momento.

— É — falei para a Lena, e ela estava certa, estava certa a respeito de tudo, e não tinha importância, porque talvez eu não quisesse outros amigos.

Talvez eu não quisesse ninguém além de Charlotte. Eu não podia curar o veneno com nada que também não fosse veneno. Sentir falta dela era doentio, e patético, e me tornava um trouxa de merda, e talvez eu me odiasse tanto por isso que, mesmo agora, não era capaz de encarar Lena.

— Sim, foi exatamente assim que aconteceu da última vez.

OS POLICIAIS CHEGARAM, AOS BOCEJOS E ENTEDIADOS, E no mesmo instante levaram Anna para ser interrogada. Lena seguiu atrás deles, por algum motivo; ela estava mencionando uma ambulância. Isso ocupou dois dos oficiais uniformizados, mas sobrou um para ficar me encarando ao lado do meu velho amigo, o detetive Shepard, que parecia preferir ter engolido uma colmeia de abelhas a ter que voltar àquele campus. Àquela altura, nós dois sabíamos como a coisa toda funcionava; ele nem sequer tentou me interrogar sem a presença do meu pai, simplesmente me deixou vagar enquanto examinava a cena. O policial uniformizado derrubou uma bicicleta do gancho e, quando ela caiu, derrubou outra, e mais outra, lenta e incessantemente, como um rinoceronte jogando dominó em câmera lenta. Então a reitora chegou de pijama, roupão e tênis néon, e meu pai surgiu logo em seguida, alerta e animado como sempre, e, depois de uma rodinha de conversa entre os adultos, todos nós marchamos até o escritório da diretora, na torre do relógio na colina, nossos sapatos deixando rastros de lama e sujeira na entrada de carpete estampado.

— Como eu disse, prefiro interrogá-lo na delegacia — disse o detetive Shepard enquanto batíamos a neve dos nossos pés.

A reitora balançou a cabeça.

— Você já levou a garota. Tive sorte de ter chegado aqui antes de você sumir com o sr. Watson.

— Não é assim que as coisas são feitas...

— Eles me tiraram da cama — disse a reitora, em tom sombrio. — Depois do ano passado, com a história do Dobson, bolamos um novo jeito de lidar com essas... situações. E esse "novo jeito" me tirou de casa à meia-noite de um dia de semana, então sim, nós vamos lidar com isso aqui. Não faço ideia de por que aquela menina chamou a polícia. Essa é uma questão interna.

Quando todos começaram a subir as escadas enquanto discutiam, meu pai ficou para trás. Ele parecia tão elétrico como se tivesse acabado de tomar um bule de café e corrido um triatlo. Eu o odiei um pouquinho. Mas acho que eu tinha muita frustração para distribuir.

— Então talvez eu devesse ter vindo te buscar quando você pediu — disse ele.

— Acho que sim. — Tirei as luvas e as enfiei nos bolsos. Os escritórios da torre do relógio estavam surpreendentemente quentes.

Ele arqueou a sobrancelha.

— Nada de "Pai, por que você não está levando isso mais a sério"? "Pai, por que você não está me xingando e lamentando nossa desgraça"?

— Sinceramente? Eu ando... bem na merda ultimamente. Não vou dizer a você o que fazer. Pode ir em frente e ser esquisito como sempre.

— Obrigado — disse ele em tom seco. — Mas o detetive meio que está com cara de quem quer estripar você. —

Shepard estava esperando no patamar da escada, observando a gente. — Então que tal irmos em frente e sermos esquisitos na frente do pelotão de fuzilamento? Talvez eles apreciem seus lamentos, se você quiser testar.

O escritório da diretora da escola ocupava o último andar da torre, e nós nos amontoamos dentro da sala; todos esperando uma deixa para sentar. A diretora em si era uma presença imponente em meio a uma multidão de adultos exaustos. Ela estava toda arrumada, empoleirada de terno na beirada da mesa, enquanto o assistente servia café em xícaras de cerâmica.

— Sra. Williamson — disse meu pai, estendendo a mão. — James Watson, pai do Jamie. Prazer. Só gostaria que pudéssemos nos conhecer em circunstâncias melhores.

— Sim — respondeu ela, apenas. Ela também era diretora da escola no ano anterior. Não sei com que frequência encontrava "circunstâncias melhores" quando se tratava de lidar comigo. — Por favor, sentem-se. Harry, sirva o café, depois vá cuidar do telefone. Vamos receber ligações antes do fim da noite.

— Você poderia nos atualizar caso eles encontrem o dinheiro? — eu pedi, sentado no sofá. — Assim que descobrirem o que aconteceu?

A diretora e o detetive Shepard trocaram olhares.

— Veremos — disse ele, por fim.

— Jamie. — A reitora tirou um iPad da bolsa. Ao lado do tablet havia um chocalho despontando; ela tinha deixado crianças pequenas em casa. — Consultei seus registros. Apesar dos eventos do ano passado...

— Ele foi liberado — interrompeu meu pai. — Esse assunto foi resolvido. Graças ao bom detetive aqui.

O bom detetive revirou os olhos e não disse nada. Pensei, e não pela primeira vez, que talvez devêssemos ter contado com a ajuda dele para pegarmos Bryony Downs. Em vez de, bem, só contar para ele depois. Dois dias depois.

— Apesar disso — disse a reitora, espiando por cima dos óculos —, o Jamie teve um bom ano acadêmico. Turmas avançadas, notas altas. E então chegamos aos últimos dias. Dei uma olhada nos diários de classe dessa semana dos seus professores... Aqui diz que você foi muito mal em uma apresentação de física que valia quase metade da nota do semestre? A observação diz que você divagou por três minutos sobre elevadores espaciais.

— Elevadores espaciais? —Vasculhei minhas lembranças da apresentação e descobri que não tinha nenhuma. — Ah.

— Ah — disse a reitora. — Pois é. E você faltou às aulas de ontem... Não entregou nenhum dos seus trabalhos? Você tinha uma redação para entregar na aula de inglês. Perdeu um teste na aula de cálculo. Seu professor de francês disse que você mandou um e-mail bizarro sobre ele comer caracóis, que parecia ter passado por um programa de tradução automática... Monsieur Cann deixou uma observação no quesito "disciplina" a respeito disso, e ele também gostaria de saber se você é vegetariano e ficou ofendido com a aula da semana passada sobre iguarias francesas. Você se lembra de alguma dessas coisas?

Meu pai deu um tapinha no meu ombro.

— Comer caracol é coisa de bárbaro, não é mesmo, Jamie?

Eu devia mesmo, mesmo, ter trocado a senha do meu e-
-mail. Como pude ter sido tão burro? Como pude me perder
tanto em pensamentos a ponto de não tomar a única medida
prática que, de fato, estava nas minhas mãos?

— Isso é comportamento errático, veja bem — disse a
diretora, com mais gentileza do que eu talvez merecesse.

— E agora uma garota foi furtada. Você teve algum tipo de
contato com ela antes da noite de hoje?

Balancei a cabeça.

— A Anna estava participando de uma festa organizada
por Lena Gupta, sua amiga...

O detetive Shepard murmurou algo do tipo "associada
conhecida".

Afundei a cabeça nas mãos.

— Outro dia ela sentou na nossa mesa no almoço, mas
não conversei com ela — falei por entre os dedos. — Com
a garota, quero dizer. Anna. Eu não mandei esses e-mails.
Alguém invadiu meu quarto e deletou minha apresentação
de física, então passei a noite em claro refazendo tudo, aí não
dormi o suficiente, e... Tá, tudo bem, eu acho os elevadores espaciais muito maneiros, então essa parte é total culpa
minha, ou talvez culpa do meu subconsciente, ou eu estava,
tipo, alucinando pela privação de sono, mas alguém invadiu
meu quarto no dia seguinte enquanto eu estava tirando um
cochilo e hackeou meu notebook...

— Você não me contou isso — disse meu pai.

— ... esguichou Coca Diet no quarto inteiro e no meu
notebook, e agora minha namorada me odeia e a Lena disse
que só ia me passar o dever de casa de inglês se eu fosse à
festa do Tom, e eu estou muito cansado, cansado mesmo, não

faço ideia de que dia é hoje, e honestamente sei que Lucien Moriarty está por trás disso tudo, é tudo culpa dele.

A reitora, o detetive e a diretora me examinaram com o olhar.

— Você está dizendo que um homem chamado Moriarty comeu seu dever de casa — disse a reitora. — Por assim dizer.

O detetive Shepard pigarreou.

— Não é totalmente impossível.

— E então você participou de uma festa ilícita, num dia de semana, em que uma garota alega que você roubou mil dólares dela — disse a diretora. — Devo lembrar que é por esse motivo que estamos aqui. Não costumo convocar reuniões de emergência à meia-noite para tratar de elevadores espaciais.

— Não é totalmente impossível. — Shepard estava em aparente agonia por ter que repetir as palavras.

— O elevador espacial? — perguntou meu pai.

— Que tenha sido um Moriarty.

— Está vendo? — Apontei para Shepard. — Você viu como foi, no ano passado. Você lembra.

— Será que alguém pode trazer Charlotte Holmes, por favor? — pediu ele. — Cadê ela, afinal? Normalmente, se alguma coisa explode ou alguém se machuca, vocês dois estão por perto em algum cantinho, falando sobre os próprios sentimentos.

O celular da reitora tocou. "Tocar" era um termo generoso; estava mais para uma espécie de grasnido.

— É minha babá — murmurou ela. — Quanto tempo isso vai levar?

— A srta. Holmes não voltou para a escola esse ano — disse a diretora rispidamente. — Isso diz respeito apenas ao sr. Watson.

O assistente dela bateu na porta entreaberta.

— Sra. Williamson? O curador do museu está na linha querendo falar com a senhora. Além disso, tem uma aluna aqui chamada Lena Gupta...

— Sim. — Ela suspirou. — Claro que tem. Manda ela entrar.

Lena entrou na sala com seu casaco de pele sintética. Ela desenrolava o cachecol enquanto falava, dando voltas e mais voltas.

— A Anna está bem. Pode ligar para conferir, se não acredita em mim. Disse que comprou os comprimidos com Beckett Lexington, no refeitório, e que ele deu uma amostra para ela e disse que a encontraria nos túneis de acesso hoje à noite para entregar o restante, então o dinheiro era para isso. — Ela franziu a testa. — Enfim, fiz os policiais chamarem uma ambulância assim que saímos de lá. Eu estava muito preocupada com ela. Posso tomar uma xícara desse café?

A sala explodiu.

— Tem drogas envolvidas nisso? — perguntou a reitora, virando-se para a sra. Williamson. — Drogas? Achei que fosse sobre um dinheiro...

— Você também está tomando ecstasy? — Meu pai estava avaliando meu rosto.

Exausta, a diretora ergueu as mãos.

— Pessoal, por favor. Lena. Você está ciente de que a questão aqui não é quais substâncias sua amiga estava usando, mas que o dinheiro dela foi roubado?

Lena era genial. Absolutamente genial. Quando essa zona generalizada que ela estava criando fosse esclarecida, o dinheiro seria confirmado como desaparecido ou inexistente, a caloura receberia assistência para seu problema com drogas ou, no mínimo, uma conversa bem séria — e, no meio tempo, enquanto a polícia estivesse na cola de mais um traficante na Sherringford, nós poderíamos ter a chance de investigar a situação por conta própria.

A começar pela pessoa para quem Anna estava trabalhando.

Lena franziu a testa.

— Acho que você vai ter que ver isso com ela. Sei lá. Ela estava falando basicamente de ecstasy. Ou MDMA? Realmente não sei a diferença. — Ela fez uma pausa. — Talvez ela usasse os dois? Jamie, você faria um exame toxicológico, né? Nenhum de nós dois tomou nada.

Eu nunca tinha usado ecstasy, nem qualquer outra droga, a propósito, a não ser por um drinque aqui e ali quando estava na Europa, onde era permitido. Por mais que eu me sentisse um pouco tentado por comprimidos ou maconha, meu histórico com a polícia era extenso e memorável, e eu nunca estive a fim de acrescentar mais um capítulo a essa história.

— Com certeza eu faria um teste — respondi. Nesse, pelo menos, eu poderia passar.

O celular do meu pai apitou com a chegada de uma mensagem. Ele ignorou.

— Quem é que estava na festa? — perguntou o detetive enquanto sacava um bloquinho. — Preciso de uma lista completa de nomes.

— O curador ainda quer falar com a senhora — disse o assistente da diretora. — Ele está a caminho.

Com um suspiro, ela se rendeu e saiu para atender à ligação.

— A festa — disse a reitora. — Lena. Quem é que estava lá?

— Ah. — Lena pareceu genuinamente surpresa com a pergunta. — Mas é claro que não vou te contar.

— Não vai?

— Suicídio social — disse Lena. Meu pai passou uma xícara de café para ela. — Eu acabei de dedurar a Anna e, tipo, já dá para sentir minhas ações despencando. Além disso, é meu último ano aqui. Não vale a pena. Tem leite aí?

Houve um longo silêncio. A diretora voltou para a sala e franziu a testa.

— Por que você não está colhendo o depoimento da Lena? — perguntou ela a Shepard, que tinha parado de escrever.

— Não posso interrogá-la sem a presença de um dos pais — disse Shepard. — Lembra? São as *suas* regras.

— Está todo mundo ficando irritadiço, não acha? — cochichou meu pai para mim. — Será que é efeito da cafeína?

— Talvez a gente tenha que te suspender, se você não falar — disse a reitora a Lena. — Conte para a gente quem estava na festa. Não para o detetive…

— O Shepard pode interrogar o Jamie, o pai *dele* está aqui — comentou Lena. — Alguém tem açúcar aí?

Meu pai passou o açúcar para ela. O celular dele apitou de novo. Ele ignorou.

— Você não vai responder? — perguntou a reitora.

— Pessoal, por favor — disse a diretora. — Vou repetir, caso vocês ainda não tenham entendido... Jamie, quem é que estava na festa?

— Não posso te dizer — respondi. Se eu botasse fogo naquele prédio com todos nós dentro, acho que ninguém ia me impedir. Já estávamos no inferno, de qualquer maneira.

— Suicídio social.

— Lena...

— Meu pai estava falando sobre uma doação para um novo dormitório — comentou ela, casualmente. — Sei que todos vocês gostam dos três que ele já ajudou a construir.

— Não se trata da festa! — falei. — Estamos falando de Lucien Moriarty! Olha, estou fazendo a coisa certa dessa vez. Estou contando tudo a vocês. Vocês são *literalmente* as autoridades. Será que a gente pode apenas assumir a dianteira desse show de horrores, pra variar?

— Pessoal. Por favor. — A sra. Williamson cruzou os braços por cima do blazer. — Estou muito, muito cansada. Jamie, tem um curador vindo com uma entrega que vai complicar muito mais a sua vida...

— Mas será que isso é possível? Complicar ainda mais?

— ...e eu sugiro que você pare de contar historinhas sobre um bode expiatório chamado Mori-não-sei-das-quantas e passe, de fato, a cooperar.

— Senhora? — disse Harry, enfiando a cabeça para dentro da sala. — O curador está aqui com os assistentes dele.

— É *meia-noite* — disse a reitora em voz alta. O celular dela estava grasnando novamente. — Meia-noite. Eu sou mãe solo. Tenho quatro filhos, e minha vizinha está tomando conta deles. Minha vizinha, que precisei acordar de um sono profundo. Quantas pessoas mais vamos ter que tirar da cama porque os alunos estão de brincadeira nos túneis de acesso de novo? Como é possível que isso seja minimamente surpreendente? Qual foi o zelador que você subornou para conseguir o código de acesso dessa vez, Lena?

Lena abriu a boca como se fosse responder, depois pensou melhor.

— Todos nós temos filhos — disse Shepard severamente. — Todos nós temos responsabilidades. Uma garota foi furtada por...

A reitora se pôs entre ele e a diretora, interrompendo-o com o gesto.

— Sério, de que adianta, diretora? Então tá, esse garoto está tendo um ataque de nervos no último ano dele aqui. Parem as máquinas! Isso não faz dele um ladrão, ou um... um *droguista*...

— Drogado? — sugeriu meu pai. — Acho que "droguista" é quem é dono de drogaria. Ou quem sabe você quis dizer traficante? — Ele parou de repente. Eu tinha apertado o braço dele.

— Traficante — disse a reitora. — Isso. Ótimo. Será que a gente pode ir para casa, por favor?

— Só um instante. Pode mandar o Bill entrar, por favor — disse a diretora a Harry, o assistente, que ainda segurava a porta solicitamente.

Bill, o curador, era um homem de aspecto atormentado, com cabelos brancos e uma dupla de assistentes que pareciam seus gêmeos fraternos. Os dois arrastavam retratos emoldurados gigantes com tanto desleixo que fiquei chocado;

um deles topou com o quadro no batente da porta, xingou e seguiu em frente.

A diretora, verdade fosse dita, não pareceu surpresa.

— Presumo que esses sejam os retratos que encomendamos para o centenário da Sherringford, certo? E que alguma coisa horrível aconteceu com eles, já que estão tratando o rosto do diretor-emérito Blakely desse jeito, não é mesmo?

O assistente loiro piscou depressa. A pintura estava virada para ele, de modo que o rosto do diretor-emérito Blakely estava encostado em sua virilha.

— Eu tinha deixado meus óculos... Eu estava usando minhas lentes de contato para trabalhar, mas meus óculos estavam no museu e já era tarde, e eu precisava deles por causa da vista cansada, aí voltei, e alguém tinha *desfigurado* esses retratos.

Bill ergueu a sobrancelha espessa.

— Meio confuso, mas esse é o resumo da situação. Os quadros foram entregues hoje à tarde, vindos de Nova York. Eu esperava profissionais especializados no manuseio de obras de arte, mas elas vieram em um caminhão, empilhadas. Eu ainda não tinha desembrulhado as encomendas. Meu assistente aqui foi lá esta noite e encontrou os embrulhos espalhados por toda parte, como se guaxinins ou algo do tipo tivessem invadido, e os retratos estavam *desse jeito*. Trouxe os exemplos mais, hm, eloquentes para mostrar a você. Não imaginei que fosse mais necessário manuseá-los com cuidado.

O outro assistente virou o retrato de frente. Era a diretora Joanne Williamson, em um enquadramento amplo e magistral, com belos sombreados no rosto e no pescoço, e nos braços uma cópia encadernada do código de honra da Sherringford. Havia uma certa atmosfera na imagem — solitária, romântica, um pouco melancólica. Era um retrato magnífico. Na verdade, era igualzinho às falsificações de Langenberg que estávamos perseguindo em Berlim.

Só que alguém tinha rabiscado os olhos dela e escrito WATSON TEVE AQUI com tinta spray rosa-choque.

— Tenho que ir ao banheiro — disse Lena abruptamente, e então saiu.

— Sério? — Cuspi as palavras. — Isso é sério? Isso é mesmo, de verdade, sério?

Meu pai parecia ligeiramente preocupado.

— Jamie — disse ele.

— "Teve". Escreveram "teve". "Teve"! Eu leio pra caramba! Eu leio *livros*. Livros grandes pra caralho! Já li Tolstói, e Faulkner, e… "Teve"?

O detetive Shepard mordeu o lábio.

— Você não esteve nem perto do museu? — perguntou ele, ocupando-se com seu bloquinho. — Recentemente?

— Eu nem sabia que a gente tinha um museu! — Eu estava soando meio estridente. — Por que é que a gente tem um museu?

Bill, o curador, parecia sem jeito.

— Nós temos uma exposição histórica rotativa, normalmente. Sendo esse o centenário…

— Entendi — falei. Pra mim, bastava. Eu estava em uma espécie de comédia. A qualquer momento, receberia uma galinha de plástico e uma faca, e me mandariam dançar. — Bom, tenho certeza de que, se vocês forem ao meu quarto agora, vão descobrir que alguém deixou 53 latinhas de tinta spray rosa-choque no meu chão e, tipo, uma gramática aberta na página de conjugação do verbo "estar". Não tô nem aí. Não fui eu! Não fiz nada disso, mas isso obviamente não importa, porque estou sendo incriminado, e tinta spray rosa? Rosa-choque? Vocês estão de brincadeira...

Harry voltou a enfiar a cabeça para dentro.

— Sra. Williamson? Ligação para a senhora. De um lugar chamado Ocasiões Perfeitas. — Ele ajustou os óculos. — Será que eles não sabem como está tarde?

— A gente contratou nosso artista por intermédio deles — disse Bill. — Eu os procurei para emoldurarem algumas artes e mencionei o projeto, e eles nos recomendaram os talentos do sr. Jones para a pintura de retratos. Preços bem razoáveis.

— Pode transferir a ligação — disse a diretora, dando a volta pela mesa para chegar ao telefone. — Alô? Sim. Sim, isso é altamente fora do comum. Meia-noite? Ah... ah. Entendi. — Ela franziu a testa e rascunhou alguma coisa. — Sim. Sim. Bom, eu agradeço. Agradeço de verdade.

— E aí? — perguntou a reitora, depois que ela desligou.

A diretora suspirou.

— Ao que parece, a Ocasiões Perfeitas pegou o atendente da loja vandalizando entregas prontas para serem enviadas e quis nos alertar. Ex-atendente, devo dizer; aparentemente, esse ato de vandalismo foi em retaliação pela demissão dele. Ele se chama Frank Watson. Também destruiu a loja deles. Parece um caso de erro de identidade da nossa parte.

O detetive me olhou feio. Sorri para ele do jeito mais neutro que consegui, mas meu pulso tinha acelerado no segundo em que a sra. Williamson atendeu o telefone.

— A dona da loja descobriu e pensou em nos deixar um recado, para o caso de ele ter feito o mesmo com a nossa mercadoria. — A diretora sentou-se pesadamente na cadeira. — Acho que ela ficou surpresa de ter conseguido falar com alguém assim tão tarde. Senhores, senhoras, estou muito cansada. Sr. Watson, por que você não tira cinco dias para se recompor e pôr seus… assuntos em ordem?

— Acabou? — perguntei.

— Frank Watson. — A diretora me encarou. — *Frank* Watson. Faz… bom. Acho que faz sentido. Peço desculpas por envolver você nisso.

— Então eu não estou suspenso?

Ela suspirou.

— Ainda não sei. Vamos ver o que a polícia vai dizer nos próximos dias sobre esse suposto roubo. E sobre essas drogas, aparentemente. Fique cinco dias fora do campus. Fique com seu pai. Se você for liberado, vamos dizer que tirou uma licença por motivos de saúde. Você claramente não está bem, não dá nem para dizer que é um exagero. E se você for *mesmo* culpado… aí sim será uma suspensão, e vamos ter que notificar as faculdades para as quais você se inscreveu sobre esse novo acontecimento.

Cinco dias.

Era um desafio. E eu já estava bolando meu plano.

Eu falaria com Anna. Negociaria com ela. Faria com que abrisse a boca. Eu encurralaria Kittredge e Randall, descobriria se algum deles estava guardando rancor, se alguém do meu alojamento estava precisando de dinheiro ou rondando a mesa da sra. Dunham com muita frequência, passando pela gaveta trancada onde ela guardava as chaves mestras. A sra.

Dunham poderia me dizer se viu alguém entrando e saindo do dormitório ao meio-dia, fossem professores, alunos ou funcionários da equipe de manutenção. Elizabeth poderia me dizer se viu alguém batendo em retirada assim que ela chegou ao segundo andar do Carter Hall.

E Lena poderia me passar a lista de convidados da festa, assim que terminasse de fingir ser a dona da Ocasiões Perfeitas em seu celular, no banheiro.

— Acho apropriado — disse a reitora, já a meio caminho da porta. — Eu já terminei aqui. Diretora, até amanhã.

— Sim, boa noite, e peço desculpas. Bill, por que você não... Sinceramente, não sei o que fazer com essas pinturas. Acho que elas parecem meio avant-garde, não? Pode guardá-las. Talvez o pessoal da eletiva de artes cênicas queira atirá-las de canhões ou algo do tipo. Detetive, imagino que a gente possa retomar esse assunto amanhã, né? E Jamie...

Minha cabeça ainda estava girando com todos os acontecimentos — a festa, os e-mails, a explosão da lata de refrigerante, o brocado do sofá arranhando minha nuca, as pinturas desfiguradas, os amigos apontando o dedo para mim, o jeito como Shepard estava me escaneando com os olhos. Havia muito o que temer, e Deus sabia como eu passara os últimos doze meses sendo o rei do medo. Eu me enredei tanto no que deu errado que esqueci por que tinha me envolvido com Holmes para início de conversa. Havia perigo por ali, muito perigo, e meu futuro estava em jogo.

Havia um caso a ser solucionado.

Que Deus me ajudasse, mas eu estava animado.

— Moriarty? — disse a diretora. — Será que eu conheço esse nome de algum lugar?

Foi então que Lena voltou de fininho pela porta, com o rosto corado e abertamente triunfante.

— O que foi que eu perdi? Algo de bom?

— Senhorita Gupta — disse Shepard. — Você se importa de me emprestar seu celular?

doze
charlotte

Aos quatorze anos, decidi que, para mim, bastava. Foda-se. Minha mãe era inútil, e meu pai, patético. Eu era a criança idiota que achava que poderia me moldar à imagem deles, que era um esforço que valia a pena.

A princípio, comecei a tomá-los esporadicamente. Os comprimidos. Quando o vazio, branco e esmagador, tornava-se demais. Quando um novo livro ou uma partida de xadrez com meu irmão não eram capazes de me distrair. Eu vivia em uma espécie de pavor o tempo todo, uma sensação de que um machado ia cair, e se eu pudesse me esconder atrás de um amortecedor, por que não faria isso? Eu os cortava ao meio. Para não correr perigo, dizia a mim mesma, mas eu sabia que, na verdade, era para que eles durassem, e quando minha mãe escorregou no trabalho e fraturou a perna, eu soube que ela seria mandada para casa com mais comprimidos, e foi ao roubá-los do armário do banheiro dela que finalmente fui flagrada.

"Flagrada" é um jeito prosaico de descrever a situação. Na verdade, fui mandada para a reabilitação. *A opção nuclear*, dissera meu pai, o homem que tinha me ensinado a detectar uma mentira, limpar uma arma e me transformar em outra pessoa porque eu mesma nunca estava certa e nunca estaria. Era melhor, então, ser outra garota. Ele sempre ficava bem decepcionado por eu ainda ser sua filha por trás de todo o disfarce.

Na Garotas Exemplares de San Marcos, aprendi a jogar pôquer fechado debaixo da televisão aparafusada na parede, onde passava *Days of Our Lives*. Acabei desenvolvendo um interesse pela novela. À noite, enquanto discutia *Days of Our Lives* com minha colega de quarto do momento, Macy, aprendemos por conta própria a encher uma seringa e depois agitá-la para expelir o excesso de ar. As seringas vinham do auxiliar casado que estava dormindo com a psicóloga-chefe da equipe (zíper aberto, dez minutos de atraso para o almoço; passei meses chantageando-o alegremente); o conteúdo vinha da minha antiga colega de quarto, Jessa (um buraco cortado no salto da bota, um truque que logo passei a adotar também), que nos visitava todo domingo quando não estava gravando os comerciais de detergente que eram seu ganha--pão. Esse esquema durou quatro semanas transcendentes. Elas não eram minhas *amigas* — para fazer amizades, era preciso compartilhar informações sobre si mesmo e sobre seu passado, e eu não fazia nem uma coisa nem outra. Um conspirador era alguém que trabalhava com você em determinado momento. Nós éramos conspiradoras, e das boas.

Então Macy nos dedurou e foi recompensada com um quarto individual. Jessa voltou para a clínica. Eu fui sumariamente expulsa e levei comigo meus hábitos.

Pensei, como uma criança, que teria permissão de ir para casa.

Na Nova Geração! de Petaluma, eu tentei. Tentei mesmo. Fiz de tudo para me livrar daquilo, daquela coisa que rastejava sob a minha pele feito uma pulsação. Vontade, vontade, vontade. Nunca tinha perdido o autocontrole, até que passei a ser uma corrente de uma eletricidade que não era minha. Comecei a fumar; era, como diziam, uma alternativa aceitável. Fui obrigada a ter aulas de yoga, o que me deixou flexível e furiosa. Chorei para terapeutas que queriam me ver chorando. Tinha muita vontade de fugir para dentro de mim mesma. Era como uma coceira na gengiva, na pele, uma sensação real de que meu sangue queimava e não era algo nem um pouco metafórico. Em vez de me arrastar para debaixo da cama e morrer, reuni todas as garotas do corredor em uma fileira e adivinhei quanto cada uma calçava, só de olhar para os pés delas. Disse a elas que tipo de animais de estimação tinham em casa. Analisei as palmas de suas mãos como uma vidente e lhes disse se já tinham ou não tido um emprego. Nenhuma de nós tinha trabalhado na vida. Ser modelo não contava.

Tudo que eles pediram, eu fiz.

Mas meus pais nunca fizeram uma visita. Meu tio nunca ligou. Minhas amigas iam e vinham, e não era amizade, não era nem mesmo conspiração: não passava de uma dinâmica em que elas buscavam um ouvido, e eu era o tipo silencioso que ouvia. O bolo de confete que elas comeriam quando fossem embora, a estação de rádio que ouviriam a caminho da praia, a festa de formatura, a ex-namorada, o ex-namorado, a persistência em um futuro que elas vislumbravam e eu, não. Que futuro? Se eu "melhorasse", para onde iria? Como seria meu ano seguinte?

Minha determinação perdeu a força. Eu sou, claro, humana. Não conseguia encontrar um motivo para mudar sem ter uma recompensa concebível e, de qualquer maneira, os professores da clínica de reabilitação eram deploráveis. Eu não precisava reaprender a tabela periódica. Eu tinha energia mental de sobra. Botei essa energia pra jogo. Ensinei às outras garotas a surrupiar comprimidos, a fazer buracos nos colchões. Fiz isso a olhos vistos. Queria me sentir maior, mais obstinada, mais forte, então tomei estimulantes. Cheirei cocaína. Era a mais fácil de achar. Era a droga mais óbvia que eu poderia usar. Eu tinha uma missão: na Petaluma, como na maioria dos lugares, era muito mais fácil ser dispensada por ser má influência do que "se formar".

Então, fui dispensada. Voltei para a Grã-Bretanha para minha mãe avaliar meu progresso; como sempre, tive a oportunidade de voltar para casa assim que deixei de querer. Eles não me mandaram embora daquela vez. Em casa, eu tinha meu laboratório. Em casa, eu tinha meu violino. Tinha wi-fi, um motorista e silêncio, muito silêncio, ninguém com quem falar e nenhuma aula, nada de escola. Demarchelier tinha ido trabalhar em um laboratório na Tunísia. Ninguém pensou em substituí-lo. Fiz um curso on-line de química orgânica. Terminei o curso em três semanas, estudando dezesseis horas por dia, e, ao concluí-lo, ganhei quatro créditos universitários e ainda sentia o comichão em minhas veias. Levei uma semana para pintar minhas paredes de preto. Repintei tudo de azul-marinho. Depois, de preto de novo. De branco. Corri infinitos quilômetros na pequena esteira velha da minha mãe, e havia coisas boas também. Havia as plantas de que eu cuidava, havia as horas ininterruptas com meu violino, e as plantas de novo, a mesa do laboratório, a separação e as misturas, os movimentos das minhas mãos. Fazer meu trabalho me ajudava a me recordar do meu corpo. Me dava um pingo de controle. Então, eu olhava para baixo e me lembrava da minha pele, da *existência* dela, e a queimação recomeçava.

Certa manhã, acordei e descobri que estava contente. Eu sentiria aquilo para sempre, disse a mim mesma enquanto esticava os braços para cima, na cama. Conseguia ficar sozinha. Conseguia parar de ser uma criatura feita de vontade.

No dia seguinte, comecei a sentir a coceira dentro da boca. Em pouco tempo, eu já tinha um fornecedor em Eastbourne. Foi mais fácil do que respirar.

Eu dava algumas pistas. Watson nunca as via, embora procurasse por elas todos os dias. Talvez elas só surgissem quando eu estava me drogando. Talvez, sem as drogas, eu fosse um espaço em branco. Minha mãe sempre sabia quando eu tinha voltado a usar; ela ligava o sinal de alerta rapidinho. Estava "cansada", dizia ela, de ver a governanta esvaziar minhas gavetas; ela mesma nunca encostava um dedo nas minhas coisas. Meu pai, claro, não estava presente. Estava prestando consultoria na Whitehall, em Londres; um dos seus contatos da escola de Milo finalmente tinha arrumado um cargo para ele. Quando foi pego pelo serviço secreto por vazar informações, sua reputação foi abalada, e, com o nome sujo, ele ficou sem trabalho. Meu pai se recusava veementemente a aceitar qualquer emprego que não fizesse dele o leão no topo da cadeia alimentar. A megafauna carismática. Ele escolhera não trabalhar, por anos, a ter que sentir essa falta de poder. Tínhamos sofrido por isso.

E agora ele tinha conseguido se infiltrar de volta. Estava sendo preparado para um cargo no governo. A primeira coisa que diriam caso fosse vetado: *filha drogada é um obstáculo*. Eu buscaria ajuda. Ou, pelo menos, algo que parecesse ajuda.

Fui mandada para lugares mais baratos, mais estranhos, aqueles que jogavam todos os viciados no mesmo balaio, indiscriminadamente. Teve um lugar em Brighton... Não dava para raciocinar em meio a todo aquele branco. Garotas de moletom com os cabelos sujos, unhas pintadas, e nenhuma de nós podia ter objetos cortantes, então nossas pernas ficavam peludas. Não tinha nada para fazer, então aprendi alemão sozinha. Passava dia e noite repetindo mentalmente: *nichts, danke, nichts, danke, nichts, danke*. Disse a mim mesma que ia visitar meu irmão e que saberia falar a língua. Eu me formei. Fui visitá-lo, e ele me olhou como se eu fosse um objeto para se colocar em uma redoma. Voltei. Aprendi francês no colégio; agora eu era fluente. Foi mais fácil de aprender porque eu ainda sabia latim. Aprendi a jogar euchre, uíste, cribbage, Texas hold 'em, passava o dia todo jogando cartas em uma mesa cheia de garotas enquanto tentava não *ter vontade*.

Eu tinha. Não conseguia parar. Pegava a vontade e a enterrava no chão abaixo de mim e, quando não dava, arrumava outro jeito. Tentava de tudo para não sentir que estava errada. Cresci como uma planta cresceria no escuro, dando voltas em si mesma em busca de um pouquinho de luz.

Fiz companhia a mim mesma. Era um jeito educado de dizer que eu era minha única amiga e que, se quisesse ficar sozinha, teria que me livrar de mim.

Não me livrei. O dinheiro acabou, ou foi a paciência deles que acabou, e meus pais finalmente me levaram para casa de vez. Estava prestes a estourar um escândalo. Eles estavam reunindo forças. Tinham contratado August Moriarty, veja bem.

Passei aquela noite em um hotel de luxo em Midtown Manhattan, tirando dinheiro de diletantes.

As garotas com quem eu estava jogando pôquer naquela noite, Jessa Genovese, Natalie Stevens e Penny Cole, eram atrizes. Eram também modelos, vendedoras de chá dietético nas redes sociais e garotas que recebiam roupas esportivas caríssimas de presente das marcas. Como Watson diria, elas tinham um esquema. Eu respeitava. Para alguns, a caçada mais empolgante acabava em um saco de ouro, não em um criminoso.

Se pareço desdenhosa, é porque tinha inveja delas.

Tinha a questão da atuação. Qualquer detetive decente sabia que, para extrair informações de alguém, era preciso interpretar um papel. Os papéis desgastantes que eu vinha interpretando, como Rose, a vlogueira de moda, eram a versão extrema disso; como eu não tinha um distintivo e, por isso, não podia conseguir respostas à força, tinha que recorrer a formas mais dissimuladas de obter informações. Mas, mesmo sendo "ele mesmo", um bom detetive de polícia precisava saber quando intimidar, quando bajular, quando fazer promessas, quando mentir.

Também tenho certeza de que, se alguém perguntasse a esses detetives, tarde da noite, quando já estivessem melancólicos e levemente bêbados, se eles topariam um trabalho bem legal em alguma peça de Shakespeare, caso tivessem a oportunidade, a maioria deles diria que sim. (Já pensei muitas vezes que daria uma boa Cordélia. Mas estou fugindo do assunto.) As outras garotas da noite do pôquer estavam fazendo algo que sempre desejei fazer. Elas jogavam razoavelmente bem. Eram lindas, ricas, e ninguém queria matá-las, não que eu soubesse, pelo menos, então, sim, eu estava com um pouquinho de inveja.

Eu estava ali porque precisava do dinheiro.

Jessa Genovese estava nos recebendo na suíte júnior em que estava morando durante as gravações de *O vazio*, seu novo filme de terror artístico. Os comerciais de detergente que ela fazia quando a conheci, nos tempos em que era minha colega de quarto na Garotas Exemplares de San Marcos, eram coisa do passado. Jessa era três anos mais velha, e eu sabia disso porque os auxiliares a deixavam fumar, e era atriz, o que eu sabia porque, quando ela abria a boca, falava bem alto e usava muito as mãos, projetava a voz, ficava atenta à dicção, olhava ao redor para ver quem estava observando e mudava a apresentação de acordo, e era italiana, sim, o que poderia explicar um pouco do volume da voz e da vivacidade — eu até que gostava bastante de italianos —, mas não explicava o jeito como Jessa dava um pulo com qualquer barulhinho quando pensava que estava sozinha. Ela também pulava quando estava lendo e alguém lhe dava um susto, e como lia constantemente, infinitos romances que se passavam na Escócia, ela se assustava o tempo todo. Poderia se imaginar que tinha crescido em uma casa silenciosa e estava acostumada com o silêncio. Mas não — ela abafava a reação, no máximo uma mexida involuntária nos lábios, uma mão trêmula sobre a cama.

Era como se estivesse acostumada a sentir medo de alguém surgindo do nada e do que essa pessoa faria com ela. Como se estivesse acostumada a esconder esse medo.

Certa noite, chapada em nosso quarto, eu disse a Jessa tudo o que tinha descoberto só de olhar para ela. Ela chorou. E me contou algumas coisas sobre a mãe dela. E então começou a bolar um plano sobre como usar minhas habilidades para que eu sempre tivesse grana, e ela nunca mais tivesse que voltar para casa.

Daí veio o pôquer.

Em Nova York ou em Londres, sempre que Jessa e eu nos cruzávamos, a gente se encontrava para jogar. Ela trazia amigos; amigos diferentes a cada vez. Eu ganhava o dinheiro deles, bem devagar, e depois muito, muito depressa. E Jessa fazia questão de que todos estivessem se divertindo o suficiente para que ninguém se importasse.

Então, depois que eles iam embora, eu contava a Jessa todo tipo de informação que tinha extraído deles durante a noite, para que ela fizesse o que desejasse.

Seis meses atrás, me diverti bastante fazendo esse esquema em Londres. Só que, naquela noite... eu estava me sentindo meio mal. Mas estava sem um tostão, e Watson estava correndo perigo, e no momento havia dois mil e setecentos dólares na mesa, e Penny Cole e Natalie Stevens, as duas garotas da noite, podiam ir embora quando bem entendessem.

E elas não queriam. Jessa estava cuidando disso. Tinha pedido champanhe, frango empanado, batata frita e foie gras, e botado para tocar o tipo de hip-hop com batidas ecoantes e constantes que faziam as pessoas se sentirem sensuais e importantes. Também estava contando uma história atrás da outra sobre como músicos dos quais eu nunca tinha ouvido falar aprontavam muito, e Natalie e Penny gargalhavam.

— E então ele fechou o zíper. O zíper nas costas da fantasia de unicórnio, quero dizer. Foi incrível.

Eu não estava entendendo a história, mas dava para ver que Jessa estava contando direitinho.

— E foi assim que vocês se conheceram? — Natalie estava dando risadinhas. — Num show desse tipo?

— Não, minha amizade com a Charlotte é mais antiga — disse Jessa. — Dos tempos da reabilitação.

As garotas trocaram olhares. Penny tinha sua própria sitcom no Disney Channel. Natalie era figurinha carimbada dos filmes do Lifetime e tinha se tornado cantora cristã. Se Jessa e eu éramos duas viciadas e aquela noite viesse a público, a imagem delas sofreria as consequências.

— Transtorno alimentar — falei, para passar uma imagem mais segura. Não era exatamente mentira. Mesmo assim, odiava a insinuação de que aquilo era intrinsecamente "melhor" do que o vício, ou "menos minha culpa". — Não quero falar sobre isso. Estou melhor agora.

Penny relaxou por completo.

— Ah, meninas — disse ela, e foi uma reação genuína. — Eu sinto muito.

Mas Natalie parecia mais preocupada, um tipo de preocupação que eu conhecia, e isso, junto com o estado do seu dedo indicador direito, me deu mais informações para o arquivo sobre ela que estava organizando na cabeça.

Meu celular apitou. Dei uma espiadinha nele por baixo da mesa; era da minha fonte na Sherringford. *As coisas estão piorando para o lado dele*, dizia a mensagem. *Quando você pode vir a Connecticut?*

Percebi, sem emoção, que preferiria estar em praticamente qualquer outro lugar. Até mesmo no meu antigo colégio interno. Mas era a última mão da noite, e eu estava me aproximando do ataque final.

— A última rodada — disse Jessa, enquanto Penny dava as cartas. O jogo era o Texas hold 'em. — Aí está! Últimas apostas, meninas.

Penny aumentou a aposta, mas não passava de um blefe; ela estava batendo o pé debaixo da mesa, do jeito que tinha feito nas três últimas vezes. As cartas de Natalie eram melhores que as de Jessa, com certeza — ela costumava comer batata frita com muita indiferença quando sabia que ia ganhar —, mas as minhas cartas também eram melhores que as de Jessa, que era a big blind da rodada (E, de qualquer maneira, ela ia dividir os ganhos comigo no fim da noite.)

Meu celular tocou de novo dentro do bolso. Seria falta de educação sair de fininho agora.

Mas, a contragosto, acabei olhando.

O Jamie precisa de você, dizia a mensagem. *As coisas só vão piorar.*

Apertei meu celular debaixo da mesa.

Precisava desesperadamente ganhar aquela rodada.

Natalie estudou as próprias cartas.

— Charlotte Holmes — disse ela. — Que engraçado. Pensei nisso a noite inteira... Eu amava as histórias do Sherlock Holmes quando era pequena, sabia?

As pessoas gostavam de incluir esse adendo, "quando era pequena", como se tivesse algo de infantil nas histórias.

— Que ótimo — falei, porque, por mais que eu não estivesse particularmente a fim de entregar os segredos dela para Jessa, também não me importava com ela ou com o que tinha ou não tinha lido. Só queria que ela fizesse a aposta para que eu pudesse sair e entrar em contato com minha fonte a sós.

Tentei não pensar nas implicações daquela última mensagem. Watson morto. No chão do dormitório dele. Watson morto, baleado na neve, que nem...

— Conheci um Moriarty faz pouco tempo, sabia?

Meu pulso acelerou. Além de mim, claro, ninguém percebeu, porque eu sabia fazer cara de paisagem muito bem.

— É um sobrenome irlandês comum — eu respondi. — Dá para conhecer vários deles.

— Não — disse ela, e bateu as cartas na mesa. — Tipo, era um Moriarty de verdade, que nem nos livros. Eu frequento a Virtuoso School... sabe, a escola para jovens atores e cantores ou sei lá... e ele estava participando de uma visita guiada. Levaram-no para assistir à minha aula de composição. Acho que ele investiu dinheiro no programa.

Lista de clientes da empresa de consultoria de Lucien Moriarty. Novas adições: um grande hospital de luxo em Washington, D.C. Uma clínica de reabilitação para adolescentes em Connecticut. E uma escola preparatória de artes em Manhattan.

— Hora de apostar, garota — disse Jessa, sentindo os novos rumos da conversa. — Aí a gente pode pedir mais champanhe. De repente eu até ligo para o DJ Pocketwatch, para ver se ele pode dar uma passadinha.

Meu celular apitou de novo.

— Você chegou a perguntar se ele cometeu algum crime recentemente? — perguntei em tom leve, mas alfinetando o suficiente para que Natalie soubesse que eu estava incomodada. Era um tom de voz que atraía as pessoas, fazia com que quisessem saber a história por trás do incômodo. Quase nunca falhava.

E não falhou. Ela se inclinou para a frente, fascinada.

— Uau, vocês ainda não se bicam?

Dei de ombros.

— Meio que não. Como ele era?

— Não muito interessante. Estava usando um gorro, parecendo que se achava maneiro. Óculos grandes. Ele gostou da música que eu toquei.

— Tem muita gente na sua aula de composição? Quer dizer, alguém conhecido?

Natalie deu uma espiadinha nas próprias cartas.

— Só se você curtir folk-rock. Quer dizer, Annie Henry é uma grande violinista. Penn Olsen e Maggie Hartwell tocam juntas há um tempo...

— Fala sério, gente — disse Penny. A música tinha parado, e ela olhava fixamente para todo o dinheiro dela empilhado no meio da mesa. — Será que a gente pode acabar logo com isso?

Puxei minhas fichas para perto e descobri que não ligava para os meus ganhos.

Maggie Hartwell.

Michael Hartwell era uma das identidades falsas de Lucien.

Meu celular apitou. *Você sabe que pode impedir que isso aconteça*, dizia a mensagem, e em um piscar de olhos eu estava em outro lugar, tinha sumido. Os olhos de August me analisando no avião de volta à Inglaterra. August enfiando a cabeça para dentro do meu quarto em Greystone, com meu violino nas mãos: *Toca pra mim?* August na neve.

Coisas que eu poderia ter impedido. Eu podia pegar o trem. Naquela noite. Podia chegar à Penn Station em uma hora. Eu...

Você precisa sentir, dissera a inspetora Green. *Caso contrário, vez por outra você vai sentir de qualquer maneira. E vai continuar fazendo coisas bem estúpidas.*

Eu me forcei a respirar.

Jessa e eu já tínhamos jogado juntas vezes o suficiente para que, àquela altura, ela fosse capaz de me interpretar do outro lado da mesa. Uma parte distante de mim pensou que era uma pena não sermos parceiras de bridge.

— Penn Olsen e Maggie Hartwell? — perguntou ela, assumindo meu posto. — Elas estão no YouTube?

Natalie riu.

— Acho que sim. Elas não são superfamosas nem nada. Fazem covers, basicamente. A Maggie é um amorzinho, mas a Penn é muito arrogante.

Respirar. Eu estava respirando.

— Hm — falei, e não soou tenso.

— Você não perde para ela em nada, amiga — disse Jessa para Natalie. — Você já *ouviu* o novo single da Natalie, Penny? É bom pra cacete.

— É mesmo. Ótimo. — Penny deu um beijo na cabeça de Natalie. — Você tem que falar com os produtores da minha série. Quem sabe a gente não inclui você num episódio? Acho que vamos fazer um episódio musical em breve!

Elas estavam olhando uma para a outra, então não perceberam o lampejo de inveja nos olhos de Jessa.

Dividimos o dinheiro rapidamente, trocando as fichas por grana. O champanhe tinha acabado.

— Meu Deus, estou cansada, e agora falida também — disse Penny enquanto arrumava a bolsa. — E trabalho amanhã às sete. Vamos gravar uma cena na piscina logo de cara. Talvez eu não devesse ter comido aquele frango empanado, afe. Amo vocês, amo vocês — ela soprou beijos na nossa direção —, mas só vamos fazer isso de novo quando eu receber, tá?

Algumas garotas não tinham vergonha de proclamar seu amor, como se, ao distribuí-lo para Deus e o mundo, pudessem induzir o mundo a amá-las também. Como se o mundo não fosse pegar esse amor e castigá-las com ele. Mesmo assim, soprei um beijo para Penny. Dei tchauzinho para Natalie. Conferi meus ganhos com cuidado — quase três mil dólares, eu tinha levado quase tudo — e, então, encarei Jessa por cima de seu caderninho.

Naquele momento, tive medo de abrir a boca, de botar tudo pra fora. Sobre como eu tinha feito besteira e por quanto tempo. Sobre o tamanho do estrago que eu tinha causado. Como se eu fosse confessar para a primeira pessoa que perguntasse.

Jessa me salvou de mim mesma.

— Foi bem útil para você.

A sós comigo, seu jeito de falar tinha começado a se espelhar no meu. Ela era sucinta, precisa, mais rouca. Era evidente que estava fazendo um novo curso de atuação, e que eu era seu objeto de estudo atual.

Naquele momento, era incapaz de imaginar por que alguém teria vontade de fingir ser eu.

Imagine seu pai sentado do outro lado da mesa, disse a mim mesma. *Seja fria*. E, em um piscar de olhos, voltei a ser.

— As informações sobre a Virtuoso School? Sim, foram úteis para mim.

— Descobriu alguma coisa sobre elas? Penny e Natalie?

Na verdade, eu tinha descoberto bastante coisa. Abri a boca, mas hesitei.

— Tudo bem se eu perguntar como você planeja usar essas informações?

— Imagino que seja da maneira que você usa o dinheiro. Como moeda de troca. — Ela fez uma pausa dramática, depois piscou rapidamente os olhos azuis. Eu me perguntei se eu também fazia isso antes de começar uma explicação. — Essas garotas são minhas concorrentes. Um boato pode ser útil. Saber quais são as falhas e as fraquezas delas. Mas eu guardo as melhores e, se estiver ruim de grana, vendo os segredos para o TMZ.

Nós nos observamos. Para dizer a verdade, a imitação que ela fazia de mim era inquietante a ponto de afetar minha linha de raciocínio.

Era assim que estranhos me viam?

Deixei essa ideia cozinhando em fogo baixo enquanto contava a Jessa o que tinha descoberto. Que Natalie acreditava em Deus e rezava em silêncio quando sentia que estava perdendo no jogo; sua fé era pessoal a ponto de levar um pequeno colar com crucifixo não no pescoço, mas dentro do bolso, para onde a mão dela vivia retornando como se fosse uma pedra antiestresse. Penny idolatrava uma irmã mais velha. Era evidente que as botas que estava usando já tiveram outra dona, e elas eram (1) um pouco maiores do que seu número; (2) novas demais para serem vintage; (3) fora de moda há cinco anos. A irmã usava as botas para alguma atividade prática, quem sabe equitação (a sola estava gasta bem no lugar que poderia ter tido contato com alguma coisa como um estribo), mas Penny as usava por amor. Talvez a irmã tenha morrido. Não dava para saber com base nas informações disponíveis.

— Só isso? — perguntou Jessa quando terminei de falar. Estava tão frustrada que tinha voltado a ser ela mesma, para meu misto de alívio e decepção. — Nenhum hábito, nenhum vício, nenhum ex-namorado ou...?

Natalie era bulímica. Em sua cidade natal, Penny tinha uma namorada que preferia manter em segredo. Em algum momento da vida, Natalie tinha perdido mais de cinquenta quilos, e rápido; quando sua blusa subia para além da calça, dava para ver estrias bem discretas. Penny queria sair do mercado depois que o contrato dela chegasse ao fim, talvez (era só uma suposição) para passar mais tempo com a amada irmã. (Talvez a irmã não tenha morrido, mas estivesse morrendo? Eu precisava observá-la por mais tempo.) As duas nunca mais queriam jogar pôquer com a gente.

Jessa ganhava dinheiro sozinha agora, por meio de royalties e pagamentos a cada reprise. Não estava "ruim de grana" de forma significativa, apesar do que a venda de segredos aos tabloides poderia sugerir. No mínimo, ela não precisava que eu a ajudasse a destruir a vida de duas garotas para conseguir se manter longe da mãe e do seu próprio passado destrutivo.

— Não — falei, para o descontentamento de Jessa —, foi só isso.

E eu soube que nunca mais jogaria pôquer com ela também.

O tamanho do estrago que eu tinha causado. O tamanho do estrago que eu continuaria causando.

Na rua, olhei meu celular mais uma vez. Minha fonte na Sherringford tinha me enviado uma última mensagem.

A culpa vai ser sua, dizia. Como se fosse novidade.

Meus batimentos cardíacos tinham diminuído. Eu não iria para a Penn Station naquela noite. Não iria para a Sherringford com armas em punho por conta de uma suposição. Iria para casa e me forçaria a "ter sentimentos" sobre meu passado durante trinta minutos, cronometrados, e daria continuidade ao meu plano, já que era a melhor maneira de manter Jamie Watson a salvo.

Mais seguro do que August jamais estivera.

A salvo de mim.

Acendi um cigarro, o primeiro que me permitia fumar em semanas. Eu tinha dinheiro. Tinha me alimentado de graça. Já era tarde, eu estava bem cansada, e pela manhã teria uma conversa com a Starway Airlines. Era preciso me preparar.

treze
jamie

O DETETIVE SHEPARD TINHA VASCULHADO O CELULAR DE Lena enquanto ela esperava de braços cruzados, revirando os olhos.

— Achei que você quisesse, tipo, ligar para alguém.

Ele percorreu mais uma vez as mensagens, o registro de chamadas perdidas e recebidas, a lista de contatos, e em seguida jogou o celular para ela. Lena, sendo Lena, o pegou tranquilamente com uma das mãos.

— Era bom demais pra ser verdade — disse ele. — Você sumiu. Aí, na mesma hora, a sra. Williamson recebeu aquela ligação da galeria com uma confissão.

— Serendipidade — respondeu ela, e enrolou o cachecol no pescoço. — É uma palavra que cai no vestibular. Olha, já que estamos em dia de semana e tudo o mais, acho melhor ir para casa. Jamie, me manda mensagem ou algo do tipo amanhã, tá? — Ela deu tchau e foi embora.

Todos os outros também tinham ido. Meu pai estava aquecendo o carro no estacionamento. O detetive fechou o zíper da jaqueta enquanto olhava para o pátio coberto de neve.

— Não vou dizer que é bom te ver de novo — disse ele.

Eu estremeci.

— Sinto muito. Também não quero estar metido nessa confusão. Mas fico feliz que você esteja trabalhando no caso.

Era verdade. Sempre gostei do detetive Shepard; ele era inteligente, determinado e flexível o suficiente para trabalhar comigo e Holmes. Eu só queria não ser sempre a pessoa que ele estava investigando.

O detetive enfiou as mãos nos bolsos.

— Você fez uns inimigos e tanto, rapaz — disse ele. — Ou foi ela que fez. Charlotte. Sei lá. Espero que tenha valido a pena. Vou ligar pela manhã. Não saia da cidade.

Eu disse a ele que não sairia e, em seguida, entrei no carro do meu pai.

Não foi você que ligou aquela hora?, perguntei a Lena.

Ela respondeu na mesma hora.

Eu disse que era útil. Não precisa ser um traficante pra ter um celular descartável dentro da bolsa. Ele não me pediu esse celular haha boa noite Jamie bjs.

Eu ri baixinho. Estava tarde, tarde o bastante para que fôssemos o único carro na estrada de volta para a casa dele. Foi lá que cresci, brincando de pique-pega no quintal com meu pai, jantando juntos no quintal, no verão, minha irmã e eu nos trancando no armário debaixo da escada. Agora, meu pai morava lá com minha madrasta, Abigail, e meus meios-irmãos, Malcolm e Robbie. Eles tinham separado um cômodo para mim, onde antes ficava o abafado quarto de hóspedes. Eu não tinha decorado o quarto e não dormia muito nele, mas era bom saber que estava ali, de qualquer maneira. Deixava algumas roupas por lá, uma lâmina de barbear e alguns sapatos. Não seria necessário voltar ao dormitório para buscar minhas coisas.

Quando chegamos em casa, Abigail estava acordada à nossa espera na sala. Tinha acendido a lareira, mas o fogo se reduzira a brasas.

— Jamie — disse ela, e me deu um abraço apertado. — Você está bem. Graças a Deus. E *você*...

— Oi pra você também — falou meu pai.

— Vê se me avisa da próxima vez? Em vez de me deixar um bilhete escrito *J com problemas, vou chegar tarde* e não responder a nenhuma mensagem minha?

— Desculpa, tudo aconteceu muito rápido. — Não havia muito arrependimento no pedido de desculpas. — Será que a gente pode falar disso amanhã? Não quero acordar as crianças.

— Não tem problema, eles não te veem há dias, de qualquer maneira. — Abigail ajeitou a camisola. — Desculpa, Jamie. Estou exausta, e isso... Enfim. Vá dormir. A gente dá um jeito.

— Sua mãe está vindo — disse meu pai. — Falei com ela mais cedo. Ela trocou as passagens, dela e da Shelby... Vamos dar um jeito de acomodar todo mundo. Quem sabe você não dorme no sofá? A gente fala mais disso amanhã.

— Você falou com a Grace hoje à noite e comigo não? — perguntou Abigail.

Essa foi minha deixa para subir para o quarto.

Eles continuaram brigando baixinho, o som subindo sorrateiramente a escada enquanto eu me preparava para dormir. Meu pai nunca foi o pai do ano, isso era certo, mas eu pensei que ele tinha deixado alguns dos seus hábitos zoados para trás. Não importava o quanto eu tivesse sonhado na infância em vê-lo abrir mão de Abigail e dos Estados Unidos e voltar para nossa casa em Londres, não queria mais nada disso dele no momento. Eu tinha me perguntado brevemente como ele estava lidando com trabalho, casa e dois filhos pequenos, com todas as perambulações ao lado de Leander, mas meu pai era adulto e, até onde eu sabia, adultos conseguiam dar um jeito nessas coisas.

Acho que não era o caso do meu pai.

Caí em um sono inquieto, e, quando acordei, já era fim da manhã, o dia já estava na metade. Uma chaleira apitava no andar de baixo, e a porta do meu quarto estava aberta. Não encontrei Abigail na cozinha. Malcolm, meu irmão caçula, ainda bebê, também tinha sumido, além do meu pai e de Robbie, que já tinha idade para ir à escola. Era dia de semana? Eu estava cansado demais para lembrar.

Em vez de encontrar qualquer membro da minha família, dei de cara com Leander empoleirado na bancada, rolando a tela de um site de notícias no tablet dele. Sua camisa social estava passada e ele tinha acabado de fazer a barba.

— Bom dia, trombadinha — disse ele.

— Por favor, me diz que esse não vai ser meu apelido.

— Ele tinha desligado a chaleira em ebulição, mas a água ainda estava quente. Preparei uma xícara de chá. — Se bem que eu acho que sou um ladrão procurado. E possivelmente um "droguista", segundo a reitora.

— O quanto você acha que o Lucien se meteu nisso tudo? — perguntou Leander, pousando o tablet na bancada.

— Nas pinturas, com certeza. Meu pai te contou? — Quando ele fez que sim, prossegui: — De cara, pensei que a ligação da loja fosse o Lucien me zoando. Tipo, para mostrar como conseguia entrar fácil na minha vida e como tinha o poder de dar um jeito nela, se quisesse. Mas, no fim das contas, tinha sido Lena Gupta, para livrar a minha cara.

— Sempre gostei dessa garota — comentou ele.

— É, a Lena é ótima. — Eu me recostei na bancada. — Quanto ao resto da história... não falei com meu pai, mas sabe a sabotagem do notebook? Alguém mandou um e-mail para a Elizabeth, fingindo ser eu, e pediu para ela ir ao meu quarto na hora exata. E na festa também.

Leander fez que sim.

— Quer me dar detalhes?

— De tudo?

— Eu poderia ajudar.

— E você não vai contar pro meu pai?

Ele hesitou.

— Não. Vou deixar você contar. Fechado?

— Fechado.

Ele pegou o tablet de novo.

— Vamos começar com os horários, se você souber, e os lugares, e onde estava todo mundo no momento do ocorrido.

Quando eu terminei de falar, ele disse:

— O que eu acho: vamos abordar o problema por dois lados. Se você se sentir à vontade para fazer perguntas na sua escola, posso seguir minha investigação na cidade. Tenho um compromisso hoje que gostaria de cumprir.

— Meu pai vai? — perguntei.

Leander pareceu constrangido.

— Ele e a Abigail estão passando o dia juntos — disse ele.

— É importante, ainda mais com a chegada da sua família, que os dois tenham um momento a sós para... recalibrar.

— Ah.

Eu o analisei por um momento, o homem que eu tinha passado a considerar meu tio. Leander tinha um tipo de elegância casual que ele vestia feito uma capa e, de vez em quando, se ele deixasse você se aproximar o bastante, dava para ver como o que estava escondido por baixo tinha sido tecido deliberadamente.

— Isso já aconteceu antes?

Leander nunca foi de medir palavras comigo.

— Com sua mãe, várias vezes. Com a Abigail, é a primeira vez. Se isso não se resolver logo, vou voltar para Londres e tentar fazer minha parte de lá. Eu... talvez esteja piorando a situação.

Quando eu pensava no meu pai, a imagem que surgia era dele alegremente amarrotado em seu blazer e sua calça de veludo de sempre, e nessa imagem ele nunca estava sozinho. Leander Holmes estava ao lado. Não minha mãe, nem Abigail, mas seu melhor amigo, que eu só conhecia pessoalmente fazia um ano. Mas eu nunca tinha parado para pensar em como isso seria um problema para a mulher com quem meu pai estivesse casado. Quando sua vida era dividida dessa maneira, como seria possível ter tudo?

Talvez alguns de nós não pudéssemos mesmo ter tudo.

Pensei, como que por reflexo, na Holmes. Na minha Holmes, naquela noite no hotel em Praga, determinada, assustada e com os braços em volta do meu pescoço, sussurrando palavras que eu não conseguia ouvir, palavras que talvez ela pensasse que eu seria capaz de decifrar pelo formato que os lábios dela faziam na minha pele, e esse era o tipo de pensamento que eu nunca me permitia ter, muito menos na frente do tio dela, que era de fato uma espécie de leitor de mentes, ou depois de estar pensando no meu *pai*, e fiquei vermelho, e aí fiquei vermelho de novo quando Leander me lançou um olhar alarmado — meu Deus, ele já estava *deduzindo* coisas —, então fui me servir de mais um pouco de água quente rapidinho.

Leander pigarreou.

— Quer carona para o campus? — perguntou ele depois de um instante. Seu tom de voz estava muito, muito neutro.

— Não — respondi, abanando o vapor do meu rosto. — Não. Não, posso ir a pé.

Era uma caminhada bem longa. No fim das contas, Leander insistiu, e eu estava de volta à Sherringford ao meio-dia.

quatorze
charlotte

A Starway Airlines era uma das companhias aéreas mais antigas do mercado. Tinha sido uma das poucas a não falir nos primeiros anos do novo século, e a resposta da empresa foi redobrar suas ofertas de luxo (assentos de couro, malas despachadas gratuitamente, uma sauna no lounge do aeroporto), enquanto as outras companhias reduziram custos. A Starway se especializou em voos diretos de longa distância, para Dubai, Melbourne e Quioto, viagens que levavam dias e que já eram caras para início de conversa, e os aviões foram equipados com camas e massagistas.

Ou seja, não dava para aparecer desleixado em uma entrevista de emprego para agente de aeroporto da Starway, não se quisesse representar a marca da empresa. Prendi meu cabelo em um coque alto e botei cílios postiços. Vesti o terninho que tinha passado e preparado para a ocasião. Em poucas palavras, estava vestida a caráter. Senti certo prazer nisso.

No aeroporto, apresentei minha documentação no balcão de informações da Starway.

— Daqui a mais ou menos quinze minutos, o recrutador vem aqui recebê-la — informou o atendente de olhos bondosos.

Perguntei a ele a hora exata e depois onde ficavam os banheiros, forçando meu sotaque britânico formal. Por algum motivo, os americanos amavam os ingleses. O atendente sorriu e apontou o caminho, e agora eu sabia que ele se lembraria tanto de mim quanto do momento exato em que nos encontramos.

Passei algum tempo avaliando o mapa do aeroporto nas últimas semanas. De todas as companhias aéreas, a Starway era a que tinha a menor presença ali; o balcão deles ficava na pontinha do terminal, e não havia ninguém na fila para os quiosques ou para falar com um agente, não às nove da manhã de uma quarta-feira, para uma companhia que tinha um número tão reduzido de voos regionais. Esperei até que o único agente de plantão saísse para uma pausa e, então, de terninho e salto alto, fui para trás do balcão e me aproximei do monitor.

Felizmente, o agente tinha deixado a conta dele logada. Não precisei tentar o código de acesso que vi um agente digitar no Heathrow; tinha sido o ponto fraco do meu plano, e fiquei aliviada em dispensá-lo.

Assim que entrei, precisei de um momento para me orientar. A tela estava preta, com um texto branco rolando, e a única maneira de navegar era por atalhos no teclado. Errei várias vezes de início, até conseguir chegar ao sistema correto. Uma música pop animada tocava acima de mim, e bati meu pé no ritmo para me acalmar.

Ali estavam. As reservas futuras.

De canto de olho, vi o agente se aproximando com as mãos nos bolsos enquanto olhava pelas janelas gigantes do fim do terminal. Em seguida, ele voltou os olhos para o ponto onde pretendia chegar. Ele me viu no monitor e apertou o passo.

Imaginei que isso aconteceria. Estilizei minhas roupas para que se parecessem o máximo possível com o uniforme da Starway, de modo que, à distância, qualquer funcionário tivesse um momento de dúvida que o impediria de ligar para a polícia imediatamente. Eu sabia que tinha mais ou menos dois minutos.

Mas só dava para digitar com uma das mãos no momento, porque com a outra eu estava pressionando o telefone fixo no ouvido e chorando.

Reservas. Digitei Michael Hartwell, depois Peter Morgan-Vilk. Joguei depressa os nomes no sistema, e os resultados começaram a descer na tela. Eu tinha passado horas assistindo a tutoriais na internet, mas havia uma série de atalhos de teclado que eu ainda não dominava. Quando cliquei no que pensei ser o botão de descer a página, a tela ficou em branco. Cliquei de novo, e a tela voltou ao normal. Rapidamente, com o dedo indicador, digitei a sequência de três teclas que me fazia voltar várias páginas e inseri outra vez os nomes com o mesmo dedo, o telefone contra meu rosto molhado de lágrimas, meu corpo desviado da tela para que desse a impressão de que eu era apenas uma jovem profissional inofensiva que jamais invadiria o sistema deles.

O agente estava falando no rádio. Na porta, o oficial de segurança ficou alerta e se virou na minha direção.

Instantes. Eu só tinha instantes. Precisava de um registro de voos, um registro completo, e saber a próxima vez que Moriarty chegaria. Era quarta-feira. O dia em que Lucien sempre viajava para Nova York, pelo que eu tinha visto nas semanas que passei no aeroporto Heathrow em Londres.

— Ei — disse o agente, rispidamente. — Ei, você! O que está fazendo?

Encontrei.

Cliquei depressa no botão de imprimir. Os resultados caíram no chão acarpetado. O agente estava a poucos passos de distância agora.

— Pare! Pare o que está fazendo!

Arfei, larguei o telefone e desabei no chão.

Ele contornou a mesa e deu de cara com a tela em branco e comigo aos soluços.

— O que... quem é você? O que você está fazendo? Garota?

— Estou tendo um ataque de pânico — respondi em meio às lágrimas. — Tenho uma entrevista com a Starway hoje... Não conseguia, eu... Eu tive que ligar para o meu médico. Não conseguia respirar. Eu sinto muito. Sinto muito mesmo. Não me prenda.

Agachando-se, ele pegou o telefone do chão e o levou à orelha. Dava para ouvir a mensagem alegre. *Digite oito se deseja marcar uma consulta. Se quiser ouvir de novo, digite nove.*

— Você não tem celular? — perguntou ele enquanto me ajudava a ficar de pé.

Dei um sorriso fraco.

— O meu não funciona nos Estados Unidos — respondi com um sotaque elegante e refinado. — Ainda estou me acomodando aqui.

O agente deu mais uma olhada na tela do monitor. Estava vazia. Ele relaxou, muito discretamente. Que ele pensasse que tinha deslogado.

— Talvez esse não seja o melhor emprego para você — disse o agente enquanto me conduzia de volta ao balcão de informações no meio do terminal. — É um estresse danado aqui.

— É mesmo? Aposto que é péssimo em época de feriado.

Foi o suficiente para que ele contasse uma história engraçada, alguma coisa sobre uma garota fantasiada de rena, e quando o atendente, confuso, confirmou que eu estava mesmo ali para uma entrevista, que eu tinha chegado cinco minutos adiantada, que ele mesmo tinha falado comigo, o agente disse:

— Olha só, Charlotte, não se preocupe com isso... Mas talvez seja melhor não aceitar esse emprego.

E, antes que passasse pela cabeça de qualquer um deles ligar para a polícia, eu já estava dentro de um táxi a caminho de Manhattan. O motorista ergueu a sobrancelha para mim quando me viu tirar um monte de papéis de dentro da saia. Mal tivera tempo de enfiá-los na meia-calça.

Folheei tudo devagar, tentando entender o que estava lendo. Michael Hartwell não estava indo para Nova York. Peter Morgan-Vilk não estava indo para Nova York. Nem para Boston nem para Washington, D.C. Nenhuma confirmação, nada no sistema de reservas. Conferi mais uma vez para ter certeza.

Cheguei à última página. À busca alternativa que eu tinha feito no último segundo. O táxi estava preso no trânsito, tão intenso no momento quanto em qualquer hora do rush em Londres, e enquanto o motorista pisava no freio, respirei fundo para me acalmar, depois segurei a última página contra a luz.

Ali estava.

Lucien Moriarty estava vindo para os Estados Unidos. Naquela noite. Como Tracey Polnitz.

Eu tinha passado o último ano esperando por isso e, mesmo assim, não estava pronta. Eu... Eu não conseguia respirar direito. Por que não estava conseguindo respirar?

Precisava falar com alguém, com alguém que me conhecesse bem, me conhecesse desde antes daquilo tudo, alguém em quem eu pudesse confiar.

Sem pensar direito, sem levar em conta as consequências, peguei meu celular e liguei para o único número que eu tinha pensado em salvar.

quinze
jamie

Eu tinha combinado de encontrar Elizabeth durante a hora de almoço dela; liguei, para que dessa vez ela tivesse certeza de que era eu. O estacionamento ficava perto dos limites do pátio, no final de um declive, e deu para vê-la caminhando na minha direção bem antes que chegasse — o blazer vermelho por baixo da jaqueta, as meias-calças, o brilho difuso do cabelo.

Elizabeth era linda e magnética, e eu estava desperdiçando o tempo dela.

Soube disso sobretudo quando ela me entregou um copinho quente do refeitório.

— Chocolate — disse ela. — Imaginei que você não fosse querer que ninguém te visse por lá, já que você está meio que suspenso.

— Valeu — respondi, segurando o copo com as duas mãos. — Não acho que estejam de olho em mim, mas, sim, estou tentando ser discreto.

Passamos um longo minuto nos olhando.

— Você não é um bom namorado — disse ela, como se fosse simples. Talvez fosse mesmo. — Alguém está se aproveitando disso, eu acho. Querem que eu fique brava com você. Eu estou, mas por motivos diferentes.

— Eu sinto muito — falei.

— Eu sei.

— Pensei que eu podia... Eu gosto mesmo de você. Você é foda, e muito bonita, e...

— Eu sei — disse ela, meio nervosa. — Também me acho isso tudo.

— E eu estou com a cabeça em outro lugar. Estou me formando, e o ano passado foi uma bagunça, e sei que não tenho sido legal com você. — Senti um impulso de tocá-la, mas não sabia no que isso daria. — Não sei se é por causa disso ou se eu simplesmente não sou um cara legal.

Elizabeth mudou o peso de um pé para o outro.

— Só porque você admite uma falha não significa que deva ser perdoado por ela.

— Eu sinto muito — repeti.

Estava tudo acabado, então. Era melhor assim.

— Então para.

— Desculpa... O quê?

— Para — repetiu ela, mais alto. — Se você sabe, então para. Para. Você gosta de mim. As coisas não deveriam ser tão... difíceis. Não acredito que você esteja tão focado em uma pessoa que nem chegou a namorar, não de verdade... Ela foi sua namorada em algum momento? Ela partiu seu coração, de qualquer jeito. Talvez isso só piore a situação. Será que eu preciso partir seu coração? É assim que eu faço para impactar você?

Uma hora atrás, eu estava pensando na Holmes na minha cama. Agora, a simples lembrança fazia eu me sentir claustrofóbico, sufocado de calor, e eu não sabia se o amor deveria ser assim.

— Eu não sei — falei em voz alta. — Não quero que seja assim.

— Vou te ajudar a dar um jeito nisso tudo — disse ela.

— Nessa confusão.

— Que confusão? Na confusão do Moriarty? Elizabeth...

— Pode parar com a voz de pena. — Ela cruzou os braços. — Por que você quer se arriscar desse jeito? Qual é o sentido?

— Que eu sou uma pessoa melhor do que ela?

Ouvir isso foi como levar uma facada no estômago. Não importava quantas vezes eu já tivesse pensado que Holmes era um lixo, uma confusão...

— Não diz isso. Não é verdade. Não estamos em uma competição de quem é menos merda. Se estivéssemos, acho que eu perderia.

— *Para* — disse ela, tremendo um pouco com a intensidade do que estava dizendo. — Vou te ajudar a dar um jeito nisso porque eu estou envolvida, e ouço coisas por aqui que você não ouve. E meu Deus, Jamie, eu acho que você precisa de uma mãozinha.

— Mas as coisas têm que acabar. Entre a gente.

— Tá. Tudo bem. Então a gente dá um jeito nisso. Depois a gente vê.

Eu deveria ter dito não. Eu tinha a ajuda de Lena. Tinha meu pai e Leander. Tinha uma "suspensão" de cinco dias para me fazer sair da inércia. Mas Elizabeth era tão inflexível e tão inteligente que parecia errado recusar a ajuda dela.

— Por onde começamos?

Subimos lentamente a colina em direção à escola.

— A Anna está no hospital. Dizem que é por culpa da Lena, que a delatou por causa do MDMA. — Elizabeth contorceu os lábios. — Ninguém está muito triste com isso. A Anna não é lá grande coisa.

— Eu não a conhecia muito bem.

— Ela é a nojentinha da Sherringford — disse Elizabeth, com uma amargura que eu não esperava. — Cheia da grana. Os professores dessa escola são acadêmicos incríveis, gente que já escreveu biografias de Elizabeth Bishop, que já trabalhou na Casa Branca, que já trabalhou na NASA, e a Anna não faz nenhuma anotação e paga os colegas de alojamento para fazerem os trabalhos dela. O dinheiro te faz conseguir muita coisa por aqui. Mas mil dólares é outro nível.

— Esse dinheiro existia, para início de conversa? Tipo, ela levou para a festa?

Elizabeth gesticulou com o copo. Estávamos nos aproximando do centro acadêmico.

— Vamos lá descobrir.

Tinha um restaurante dentro do centro acadêmico, o Bistrô, e nele, por dez dólares, dava para pedir um sanduíche com os mesmos ingredientes disponíveis no refeitório. Os alunos iam à noite, caso não pudessem jantar na hora certa por causa de algum jogo ou se precisassem estudar, e os professores iam almoçar, se não tivessem trazido comida de casa. Eu nunca tinha ouvido falar de nenhum aluno indo lá durante o horário das aulas. Parecia meio inútil.

Mas ali estavam elas, as amigas de Anna, de saias plissadas e botas de neve, comendo sanduíches perto da lareira.

Três delas usavam rabos de cavalo altos, tipo de líder de torcida, mas a garota sentada no meio tinha soltado os longos cabelos ruivos e ondulados. Elas meio que pareciam ter combinado de sentar daquele jeito.

— Elas andam vendo muitas séries adolescentes — comentou Elizabeth, e seguiu em frente com determinação.

— Elizabeth — disse a ruiva calmamente. — Oi. Ah, oi, Jamie.

Eu não sabia o nome de nenhuma das garotas, mas supostamente eu tinha acabado de dar um golpe na amiga delas, então...

— Oi — respondi.

— O dinheiro existia mesmo? — perguntou Elizabeth.

Fiquei surpreso. Estava acostumado a ver Holmes manipulando um suspeito, ganhando a confiança dele e plantando bombas. Ela nunca botava alguém contra a parede assim tão cedo.

— Não — respondeu a ruiva, e deu mais uma mordida.

As duas tinham alguma relação da qual eu não sabia.

— Não me lembro de ter visto você na noite do pôquer. Você foi?

A ruiva me olhou por cima do sanduíche.

— Não fui convidada. *Eu* não tenho um namorado veterano.

— A gente também não — disse uma das garotas.

— Você bem que queria ter — retrucou a ruiva.

As outras garotas se entreolharam. Uma delas deu de ombros. Elas voltaram a conversar entre si.

— O Jamie não é um símbolo de status — falou Elizabeth. — Ele é...

— Algo que você queria, correu atrás e conseguiu. Eu estava lá. Eu era sua amiga antes de você me dar um pé na bunda.

— Desculpa — falei, recuando. — Estou meio que sentindo que não deveria estar aqui...

— Então o dinheiro não existia — disse Elizabeth. — Você que deu a ideia? Quem foi? Por que ela estava lá?

Uma das amigas abriu a boca.

— Ela queria ir na festa. Todas nós queríamos. O Kittredge estava lá.

— O Kittredge? — perguntei.

— É — disse ela. — Ele é lindo.

A ruiva deu de ombros.

— Não vai pensando que o mundo gira ao seu redor. Porque não gira.

— Não — respondi, tentando não rir. Elas estavam falando de um cara que brincava de concurso de peidos com o colega de quarto, e era cada pum tão alto que dava para ouvir por todo o corredor. — O mundo gira em torno do Kittredge, eu acho.

— E o dinheiro...

— Olha, sinceramente? Não sei. Você vai ter que perguntar à Anna — disse a ruiva. — Ela gasta muito com o Beckett Lexington e as drogas dele. Gasta uma grana comprando no site da Barney's. Talvez tenha gastado demais e ficado com vergonha. Ela disse à Lainey, à Aditii e à Swetha que ia jogar com eles. — Esses eram os nomes das outras garotas, se a expressão no rosto delas servia de indício. — Talvez não tenha percebido que tinha pouco dinheiro para fazer apostas. Aí ela foi à festa e decidiu pôr a culpa em você. Sei lá. Acho que tem mais coisa por trás.

— Se tem alguém que sabe, é o Jason Kittredge — comentou Aditii. Lainey? — Ele ficou em cima dela desde que a Anna chegou na festa. Ele vai saber se ela tinha a grana mesmo ou não.

— Obrigada. — Elizabeth hesitou um momento. — Marta... seu cabelo está lindo.

— Obrigada — respondeu Marta. O olhar dela não suavizou. — Curti as suas botas.

— Obrigada.

Concluído esse estranho ritual, fomos embora.

— O que rolou entre vocês? — perguntei, abrindo a porta do centro acadêmico.

— Nada — respondeu Elizabeth. — Elas queriam coisas de mim que não podiam ter.

Eu a encarei, acometido por um déjà-vu esquisitíssimo.

— O quê?

— É bem simples. Lealdade eterna. — Ela pegou o celular. — O que significa nada de boys lixo. E todo mundo é boy lixo. Ter um crush era de boa, mas namorado, não. Jantar com o grupo todas as noites às sete. Essas são as regras.

— Espera. Elas me acham um boy lixo?

— Você tem cabelo de boy lixo — ela me informou enquanto mandava uma mensagem rápida para alguém. — E não, a gente namora há tempo demais para alguém achar isso. Todo mundo sabia que você estava apaixonado por uma viciada que largou a escola, vocês foram acusados de assassinato juntos e agora ela sumiu, e as meninas achavam tudo incrivelmente romântico. A Marta me disse que você ia me magoar. E deixamos de ser amigas por causa disso.

Eu não sabia o que dizer.
— Por que você não me contou?
Elizabeth guardou o celular.
— Porque eu não queria que você me dissesse que era verdade. Tenho que ir para a aula de biologia. A gente se vê mais tarde? — Ela me deu um beijo no rosto e apertou o passo colina acima.

Eu ainda tinha muito o que aprender sobre aquela garota. Três horas à toa até o fim das aulas, quando eu poderia botar Kittredge contra a parede no quarto dele. Entrei na biblioteca e fui correndo até as estantes, para a seção PQ-PR. Estava um silêncio só — a maioria dos alunos não tinha espaço livre entre um tempo de aula e o outro, e quase ninguém tinha tempo livre depois do almoço — e havia um cheiro forte de folhas velhas. O aquecedor, como sempre, trabalhava ruidosamente. Tirei o casaco e me sentei em uma baia.

No trajeto para a casa do meu pai, na noite anterior, finalmente troquei a senha do meu e-mail. Abri a conta mais uma vez para dar outra olhada nas mensagens enviadas. O mais incrível era que os e-mails falsos tinham muito o meu jeito de falar. A pessoa forjando minhas mensagens tinha lido meus e-mails antigos, captado bem o tom, percebido a forma como eu me despedia. O último que "eu" tinha mandado ontem, para Elizabeth, dizia:

E,
Mil desculpas por mais cedo. Talvez seja melhor se a gente se encontrar num lugar público, aí a gente pode conversar? Aparece na festa do Tom — eu vou estar por lá. J bj

Era idiotice me irritar com isso — o modelo estava literalmente bem ali, nas centenas de exemplos que eu tinha enviado só naquele ano letivo —, mas mesmo assim me irritei. As iniciais (E, J) até que eram fáceis de copiar, e a despedida com "bj" ou "bjs" era uma prática comum em qualquer e-mail. Mas a combinação de frases longas e curtas, a afirmação que terminava com um ponto de interrogação, o travessão... Tudo isso eram coisas que eu fazia o tempo todo e não tinha percebido até então.

Não havia nenhuma pista ali, não que eu fosse capaz de perceber, pelo menos. Nada a descobrir a não ser que não tinha sido um trabalho feito de qualquer jeito. O responsável devia ter dedicado pelo menos algumas horas a aprender como falar igual a mim de modo convincente.

Tinha que ser Lucien. Quem mais poderia ser? Mas eu já tinha visto em primeira mão no que dava tirar conclusões antes de ter os fatos. Você envolvia gente como os Moriarty e Milo Holmes na história, você forçava a barra para fazer com que seu palpite fosse o certo. Você saía dessa com um amigo morto a tiros na neve.

Vi uma mensagem surgir no aplicativo internacional do meu celular. Fiquei grato pela distração.

Vejo você em breve, disse Shelby. *Estou dando uma olhada naquela escola, depois vou pra casa do papai. Muita coisa pra contar. Soube que você se meteu em confusão de novo. Que surpresa.*

Respondi com uma linha de emojis de vômito e um *vejo você em breve*.

Ainda tinha mais tempo livre, então fiz o melhor que pude para adiantar um artigo de opinião para a aula de história europeia em um dos computadores da escola. Era difícil me concentrar. Se eu fosse suspenso por roubo no meu último ano, não importava as notas que eu tirasse; eu não iria para nenhuma faculdade.

    Isso me causou uma estranha sensação de calma. Talvez fosse fatalismo. Talvez não importasse. Eu era bom em escrever artigos — não incrível, mas bom o bastante — e estávamos lendo sobre as causas da Primeira Guerra Mundial, e me peguei entrando no ritmo da coisa, formulando frases, reorganizando-as, me contradizendo e, em seguida, parando para entender o que eu de fato pensava.

    Estava tão absorto que não percebi que Kittredge estava sentado ao meu lado até ele se inclinar e sussurrar, seu hálito úmido e nojento, no meu ouvido:

    — Estava me procurando? Porque tenho muita coisa para te dizer.

dezesseis
charlotte

Eu tinha feito a ligação. Estava esperando uma resposta. E recebendo três mensagens por minuto da minha fonte na Sherringford, que dizia: *Por que você não está respondendo? Cadê você? Você não dá a mínima?*

 Estava ansiosa demais para entrar, ansiosa demais para ficar parada. Fiquei subindo e descendo os degraus do prédio em que estava hospedada e pensei: *O Lucien seria capaz de me encontrar aqui, eu estou a apenas um grau de separação da inspetora Green, ele sabe que trabalho com ela, sou trouxa demais de ficar nesse apartamento.* Pensei: *Tem lugares nos Estados Unidos onde ninguém me encontraria.* Pensei que poderia trocar de nome e me mudar para Oklahoma. *Eu ficaria segura,* pensei. Segura, segura, segura. Moriarty tinha comprado mais duas passagens aéreas; eu não tinha os nomes que constavam nas reservas; não sabia como pesquisar. Phillipa, pensei, e talvez outro capanga, outro homem tatuado para nos caçar pela floresta feito corças.

 Por que eu estava sentindo tudo aquilo agora? Era isso o que acontecia quando se botava uma porta em uma represa — a água acabava por explodi-la e saía jorrando?

Eu não estava segura. Nunca quis tanto estar segura. Passei tanto tempo perseguindo aquele homem, e agora daria tudo para estar na Suíça com minha mãe, aceitando qualquer tipo de conforto que ela fosse capaz de me dar.

Mas, se Lucien Moriarty já não soubesse onde eu estava hospedada, ficaria sabendo caso eu continuasse a fazer cena, em plena luz do dia, sem nenhum tipo de disfarce. Eu estava chamando atenção. Uma senhorinha já tinha parado para perguntar se eu precisava de ajuda. Se eu precisava ligar para alguém. Estava tudo bem, garanti a ela. Só estava trancada do lado de fora e precisava muito fazer xixi.

Essa desculpa tinha uma taxa de sucesso de noventa e oito por cento. Ela fez que sim e se afastou.

Repassei mentalmente as declinações do latim; comecei a listar os ossos das minhas pernas em voz alta, primeiro em ordem alfabética, depois por tamanho; citei as estrelas que eu sabia de cor. Uma longa lista de informações se desenrolava na minha cabeça. Coisas que eu sabia. Coisas que podiam ser inseridas em tabelas, e em listas, e estudadas. Coisas que aprendíamos que não mudavam, não importava o quanto o mundo mudasse.

Eu estou mudando, pensei de repente. Era o que eu queria, e era o que estava acontecendo. No ano anterior, jamais teria me comportado dessa maneira se soubesse que Lucien Moriarty estava a caminho.

O que eu teria feito?

Passaria um tempão fumando. Levaria em conta as habilidades de Watson. Pensaria sobre o que eu arriscava perder. Teria apostado todas as minhas fichas em um plano para capturar Lucien e deixá-lo de mãos atadas, usando o dinheiro do meu irmão e as conexões do meu pai, e, depois que o visse enforcado, lavaria minhas mãos completamente. Eu o botaria em uma caixa preta. E o deixaria afundar no mar.

Isso, claro, antes da morte de August.

Lá estava eu pensando nisso de novo. Eu nunca me deixava pensar no assunto, e agora, nas últimas 24 horas, tive que criar toda uma ladainha para me manter no presente. Quais defesas eu ainda tinha? Voltei à minha lista. Equação de segundo grau. Paradoxo de Fermi. Números e letras, em conjunto, equilibrados. Pensei na...

Pensei na vez em que August Moriarty bateu na porta do meu quarto no dia seguinte ao meu aniversário de quatorze anos.

Eu estava na cama. Ficava muito tempo na cama depois daquele período na reabilitação. Tinha ido atrás do meu antigo fornecedor no instante em que voltei para casa e depois tentei, sem sucesso, parar. Uma semana tinha se passado. Os sintomas eram os mesmos de sempre. Havia uma estranha sensação de conforto na náusea, na queimação, no mau humor que a acompanhava. Eu os conhecia como se fossem velhos amigos.

— Charlotte — dissera ele, e então bateu de novo. — Ah. Você se importaria de... sair? Para eu poder te conhecer? Sei que isso é meio esquisito.

Eu ainda estava na cama. Andava passando bastante tempo na cama.

— Sim — respondi, e virei o rosto de volta para o travesseiro.

— Sim, você se importa? Ou sim, isso é esquisito?

— Eu estou... — Qual era mesmo a palavra que eu queria? Tinha lido em um livro uma vez. Mas eu estava confusa. As paredes estavam em carne viva. As paredes da minha cabeça. Estava tendo dificuldade de pensar. — Estou indisposta. Volta amanhã.

Houve um som, como se ele estivesse apoiando a palma da mão na porta. Em seguida, a porta se abriu.

— Ah — disse ele. — Quer um pouco de luz?

E, antes que eu pudesse protestar, ele já estava em plena atividade: acendeu as luzes, abriu as cortinas, pegou meu cobertor do chão e o dobrou na beirada da cama.

Não vi nada disso acontecer, só ouvi. Ainda estava pressionando o rosto contra o travesseiro.

— Charlotte. — Finalmente me virei para olhar para August. Ele tinha um cacho de cabelo loiro emoldurando o rosto, como se fosse um artigo de decoração. Mais tarde, eu viria a achar bonito. — Seus pais não estão aqui?

— Não — respondi, então percebi que poderia ser mentira. — Talvez. Não tenho certeza.

— Você está doente?

Era uma explicação simples. Eu a aceitei.

— Estou.

Fiquei observando enquanto ele chegava a uma decisão.

— Se é pra ser nosso primeiro dia, então vamos ter um primeiro dia.

Ele ficou inquieto por um instante, olhando para mim (cheguei a retribuir o olhar, embora com certeza tivesse todo o afeto e charme de um relógio de parede), e então deu uma olhada em volta do quarto. Casualmente, ele passou um dedo pela estante que abrigava minha biblioteca.

— Quando eu ficava doente, gostava que alguém lesse pra mim — disse August, baixinho. — Você gosta que leiam pra você?

— Não sei — respondi, porque realmente não sabia. O que ele tinha em mente? Um livro de cálculo? Parecia difícil.

— Posso tentar descobrir...

— Ah. — O dedo dele tinha parado. — Que tal esse aqui? — perguntou, tirando um livro da estante.

— Não estou vendo, então não posso opinar.

— Psiu — disse ele, mas com carinho. — Vou só sentar nessa cadeira, então, e aí a gente pode começar. Você vai achar revelador, tenho certeza.

— Com certeza — respondi. Ele estava escondendo a capa com as mãos.

August abriu o livro e pulou para o final.

— "É com o coração pesado" — disse ele — "que pego minha pena para escrever estas últimas palavras, com que registrarei os dotes singulares que sempre distinguiram meu amigo Sherlock Holmes."

E foi assim que conheci August Moriarty: a voz lenta e firme lendo *As memórias de Sherlock Holmes* para mim, como se eu fosse sua irmã mais nova, ou sua amada, ou as duas coisas.

Ele nunca mais voltaria a fazer isso.

Percebi, então, que eu estava chorando.

E foi assim que Leander me encontrou, no primeiro degrau de um prédio de tijolinhos, abraçando os joelhos.

— Você veio — falei, e então chorei um pouco mais.

Ele me levou ao apartamento lá em cima. Em seguida, me sentou no sofá estofado, pôs um cobertor nos meus ombros e me deixou ali chorando. Instantes depois, eu o ouvi enchendo a banheira.

— Levanta, vem cá.

E me deu a mão até lá, como se eu fosse uma criança.

— Tem bolhas — comentei, sem emoção. — Bolhas cor-de-rosa.

Elas formavam espuma fora d'água. Tinham cheiro de rosas.

— Tem, sim. Senta ali dentro um pouquinho. Pelo menos vinte minutos. Entendeu?

Fiz que sim.

— Então tá bom — disse ele, então me empurrou para dentro e fechou a porta.

Sentei na banheira, conforme instruções. Arranquei os grampos do cabelo e os dispus em fileira. Tirei a maquiagem com um pano, mergulhei a cabeça por um longo instante no quentinho e, quando emergi, me dei conta de que fazia séculos que eu não tomava um banho de banheira. Não gostava da espera, da paciência necessária para que a banheira enchesse.

Leander tinha saído. Ouvi a porta da frente se abrir e suas pisadas características ao voltar. Ele estava exagerando nelas de propósito para que eu soubesse que era ele. Minha respiração começou a acelerar — talvez Lucien tivesse me seguido até ali; talvez Lucien conhecesse Leander e a mim bem o suficiente para saber o jeito como Leander andava e...

Mas aí ele começou a cantar. Ele nunca cantava, mas estava cantando uma música popular irlandesa sobre um homem chamado Danny. Sem dúvida era a voz do meu tio, doce, ressonante e triste, e senti vontade de chorar de novo.

Odeio qualquer coisa que esteja me deixando desse jeito, pensei. *E vai parar agora*. Em seguida, levantei, enrolei meu cabelo em uma toalha e vesti um roupão.

Foi então que percebi que tinha passado a última hora em um turbilhão de emoções e em nenhum momento sequer tinha pensado nos comprimidos escondidos no meu casaco.

— Você canta muito mal — falei para Leander na cozinha.

Em cima da ilha, ele tinha distribuído um saco de papel com doces gigantes, duas saladas e uma espingarda de cano serrado bem-polida.

— Não dá pra ser completamente perfeito — disse ele, e me ofereceu um donut com massa folheada.

Nós comemos. Na verdade, seria mais honesto dizer que Leander devorou a comida dele e depois ficou me vendo comer. Eu comi o doce do meu jeito de sempre, dando mordidas pequenas, tomando goles d'água e partindo a comida em pedacinhos para que meu estômago tivesse tempo de se acostumar no processo.

— Você ainda come assim? — perguntou Leander.

— Como — respondi. Quando eu era criança, as refeições eram difíceis. Eu não gostava de comida na época. E não gostava agora. Não precisava dizer mais nada. — Pra que essa espingarda?

Ele empurrou a salada na minha direção.

— Uma garfada para uma resposta.

— Não sou criança. Não preciso de suborno.

— Sério. — Ele abriu a tampa. — É salada de salmão. Do Dean and DeLuca. E, se você comer, trago ostras para o jantar.

Sorri de leve, a contragosto.

— Tá bom. Me passa um garfo.

Leander falou pelos cotovelos. Andava de um lado para outro enquanto falava sobre os últimos doze meses, subindo e descendo o corredor estreito entre a ilha da cozinha e a pia. Eu já sabia de boa parte do que ele me contou sobre Watson (embora eu tenha dado uma garfada por cada fato, obedientemente), mas ele me atualizou sobre o que tinha descoberto com suas pesquisas sobre Peter Morgan-Vilk, depois que Leander e James Watson conversaram com ele na escada.

— O pai do Morgan-Vilk, aquele que o Lucien deixou na mão durante a campanha política, não está escondido na Europa com a amante. Não mais. Merrick Morgan-Vilk está de volta a Nova York. — Leander apontou para a minha salada, e eu dei uma garfada. — Ele está montando um comitê exploratório para concorrer a um cargo político... Mas não sei nem qual cargo nem por que um político britânico está fazendo esse tipo de coisa nos Estados Unidos. O que eu sei é que ele odeia Lucien Moriarty, e ele tem um bocado de dinheiro e influência, e que você me deve pelo menos duas garfadas por isso.

Tirei um tempinho para refletir sobre as informações.

— Você acha que Merrick Morgan-Vilk sabe que o Lucien está trabalhando com o filho dele? Peter?

— Provavelmente não. E o Lucien está com o passaporte do filho dele por um motivo. Peter Morgan-Vilk deve achar que conseguiu um bom negócio... Ele tem a chance de irritar o pai que odeia enquanto ganha um dinheiro, e tudo que precisa fazer é ficar nos Estados Unidos... Mas o Lucien tem que ter um plano, e eu duvido que tenha alguma relação com viagens internacionais. Se você está com o passaporte de uma pessoa, pode roubar a identidade dela. Pegar o dinheiro dela. Tem até casos de roubo de casas.

Eu ri. Então percebi que ele estava falando sério.

— Como é que é?

— Lidei com um caso no ano passado — disse ele enquanto pegava outro doce. — É absurdamente simples. O golpista baixa um formulário de transferência de propriedade, tira cópias do passaporte roubado, falsifica a assinatura e transfere a posse da casa para seu nome verdadeiro. Uma mulher para quem trabalhei passou meses pagando a hipoteca sem se dar conta de que estava enchendo o bolso de outra pessoa. Encontrei o ladrão em Vancouver, depois de um bom tempo procurando, e… o convenci a voltar para os Estados Unidos comigo. Não estou dizendo que foi exatamente isso que o Lucien planejou. Mas dá pra fazer bastante coisa com a identidade de outra pessoa, e imagino que essa seja a intenção dele.

— E ele envolveu o filho do Merrick Morgan-Vilk na história. O Merrick, que não gosta nem um pouco do Lucien Moriarty. — Refleti por um momento. — Você acha que a gente devia ir pedir a ajuda dele diretamente? Do pai?

Leander riu, surpreso.

— Não, a menos que você queira anunciar nossa presença com um megafone. Tenho certeza de que o Lucien sabe dos planos políticos atuais do Morgan-Vilk. Não é informação pública, mas também não é um segredo guardado a sete chaves, e ele vai ficar de olho na campanha. Não, acho que a gente precisa convencer o Morgan-Vilk de um jeito mais indireto.

— Vamos deixar isso de lado por enquanto — falei. — Tive uma ideia para hoje à tarde. Você conhece a Virtuoso School?

— Sei. Chegou a dar uma olhada no site deles recentemente?

— Para quê? Tenho lido fóruns de escolas particulares de Nova York.

Leander começou a sorrir.

— E aí?

— Hartwell — respondi. Ele não estava listado no site oficial nem em nenhuma das páginas provisórias que achei na internet. A única ligação que consegui encontrar entre o nome dele e a Virtuoso School tinha sido um homem chamado MHartwell43 perguntando sobre férias remuneradas. Ele era um funcionário novo, novo demais para estar oficialmente listado, e já estava querendo trocar de emprego.

Mas ainda não tinha trocado.

— Hartwell. — Ele curvou os lábios. — Bom trabalho.

Enquanto conversávamos, percebi que estava sentindo um calorzinho por dentro. Talvez fosse simplesmente o banho, ou a comida, ou a presença de um adulto que eu admirava. Mas tinha mais coisa por trás. Tive aquela sensação de ser conhecida, de ter todos os meus cantinhos sombrios iluminados. Não era uma sensação nova. Já senti isso no passado, com Leander, com Watson e, certa vez, até mesmo com minha mãe. Mas já fazia muito tempo.

— Eu fui... — Era difícil falar. — Acho que fui absurdamente horrível com você. Nunca mais vou fazer isso.

Leander assentiu. Os olhos dele brilhavam.

— Obrigada por dividir comigo o que você sabe e por confiar em mim. Sei que eu não mereço. — Estava falando com mais facilidade agora. A porta da represa se abrira.

— Meu bem — disse meu tio, um pouquinho rouco —, é claro que você merece. Que tal arrumar um parceiro?

A V̲irtuoso S̲chool ficava no meio de M̲anhattan, em uma rua surpreendentemente serena em Chelsea. Na verdade, não estávamos longe do apartamento de Peter Morgan-Vilk. Abri meu guarda-chuva em meio ao aguaceiro, não por estar preocupada com meu cabelo ou com minhas roupas, mas porque já queria deixar um escudo preparado para não ser reconhecida, caso fosse necessário.

A escola em si era silenciosa, mobiliada no estilo simples que minha mãe sempre tinha gostado, e ainda assim havia um toque caseiro que eu não esperava. Luz natural. Vigas de madeira. Um casal de garotas de mãos dadas, atrasadas para a aula. Senti nostalgia de uma vida escolar que nunca tive. Em algum lugar ao fundo, uma garota tocava violoncelo, mas não reconheci a música. Talvez fosse criação dela.

Fomos levados à sala de matrícula, onde fomos recebidos, para nossa decepção, por uma garota de vestido elegante que nos fez preencher um relatório.

— Achei que o Hartwell trabalhasse às quartas-feiras — cochichei com meu tio, mas ele balançou a cabeça sem que ninguém percebesse.

— Não se preocupa — disse ele, em um tom de voz normal. — A gente vai conseguir entrar. Você pertence a esse lugar. — O homem que estava entrando na sala deu uma risadinha abafada.

— Admiro a confiança — comentou ele.
Leander estendeu a mão.
— Walter Simpson.
— Michael Hartwell — respondeu ele. — Por que você não vem até a minha sala e me fala um pouco mais da sua filha?
— Minha sobrinha — disse Leander, com seu sorriso luminoso. Dessa vez, quando estendeu a mão para me guiar até o escritório, minha hesitação foi puro teatro.
— Esse lugar é lindo — comentei enquanto me sentava e alisava minha saia. — Não paro de ouvir música! É maravilhoso.
— Sei que já está tarde para uma transferência este ano — disse Leander.
— No último ano dela. A essa altura, a srta. Simpson já se candidatou a faculdades, certo? Não sei o quanto podemos ajudá-la. — Hartwell folheou meu arquivo mais uma vez, depois o fechou. Ele me deu um sorriso solidário.
— Posso perguntar por que você está querendo mudar de escola agora?
Encarei as pontinhas brilhantes dos meus sapatos estilo boneca.
— Meu tutor morreu. Ninguém esperava. Meus pais resolveram me mandar para os Estados Unidos para passar um tempo com meu tio, mudar um pouco de ares. E, além disso, ainda não me inscrevi para o conservatório. Pensei em tirar um ano sabático, talvez.
— A perda do tutor dela foi um baita golpe. Eles trabalharam juntos um tempão. — Leander me olhou de relance.
— Ela vai me odiar por isso, mas...

Fiquei vermelha.

— Não, não faz isso! Você prometeu!

— Você devia tocar pra ele. — Leander enfiou a mão na bolsa e pegou o estojo do meu violino.

— Tio — protestei.

— Não. Mostra a ele do que você é capaz. Mostra a ele por que você se daria bem nessa escola. — Leander se virou para o orientador. — Essa é a ideia, né? Ela vai poder buscar oportunidades profissionais e vai receber a melhor instrução. Toca pra ele!

Hartwell recostou-se na cadeira de couro.

— Não sou eu que julgo. Ela teria que tocar para os professores de música, em audições. — Então os cantos da boca dele se curvaram com indulgência. — Ela é boa?

Puxei meu instrumento para perto como se fosse um ser vivo. Fazia um tempão que não o segurava — carregá-lo comigo era uma extravagância e um perigo, um hobby que eu não era capaz de esconder. Quase dava para senti-lo respirando sob os meus dedos.

— É um Stradivarius. — Os olhos de Hartwell brilharam. — Interessante.

Posicionei o violino debaixo do queixo, arrumei a posição dos dedos. Eu sempre pensava um pouco no céu quando o segurava. Em um pássaro girando. No sol. Esse tipo de coisa. Era difícil explicar.

Uma busca muito, muito superficial no Google tinha mostrado que Michael Hartwell era um notável patrocinador tanto da Metropolitan Opera quanto da Orquestra Filarmônica de Nova York. Daí o violino.

Leander me deu um momento para me preparar. Em seguida, falou:

— Sr. Hartwell, acho que ela vai te fazer chorar. Toca uma original pra ele, Charlotte?

Se meus olhos já não estivessem fechados, eu teria tomado um susto e tanto. Aquilo não estava no plano, que já estava muito mais próximo da verdade do que eu gostaria. Eu tinha sugerido que Leander fingisse ser meu pai. Nós seríamos estadunidenses recém-chegados do exterior. Diríamos que eu compunha músicas no violão sobre nossa vida pitoresca em Surrey e o quanto eu sentia falta dela. Eu pediria que Hartwell me apresentasse à filha dele, a compositora; eu seria uma fã. Ele ficaria lisonjeado, se sentiria valorizado, talvez se mostrasse mais disposto a conversar.

Leander tinha se recusado. *Leva o violino. Você vai ser minha sobrinha. Deixa que eu assumo a dianteira.*

Eu nunca deixava mais ninguém assumir a dianteira, não quando eu estava envolvida. Nunca desviava do plano a menos que precisasse, e "precisar" tinha uma definição muito restrita. (Eu era capaz de blefar tranquilamente com uma arma apontada para a minha cabeça.) Mas eu não confiava nos meus instintos no momento, não com todo o medo que ainda agitava meu peito. Eu tinha recuado.

Será que aquela vontade de abrir mão da dianteira era sinal de maturidade ou hesitação? Eu não sabia. Era diferente com a inspetora Green, que podia me dar instruções, mas não estava presente para me ver segui-las (ou não segui-las). Aquilo ali era outra coisa.

E agora Leander estava me chamando de Charlotte, quando o nome escrito no meu formulário era Harriet

Heloise Simpson, e me dizia para tocar uma composição que, bem, eu não tinha composto.

Será que Hartwell tinha reparado no nome? Devia ter. Não dava para arriscar abrir os olhos e conferir. Fosse lá o que meu tio estivesse tramando... Mas já tinha se passado um longo momento, o suficiente para uma garota de dezoito anos se recompor de um jeito crível, mas, se demorasse mais...

Comecei a tocar, arriscando uma música folk da qual eu me lembrava de um concerto em uma vila, quando era criança. Meus pais nunca tinham levado a gente para um show. Não havia muita arte no sangue deles. Mas eu tinha oito anos, estava obcecada pelo meu violino, e Milo estava em casa para passar o verão, e, quando nossa governanta nos contou do festival, ele viu o desejo estampado no meu rosto.

— Você vai fazer a vontade dela? — perguntara meu pai. Sem julgamentos, sem surpresa.

Milo deu de ombros.

— Ela quer ouvir a banda — disse ele. Era a única vez em que conseguia me lembrar de vê-lo peitando meu pai, e então me pôs nos seus ombros magros para me levar à cidade.

Não tinha muita coisa por lá — um hipermercado, uma casa de vinhos, algumas lojas duvidosas que vendiam "presentes", a coisa de sempre para um ponto turístico à beira-mar. Mas, naquela noite, havia um coreto no gramado da vila e um quarteto tocando músicas folk, e meu irmão me segurou em cima dos ombros enquanto assistíamos. As pessoas não estavam acostumadas a nos ver na rua, como uma família. Nós, os Holmes, éramos os vampiros da colina. Mas eu acompanhei as músicas batendo palmas, e meu irmão me balançou no ritmo da batida, e logo um velhinho se aproximou e perguntou se eu queria dançar com ele. Milo me pôs no chão e ficou assistindo, perplexo, enquanto eu girava, girava e girava em meu vestido, e depois me sentava no chão, tonta.

— Gostou? — perguntou ele no fim do evento.

O velhinho tinha comprado uma maçã do amor para mim na barraca, e eu a segurei no caminho de volta para casa, com medo demais para comê-la.

— Gostei. — Lembro-me de ter falado. — Gostei de como foi triste.

Porque o dia tinha acabado. Não haveria mais dias como aquele. Se eu comesse a maçã, ela também acabaria, e logo, logo Milo voltaria para a escola que o estava transformando.

Meu irmão não me pressionou por uma explicação.

Peguei aquele dia e o pus embaixo do dia de hoje. Transformei esses dois momentos paralelos em uma música e então a toquei, e toquei por algum tempo.

Quando abri os olhos, Michael Hartwell estava chorando.

— Charlotte — disse ele, e os pelos da minha nuca se arrepiaram. — Isso foi lindo. Eu sinto muito, muito mesmo.

Pousei o violino no meu colo.

— Você sabe quem sou eu, então — falei.

— Me mostraram fotos suas, sim — respondeu Hartwell.

— Mas não minhas — disse Leander, se levantando.

— Não. Só da garota. Charlotte.

Meu tio se pôs mais ainda entre mim e Michael Hartwell.

— Você está aqui — disse ele enquanto Hartwell enxugava as lágrimas —, mas fez sua residência em psicologia no Washington Mercy. Correto?

Percebi que Hartwell estava tremendo; talvez fosse efeito das lágrimas.

— Sim.

— Que provas o Moriarty tem contra você?

— Nenhuma, nenhuma.

Limpei a garganta.

— O que ele está te oferecendo, então? Ele está usando seu passaporte para entrar no país. Por que não usa simplesmente a identidade de um homem morto?

Eu queria ouvir qual seria a resposta dele.

Hartwell me encarou com os olhos avermelhados. Eu não achava que aquela demonstração de emoção fosse por causa da minha música. Acho que a música o tinha feito se lembrar de alguma coisa. De alguém. Da filha dele, pela forma como olhos não paravam de desviar para a foto em cima da mesa em que ela estava de vestido azul, com o violão nas mãos. A moldura dizia MINHA GAROTA MUSICAL.

— É um acordo — disse ele lentamente. — Eu tenho... Eu tenho contatos. Conheço gente, no Washington Mercy, no... Conheço gente, tá? Ele quer que eu use esses contatos para arrumar um esquema para ele. E se eu não arrumar, ele vai... Não posso falar disso. Tenho filhos. Tenho uma família para proteger.

Um hospital de luxo em Washington, D.C. Uma clínica de reabilitação em Connecticut. Uma escola particular em Nova York.

Hartwell virou-se para Leander.

— Se você for realmente tio dela, você tem que afastá-la disso tudo. O mais rápido possível. Tá? Façam as malas. Peguem um avião para algum lugar inacessível. Não sei nem dizer se esse escritório está grampeado...

Leander deu um passo à frente, com as mãos delicadas enfiadas nos bolsos.

— Quando foi a última vez que você fez uma varredura?

— Varredura? — Hartwell o encarou. — Sou psicólogo. Eu... Sr. Holmes, não sou como você. Como qualquer um de vocês. Não sei fazer uma varredura em um escritório em busca de grampos.

Um helicóptero zumbiu no telhado. O som parecia um enxame de abelhas.

— Tem algum heliporto por aqui? — perguntei, monitorando o ruído.

— Não é... Ele não... Ele não está *aqui* — Hartwell conseguiu dizer. — Ainda não. Então vão embora. Deixem a cidade. Se vocês não forem embora, não posso me responsabilizar pelo que vai acontecer.

Não havia mais nada a ser dito. Recolhemos nossas coisas depressa e saímos correndo, o estojo do meu violino batendo desajeitadamente na minha perna. Estava horrível na rua, a chuva tinha se transformado em granizo, e nós nos seguramos um no outro, subindo o quarteirão pouco a pouco em meio ao gelo.

— Você me chamou de Charlotte — falei na esquina, enquanto esperávamos o sinal fechar. — Você expôs a gente. Por quê?

— Quais são os indicadores de um homem bom?

— Como é que é?

— Os indicadores — disse ele. — De um homem bom. Como dá pra saber se determinado homem é confiável?

— Não tem como — respondi. — Eu não confio... bom. Confio em você.

Pensei, estranhamente, que Leander fosse rir, e que era uma risada que eu não queria ver. O cabelo dele estava penteado para trás, ele não estava usando gorro, e o granizo o rodeava como se fossem pérolas. O sobretudo era feito sob medida, perfeito. As botas eram de um marrom suave e de uma beleza discreta. E a expressão no rosto dele era tão lupina que teria sido capaz de pastorear qualquer ovelha.

Ele sabia ser assustador. Percebi isso naquele momento.

Enquanto eu o observava, Leander teve o cuidado de esconder sua expressão, como se a estivesse dobrando feito um casaco. A luz mudou. Ele voltou a ser tranquilo, um cavalheiro benevolente, um cordeirinho.

— Você vai aprender — disse ele. — Mas ainda não. Não quero que você confie em ninguém até tudo isso acabar.

— Nem em você?

Ele olhou para mim.

— Talvez — respondeu.

Passei o braço pelo dele e não disse nada. Alguém estava logo atrás da gente, escorregando pela neve para nos ultrapassar, e eu respirei fundo, e Leander enrijeceu os ombros, e então ele passou por nós, um senhor mais velho de bengala que nos desejou uma boa tarde e desapareceu em meio à luz fraca.

Naquele mesmo instante, Lucien Moriarty podia estar ouvindo a gravação da nossa conversa com Michael Hartwell.

Nova York era uma armadilha, pensei, e caíramos direto nela.

Leander estava assentindo como se pudesse ouvir meus pensamentos.

— Quando a gente chegar em casa, você vai fazer as malas. Nós vamos embora. Hoje à noite.

dezessete
jamie

Os jogadores de rúgbi que eu conhecia eram mestres em certo tipo de intimidação. Era basicamente como usavam seus corpos — endireitando os ombros para chamar atenção para o tamanho ou gritando e berrando com os amigos até que as veias do pescoço saltassem. Lambiam a testa de um cara para fazê-lo dar gritinhos "que nem uma garota"; mijavam nos sapatos de um cara para ver se ele os calçava e gritava "que nem uma garota"; escarravam e cuspiam, respiravam um na cara do outro, depois uivavam; empurravam-se no campo entre partidas, para ver se a macheza deles revelava o que eles viam como fraqueza feminina em alguém.

Ser uma garota era o maior medo deles, e os meninos atribuíam tudo quanto era tipo de comportamento a "coisas de menina", coisas que não faziam o menor sentido. Não sei por que eles tinham um medo tão específico disso. Até onde eu sabia, a maioria deles gostava de garotas, tinha amigas, queria tanto namorá-las ou transar com elas que esse era o único assunto depois dos treinos. Mas, quando estávamos todos juntos em bando, praticando um esporte em que derrubávamos uns aos outros no chão como se fôssemos animais, havia uns caras que gostavam do jogo e havia uns que ansiavam por aquilo, pela queda brusca, pela sensação de jogar outra pessoa na lama. Isso vinha à tona fora dos treinos, de maneiras físicas. Nem todos os meus colegas de time eram assim. Se eu tivesse que contar, não chegava nem à metade. Mas, para mim, era mais do que suficiente. Aprendi a ser estoico e invisível quando esse tipo de palhaçada começava, para não me tornar um alvo. Era uma estratégia que Kittredge também adotava.

Mas não naquele dia.

Eu me virei na cadeira.

— Você tem coisas para me dizer? Então diz.

Ele lambeu os lábios.

— Você está tentando botar a culpa em mim. A Marta me contou. Ela me contou tudo.

— Botar a culpa do *quê* em você, exatamente? Pelo que você está sendo culpado? — Parecia que, ultimamente, a única coisa que eu fazia era repreender as pessoas. Estava parecendo até minha ex-melhor amiga. — Não estou vendo você ser ameaçado de suspensão, não estou vendo ninguém apontar o dedo na sua cara por causa de malditos mil dólares. E daí? Só porque eu e a Elizabeth perguntamos com quem a Anna conversou ontem à noite, de uma hora pra outra estou botando o seu na reta? Acho que não.

Kittredge balançou a cabeça.

— Eu não peguei o dinheiro dela — disse ele.

— O suposto dinheiro...

— Para de falar isso — interrompeu ele. Eu tinha aprendido essa estratégia com Holmes, e ela quase nunca falhava; sempre dava para estimular as pessoas a corrigirem você.

—Você fica dando uma de quem sabe o que aconteceu, mas não sabe. Eu *vi*. Ela tinha um maço gordo de notas no bolso. Ela me mostrou.

— Mostrou? Por quê?

Ele olhou à nossa volta com cuidado, mas as estantes da biblioteca estavam vazias, a não ser por nós.

— Porque ela disse que alguém tinha dado para ela. Ela estava rindo, tipo, como se não acreditasse... Ela falou que nem precisava realmente do dinheiro, mas estava eufórica. Não dava para saber se era por causa do MDMA. Não uso essas merdas, então sei lá.

— Eu também não uso.

— Escuta. — Ele esticou a mão na mesa, depois a fechou. — Se eu fosse você, falava com o Beckett Lexington. Ele vendeu aqueles comprimidos para ela. Talvez estivesse dando um adiantamento em dinheiro por umas vendas que ela fosse fazer para ele. Ele faz isso às vezes... o Randall comentou comigo.

Era uma hipótese melhor do que qualquer outra que eu tinha levantado. Meu apreço pelo Kittredge subiu um degrauzinho.

— Vou fazer isso — respondi.

Kittredge se pôs de pé.

— Essa conversa nunca aconteceu. Tá?

— Você não quer que a Anna descubra.

— Não. — Ele me olhou com cautela. — Mas também não quero que alguém seja suspenso por causa de uma merda que não fez. O Beckett trabalha na estação de rádio da escola. Começa por lá.

Ele estendeu a mão. Eu a apertei e, assim, em um piscar de olhos, não éramos mais animais.

— Vamos dar o fora da Sherringford antes que ela coma a gente vivo — disse Kittredge.

Mas não foi fácil encontrar Beckett Lexington. Dei uma olhada na estação de rádio, uma toca enfiada no porão do Weaver Hall, e dei de cara com o sistema em reprodução automática, os discos espalhados pelo chão. O refeitório só abriria dali a uma hora, então não dava para encurralá-lo no jantar. Por fim, pesquisei qual era o quarto dele no diretório on-line. Aparentemente, ele morava no primeiro andar do meu dormitório. Mas acabei hesitando na escada que levava ao Michener. A sra. Dunham estaria na recepção, e àquela altura já teria ouvido falar da minha licença compulsória. Não tinha certeza se queria arriscar ser expulso do campus, ainda mais por alguém que eu respeitava.

Meu celular vibrou.

Sua mãe vai chegar hoje à noite, escreveu meu pai. *Que horas você quer que eu te busque?*

Posso te avisar mais tarde?, respondi.

Eu estava no escuro, travando um debate interno, quando a sra. Dunham veio até a porta.

— Está congelando aí fora — disse ela, gesticulando para que eu entrasse. — Vamos, vou acender a chaleira. Não é assim que você diz? "Acender a chaleira"?

— Tem certeza? — perguntei.

Ela acenou com a mão.

— Não conto à diretoria, se você não contar — disse ela, voltando para a mesa. — Estou só confeitando uns biscoitos que trouxe de casa. Quer ajudar?

Havia coisas piores a se fazer durante uma vigília. Arrastei uma cadeira do saguão. A mesa da sra. Dunham era uma profusão de quinquilharias alegres. O tricô ficava em uma cesta cheia de cachecóis coloridos que ela fazia para enviar para a filha na escola, e havia uma série de cavalinhos de madeira que ela trouxera da Suécia, formando uma fileira de vermelho e azul que ela dizia dar sorte. A sra. Dunham deixava a caneca de café apoiada em uma pilha de livros de poesia que ia sempre mudando, Mary Oliver, Frank O'Hara e Terrance Hayes, e ao lado da pilha havia um tablet sempre passando alguma besteira, tipo uma série policial ou um programa de culinária britânico. Todos os projetos dela podiam ser abandonados a qualquer momento caso precisasse correr para apagar algum pequeno incêndio no dormitório.

Naquele dia, ela tinha trazido biscoitos doces em um enorme pote de plástico, e uma série de potinhos cheios de glacê vermelho, azul e verde. Ela me passou uma faca e voltou a assistir ao programa de culinária. Fiquei de olho na porta e me esforcei ao máximo para não comer cada biscoito que eu confeitava.

Os garotos entravam e saíam, voltando do treino, da biblioteca ou do centro acadêmico, e eu me preparei para os olhares que receberia caso as notícias sobre o dinheiro de Anna e minha "licença" tivessem se espalhado. Mas não foi o caso. Algumas pessoas me cumprimentaram, ou perguntaram se eu estava doente, já que não tinha ido às aulas, e eu respondi que sim, estava muito doente, mas não, não era contagioso, a gente se vê semana que vem.

Quando as coisas dão errado, é muito fácil imaginar que todo mundo sabe, que todo mundo só está falando disso. Mas ninguém se importa tanto com a sua própria vida quanto você mesmo, nem de longe.

Por fim, chegamos à última fileira de biscoitos quando a calmaria das quatro e meia se instalou, momentos antes de todo mundo descer para jantar. Nenhum sinal de Beckett Lexington ainda. Olhei de novo para a mesa da sra. Dunham, mas dessa vez meus olhos se desviaram para o lugar em que ela guardava a chave mestra.

— Aconteceu uma coisa estranha comigo outro dia — comentei.

— Ah, é? — perguntou ela, mas não estava prestando muita atenção. Uma garota no programa de culinária tinha deixado queimar os muffins ingleses.

— Pois é. Alguém entrou no meu quarto e espirrou uma lata de refrigerante pra tudo que é lado.

A sra. Dunham virou-se para mim, chocada. Parecia genuíno.

— Que horror, Jamie. Suas coisas estão bem?

— Não muito. Mas, sabe, eu tranco minha porta. Fiquei me perguntando se alguém passou por aqui e pediu a chave mestra ontem à tarde. — Eu estava começando a ficar enjoado depois de tudo que tinha comido.

Franzindo a testa, a sra. Dunham pegou o registro da manutenção.

— Um carpinteiro veio às sete da manhã para consertar um caixilho quebrado de uma janela...

— Muito cedo.

— E, é claro, teve a Elizabeth, quando ela veio te procurar depois do jantar. — Ela me olhou de relance. — Quer que eu pare de fazer isso? Sei que você gosta de manter sua porta trancada mesmo quando está lá dentro, meu amor, mas ela é sua namorada...

— Está tudo bem. Eu agradeço.

— Vocês já passaram por maus bocados. Gosto de facilitar a vida de vocês de pequenas maneiras, se for possível — disse a sra. Dunham, resoluta. Ela voltou ao registro.

— Fora isso, dei a chave para um aluno na hora do toque de recolher, quando ele ficou trancado do lado de fora. Quer saber o nome dele?

— Não. — Eu estava ficando bem enjoado, na verdade, a ponto de começar a suar. — Não, aí já ficou muito tarde. Não tem problema. — Empurrei os biscoitos na direção dela. — Obrigado por conferir.

— Sabe de uma coisa? Você não parece bem mesmo. Quer ir à enfermaria?

Reagi à palavra "enfermaria" da mesma forma que alguém reagiria a um soco no rosto.

— Ah! Ah, você sabe que a enfermeira Bryony não trabalha mais lá. Não tem problema em ir se estiver passando mal. Vai ser seguro...

— Estou bem — falei, arfando um pouco. *Transtorno de estresse pós-traumático*, dissera Lena. Será que era verdade? Eu mal sabia o que era isso.

— Jamie — disse ela, e estendeu a mão para encostar na minha testa. Sem pensar, me afastei.

Para coroar a semana que eu estava tendo, Beckett Lexington escolheu esse exato momento para entrar pela porta.

— Watson — disse ele enquanto batia as botas de neve no capacho. — Você está com uma cara péssima, mano.

Não dava para lidar com isso agora.

— Eu estou me sentindo péssimo — respondi. — Será que você pode esperar um segundinho? Acho que... a Elizabeth disse que queria falar com você...

Ele afastou o cabelo de corte assimétrico do rosto.

— Posso — disse ele. — Tranquilo. Ei, posso pegar um?

— Claro — respondeu a sra. Dunham, oferecendo o pote.

Eu me curvei sobre o celular, tentando ao máximo não olhar para Beckett enfiando um biscoito verde e vermelho na boca. *Socorro*, dizia minha mensagem para Elizabeth. *Beckett Lexington no Michener. O Kittredge acha que ele deu o dinheiro pra Anna. Estou tendo um Incidente, que nem um babaca.*

Você não é um babaca. Chego aí em cinco, respondeu ela quase na mesma hora.

Não tinha certeza de quais informações ela poderia arrancar dele, ainda mais se chegasse com o pé na porta, como tinha acontecido com as garotas na hora do almoço, mas eu não estava em condições de tentar interrogar ninguém. Tudo que eu fui capaz de fazer foi ligar para o meu pai.

— Pai — falei, assim que ele atendeu. — Você precisa vir me buscar. Tipo, agora.

— Estou na cidade resolvendo alguns assuntos — disse ele. — Chego aí em um minuto.

Esperei por ele na escada do lado de fora, inspirando e expirando lentamente, tentando não presumir de cara que tinha sido infectado por um nanovírus. Desde o confronto com Bryony Downs, quando ela me furou com uma mola infectada, eu era capaz de entrar em estado de pânico toda vez que passava mal.

Pânico, ou medo, ou quem sabe trauma, ou talvez a sra. Dunham estivesse me envenenando...

Não. O toque do ar frio no meu rosto era gostoso. Fechei os olhos por um segundo, me balançando, e, quando os abri, Elizabeth estava ali me encarando.

— Você está bem?

Apontei para dentro, para onde Beckett estava rolando a tela do celular com um biscoito na mão.

— Você fala com ele? — pedi.

Para minha surpresa, ela abriu um sorriso.

— Tem glacê no seu rosto — disse ela. — Glacê azul. Você está parecendo um boneco de neve. Você jantou biscoito?

Lembrei que não tinha almoçado; tínhamos ido embora do Bistrô sem que eu pedisse nada. Na verdade, estava o dia inteiro sem comer. Pensar nisso fez o enjoo perder um pouco a força. É só pânico, disse a mim mesmo mais uma vez.

— Jamie — disse ela enquanto subia os degraus na minha direção.

— Estou bem — respondi. Elizabeth estava usando um gorro de tricô, e a cor combinava com os olhos dela. Naquele momento, me senti tão grato que seria capaz de chorar. — Obrigado. Por tudo que você está fazendo para ajudar. Você não precisa fazer nada disso.

Ela tirou uma luva, depois estendeu a mão e, com um dedo, tirou um pouco de glacê dos meus lábios.

— Bom — disse ela baixinho. — Claro que estou ajudando.

O sedan do meu pai parou no meio-fio.

— Essa é minha deixa — falei.

— Vou falar com o Lexington. Descobrir o que ele sabe. Me liga mais tarde?

— Ligo — respondi e, por impulso, dei um beijo no rosto dela.

— Falo com você hoje à noite.

Abri o porta-malas do carro dele e arrumei um espaço para pôr minha mochila em meio a um amontoado de sacolas de compras. Dava para ver coisas chiques dentro delas — queijo de cabra, algumas garrafas de vinho, uns produtos italianos em conserva que eu não reconheci. Engoli minha náusea e fui me sentar no banco da frente.

— Imagino que você esteja animado para ver a mamãe — comentei. — Algum grande plano para o jantar?

Meu pai deu de ombros.

— Só estou tentando ser um bom anfitrião.

O carro estava quente, quente demais, e eu abri a janela quando ele ultrapassou os portões da escola.

— Desculpa — falei. — Estou meio enjoado.

Ele me lançou um olhar.

— Pelo visto, nem tanto. Como é que está a Elizabeth? Vocês voltaram?

— Não. Talvez. Não. Não, não voltamos. — Sabia que não era uma boa resposta. Pensei em dizer algo do tipo "*Só consigo resolver um mistério de cada vez*", e então me retraí. O que Elizabeth tinha dito mesmo? Que admitir a culpa não justificava um comportamento ruim?

Meu pai não disse mais nada até sairmos da cidade de Sherringford e chegarmos aos campos frios e brancos além dela.

— Não é bacana esconder informações das pessoas — comentou ele, por fim, com uma veemência estranha.

Olhei para ele.

— Eu estou escondendo alguma coisa de você?

— Elizabeth — disse ele, segurando firme no volante. — Aquela pobrezinha. Ela tem expectativas, sabia? E não quero que você fique sacaneando ela. Não é legal. Não gosto de ver você agindo assim.

Eu também não gostava de me ver agindo assim, mas isso era meio que irrelevante; meu pai nunca tinha me atacado assim por nada.

— Você está bem? Está tudo bem com a Abbie?

— Você não precisa se envolver nisso.

— Tá — falei, inquieto.

Reclamei muitas vezes ao longo dos anos sobre o bom humor inabalável do meu pai, mas estava descobrindo que não sabia o que fazer quando esse bom humor sumia.

A noite escureceu, e os postes de luz se tornaram mais escassos à medida que avançávamos pelo interior. Não chegava a ser uma roça propriamente dita, com quilômetros e quilômetros de fazendas, turbinas e feno; em vez disso, a estrada percorria cidadezinhas, nenhuma delas com mais do que um posto de gasolina e alguns bares, cercadas por antigas casas de fazenda. Durante o dia, não era nada de mais, mas à noite, com a neve se transformando em granizo, essas casas antigas pareciam estranhas e tristes.

— Por outro lado — disse meu pai, do nada —, não é justo que ela espere coisas de você que você não pode dar. Ela já falou disso com você?

Fiquei surpreso.

— Acho que falou?
— Bem, isso é bom. Bom. Bom pra ela. É melhor do que... do que só querer as coisas e nunca dizer nada e ficar de braços cruzados, agoniado, em vez de comunicar os próprios sentimentos como um adulto que se preze.

Definitivamente não estávamos falando da Elizabeth.

— Pai. — Engoli em seco e disse: — Está tudo bem com o Leander?

Ele quase derrapou na estrada.

— Do que você está falando?

— Acho que você sabe do que eu estou falando — respondi com delicadeza.

Mais silêncio. Mais casas de fazenda, erguendo-se no escuro feito sentinelas. Meu pai bateu a mão no volante uma, duas, três vezes.

— Sua madrasta não gosta da presença constante do Leander, olhando para ela como... segundo ela, abre aspas: "Como se estivesse só esperando o James se dar conta de como ele gosta mais do Leander do que de mim."

— Imagino que ele esteja passando muito tempo na sua casa.

— Ele vai alugar uma casa no fim da rua — disse meu pai. — Faz dez anos que não tenho a oportunidade de vê--lo tanto assim! A gente costuma organizar alguns fins de semana no verão, passear por Edimburgo como nos velhos tempos, juntar as peças de algum caso que ele esteja solucionando... Mas, sabe, nunca foi o suficiente. Era muito bom quando ele morava pertinho da gente, em Londres, mas isso deixou sua mãe furiosa, é claro. Eu... ah. Não deveria estar falando disso com você.

— Provavelmente não.
— A Abbie é diferente, sabe. Mais aventureira. A gente se diverte à beça. — Ele assentiu, como se estivesse tentando se convencer de alguma coisa. — Ela acha que ele está apaixonado por mim.

Ali estava a questão.

— E ele está? — perguntei.

— *Não*. — Ele parecia quase aliviado que a conversa tivesse chegado àquele ponto, como se esse tivesse sido o objetivo desde o início. — Não! Não. Não, não está. Só porque ele é gay, não significa que esteja apaixonado pelo melhor amigo hétero. Odeio quando as pessoas insinuam isso. Sabe, é ofensivo para nós dois e, de qualquer maneira, eu só… Ele é brilhante, sabia? O Leander domina qualquer ambiente, e obviamente é um cara bonito. Ele pode ter quem quiser. Não fica por aí *me* desejando. Logo eu! Isso seria absurdo. Isso seria…

Ele deixou a frase morrer.

— Seria bem triste pra ele — comentei enquanto olhava para as minhas mãos.

— Ai, meu Deus — disse meu pai.

O granizo estava caindo com mais força. Pedacinhos de gelo quicavam no para-brisa.

— É. — Fiz uma pausa. — Ele é sua pessoa favorita?

Mecanicamente, ele ligou o limpador de para-brisa.

— Eu nunca… Não sinto atração por homens. Ele não é exceção à regra.

— Mas ele é…

— Ele é minha pessoa favorita. — Meu pai estava falando quase que para si mesmo. — Às vezes você não queria que a pessoa com quem você... com quem você divide a vida fosse determinada só por isso? Não tornaria as coisas menos complicadas?

Eu tinha dezessete anos. Estava namorando-ou-não uma garota que, naquele exato momento, estava interrogando o traficante do campus a respeito de um crime que eu não tinha cometido, e eu estava apaixonado pela minha melhor amiga, que não via fazia um ano, mas que estava presente no meu dia a dia como uma farpa na porcaria do meu coração. Eu pensava no resto da minha vida muito mais do que gostaria de admitir.

— Não acho que isso torne as coisas menos complicadas — falei.

Já dava para ver nossa casa. Apesar do tempo, a garagem estava aberta e iluminada, e, lá de dentro, silhuetas tiravam malas de um carro alugado.

— Sua mãe chegou — disse meu pai alegremente quando estacionamos na entrada da garagem. Ele estava fazendo aquela coisa de adulto que eu odiava: fingir que uma conversa desconfortável não tinha acontecido. — Entra pela frente, por favor, e confere se o gato não saiu? E vê se a sua madrasta precisa de ajuda.

Peguei minha mochila e algumas sacolas de compras, tentando não olhar dentro delas (meu estômago ainda queria fingir que comida não existia), e lutei contra o gelo até chegar à porta da frente.

Nenhum sinal de Abbie. Nem do gato. Estava dando uma olhada na despensa, à procura dele, quando meu celular tocou. Era um número que eu não conhecia.

— Alô?

— Jamie, sou eu.
— Shelby? — perguntei enquanto revirava alguns sacos de batatas. Nada de gato. — Cadê você? Não está aqui? Você está bem?
— Você está sozinho? — O tom de voz era urgente, ofegante.
Alcancei a porta da despensa e a fechei.
— Agora estou. O que houve?
— Jamie, está tudo tão confuso que nem sei por onde começar, e acho que só tenho um minuto...
Meu coração estava acelerado.
— O que está acontecendo, Shel?
— Sabe aquela escola? Em Connecticut? Não é uma escola, Jamie, é um tipo de clínica de reabilitação, e não faço ideia de por que estou aqui, mas eu *estou* aqui, na enfermaria, porque desmaiei, acho, quando descobri o que estava acontecendo, e estou usando o telefone daqui porque eles pegaram o meu, mas o médico já deve voltar, e Jamie, você precisa fazer alguma coisa, precisa vir aqui me buscar...
— Reabilitação? — Eu mal podia acreditar no que estava ouvindo. — Qual foi a justificativa deles? Mas que droga está acontecendo?
— Foi a mamãe. Não dá pra entender. Ela está superfuriosa com as coisas que estão rolando com você, *ainda*, o que é estranho, para início de conversa, porque normalmente ela, tipo, fica com raiva, mas supera, e aí ela estava revirando minhas coisas e encontrou uma garrafa de vodca na minha gaveta, mas não era minha, eu juro, eu nunca tinha visto aquela garrafa!

— Eu acredito em você...

— E o Ted tentou acalmar ela, e aí... Passos. Estou ouvindo passos. Espera.

Fiquei ali parado na despensa escura, com o celular agarrado no rosto, ouvindo a respiração assustada da minha irmã. Nunca me senti tão impotente na vida.

— Eles foram embora — sussurrou ela. — Não sei quando vão voltar. Mas a escola... Não dá. É tipo um acampamento no meio do mato, e tem cavalos, mas é tipo *sobrevivencialismo*. Eles deixam você na floresta por dias, não tem aula nenhuma, e a mamãe insistiu... E ela e o Ted se casaram...

— O quê?

— Era pra ser surpresa. — Shelby estava falando tão depressa que só dava para entender metade do que estava dizendo. — Foi ontem, no meio do dia. Em Londres, no cartório. Então, tipo... Conheça seu novo padrasto?

— Você está falando sér...

Ouvi um burburinho e a voz de um homem.

— Não, *não* — disse ela, e então a ligação caiu.

A náusea me pegou mais uma vez, com força total, e tive a sensação vertiginosa de que estava caindo. Foi então que tive certeza de que era tudo pânico.

Eu me obriguei a respirar. *Seja lógico*, pensei. *Seja adulto. Shelby pode estar mentindo sobre a vodca, a garrafa pode ser dela. A escola pode ser apenas mais rígida do que ela está acostumada. Pode ser saudade de casa. Ted pode ser um cara bacana.*

Respire.

Da garagem, ouvi meu pai dando sinceros parabéns. Risadas. A porta da garagem rangendo até fechar.

Em seguida, eles atravessaram a porta, rindo — minha mãe segurando meu pai pelo braço enquanto conversava, animada, e meu novo padrasto arrastando duas malas atrás deles.

— Jamie — disse minha mãe ao me ver, se adiantando. — Posso jurar que você cresceu... Oi, meu amor. — Ela me pegou pelos ombros; ela nunca era tão efusiva assim. — É tão bom ver você.

— Oi — respondi, me forçando a soar amistoso. — Cadê a Shelby? Achei que ela viesse.

— Ela amou a escola — disse Ted por trás do meu pai. — Simplesmente amou. Quis começar de imediato. — A voz dele tinha um timbre maravilhoso, um tenor com sotaque galês.

— Amou mesmo — comentou minha mãe, e então se voltou para mim. — Simplesmente amou. E temos uma novidade!

— Gracie, vai com calma — disse Ted. — Ainda nem conheci o garoto.

— Oi — falei, dando um passo à frente para apertar a mão de Ted. Eu ia reescrever aquela conversa, assumir o controle. Ia descobrir exatamente o que estava acontecendo. — Eu sou o Jamie, prazer em finalmente conhecer você.

Ele apertou minha mão, franzindo um pouco a testa. Ted era alto, tinha ombros largos e era surpreendentemente careca. Talvez minha irmã tenha comentado isso comigo antes? Mas ele também não tinha sobrancelhas — era quase como se as tivesse raspado — e os olhos eram pequenos e astutos. Ele parecia alguém, pensei, e meu pulso começou a acelerar. Com quem ele se parecia?

— Jamie — disse ele. — Oi. Ted Polnitz.

— O nome de batismo dele é Tracey — disse minha mãe, aproximando-se do homem com um sorriso no rosto. Ela tinha feito cabelo e maquiagem. Estava usando um colar que era da minha avó, pérolas em um cordão comprido. Estava linda. — Tracey! Não é uma graça? Mas ele prefere o nome do meio. Theodore. É mais *sério*. E temos planos para hoje à noite... uma festa!

— Uma festa de casamento — comentou meu pai, confuso. — Vamos sair para jantar em Nova York. Hoje à noite.

Eu mal estava prestando atenção.

— Você me lembra alguém — comentei, lentamente, com Ted.

Ele sorriu para mim.

— Ouço muito isso.

— Jamie? Você está bem? — perguntou minha mãe.

Quando sorria, meu novo padrasto ficava a cara de August.

E de Phillipa. E de Hadrian.

— Estou — respondi a Lucien Moriarty. — Sério. É só muito bom finalmente conhecer você.

dezoito
charlotte

DE VOLTA AO APARTAMENTO, EU ESTAVA JOGANDO COISAS na mala, sem me dar ao trabalho de dobrá-las. Dava para ouvir Leander ao telefone, fazendo um apelo a alguém.

— Hoje à noite — dizia ele —, não dá pra esperar.

Se eu quisesse, poderia ter ido até a porta para escutar. Àquela altura, não importava o que ele estava dizendo, não de verdade.

— Vamos nos reorganizar à distância — me dissera ele.

— Não temos tempo para capturá-lo na chegada, e só Deus sabe o que ele planeja fazer quando estiver aqui. A gente vai encontrar alguma vantagem, garota. Faça as malas.

Desistir trazia uma espécie de alívio. Nós faríamos planos, e, enquanto isso, Leander me deixaria morar com ele. Ele não tinha oferecido, não abertamente, mas pelo resto da caminhada até o apartamento ele listou lugares para onde poderíamos ir.

Como o mais velho entre os irmãos, meu pai tinha herdado nossa casa em Sussex; minha tia Araminta recebera formalmente o chalé e o apiário onde costumava passar os dias; meu tio Julian, nosso apartamento em Londres e aparentemente a licença para nunca mais falar com a gente. (Uma decisão inteligente.) Meu tio Leander era nômade demais para herdar terras, de acordo com o testamento. Em vez disso, tinha recebido o dinheiro do meu avô — rendimentos de investimentos inteligentes em cima dos direitos autorais da vida de Sherlock Holmes.

Aos vinte e poucos anos, quando dividia um apartamentinho com James Watson em Edimburgo, Leander tinha aplicado a própria herança em bons investimentos e vivido de forma bem humilde. (Meu tio, apesar de parecer engomadinho, sempre foi um homem modesto.) Quando os investimentos lhe trouxeram retornos, ele comprou propriedades e, com a renda dos aluguéis, comprou novos imóveis, vendeu outros, foi montando seu portfólio.

Tudo isso para dizer que tínhamos alguns lugares para usar de esconderijo.

— A maioria está no meu nome — dissera ele. — Os apartamentos em Nova York e em Edimburgo, a casa em Provença. Esses são os que eu mantive.

— A gente não pode ir pra esses lugares, então.

— Não. Não podemos. Mas Londres... Londres é outra coisa. Alguns anos atrás, comprei um apartamento por lá por intermédio de uma empresa fantasma. Eu me disfarcei para investigar um caso e precisava de um esconderijo para trocar de roupa depressa, um lugar para guardar minhas coisas que não fosse rastreado. Nunca vendi o apartamento. Tive medo de que pudesse ser útil outra vez. — Ele me deu um sorriso sombrio. — E aqui estamos nós.

E ali estávamos nós.

Era hora de dizer adeus a Nova York, pensei enquanto guardava minhas perucas na caixa de madeira. Adeus a Connecticut. Adeus aos Estados Unidos; não sabia quando eu teria algum motivo para voltar. Adeus a abrir fechaduras, a arrombar portas com pés-de-cabra, a fazer carinha de inocente para descobrir o que fosse necessário. Eu o ajudaria com as pesquisas. Ajudaria e ficaria fora do caminho.

Minha mãe não me ligou uma única vez desde que saí de casa. Pensei mais uma vez na briga que ela e meu pai tinham tido na Suíça, quando ela me defendeu durante cinco minutos e depois, até onde eu sabia, nunca mais voltou a fazer isso. Qualquer amor que minha mãe nutria por mim estava associado às frustrações que ela sentia pelo meu pai, e agora, com a ausência dele, era como se eu também tivesse deixado de existir.

Muitas perdas tinham acontecido: meus pais. August. Milo, em silêncio absoluto durante aquele julgamento interminável por homicídio. E, embora eu sempre tivesse imaginado Jamie Watson me deixando pouco a pouco, ele o fizera de uma vez só. Arrancou o curativo enquanto a ferida ainda sangrava.

Será que tinha sido um estado de negação violento ou de autodestruição que me fez pular de cabeça nas mandíbulas da fera que estava me perseguindo? Por que tinha passado o último ano atrás de Lucien Moriarty, se não para dar um ponto final mais rápido a toda essa história? Eu tinha diligentemente tirado fotos dos meus comprimidos todas as noites. Tinha comido, tomado banho, viajado e tramado planos, tinha fingido olhar para o futuro, e durante todo esse tempo parecia estar vivendo.

Mas o momento em que soube que não mataria Lucien Moriarty foi o momento em que escrevi meu próprio final. Agora eu enxergava isso. Não conhecia outra maneira de me livrar dele; a aranha que tinha construído uma teia sobre o mundo inteiro. Persegui-lo sem uma arma na mão resultaria na minha morte. Eu não queria morrer. Não mais.

Minha caixa de perucas, meu kit de arrombamentos, meu equipamento de gravação, meus trajes pretos formais, meus trajes pretos casuais, o estojo de maquiagem que continha todos os meus outros rostos. Tudo isso dentro da mala.

Vesti um conjunto de moletom velho que tinha encontrado na cômoda. Ficou bem grande em mim, mas fechei o zíper mesmo assim. Deixaria cinquenta dólares, mais do que suficiente para repor as peças; eu tinha três mil dólares para gastar. Mais do que suficiente para uma passagem de avião para o outro lado do oceano e uma pintura de cabelo quando chegasse lá. Suficiente para pagar a taxa de mudança de nome, para me fazer sumir.

Arrastei minha mala para a cozinha, curtindo o som dos meus passos no azulejo. Minhas botas ficavam ridículas com o moletom, tinha certeza disso, mas depois de semanas andando em silêncio, precisava ouvir meus próprios movimentos.

— Estou carregando seu notebook e os celulares que encontrei na sua bolsa. — Leander estava vasculhando a despensa, jogando produtos industrializados em uma pilha. Tinha um montão de manteiga de amendoim. — Quem é que mora aqui? Vou reembolsar o proprietário pela comida, mas quero ter suprimentos caso a gente precise se esconder antes do voo. Num mundo ideal, a gente iria embora hoje à noite, mais tarde, mas, se perdermos nossa janela de tempo, não acho que seja seguro tentar antes de três ou quatro semanas.

— Hoje à noite, mais tarde? — perguntei. Não eram nem quatro da tarde ainda. — Por que não agora? A gente pode ir direto para o aeroporto, pode pegar o voo noturno para Londres.

Leander estava de costas para mim. Ele esticou as mãos sobre a bancada.

— Vou me despedir do James Watson antes de ir, e você vem comigo.

— Você *o quê*?

— Pelo amor de Deus, Charlotte, não vem querer discutir comigo sobre isso…

— Não. Eu me recuso categoricamente. Aquele homem não é capaz de guardar um segredo nem para salvar a própria vida, e a última coisa que eu preciso é que ele me veja quando o filho dele… o filho dele… Não *posso*.

Meu tio abaixou a cabeça.

— Você pode me fazer esse último favor.

— Esse último favor…

— Droga, não vou deixar você sozinha nesse apartamento com aquele homem à solta na cidade.

Mordi o lábio.

— Sinto muito.

— Eu sei. — Eu o observei suspirar.

— Se for importante pra você…

— É melhor trocar de roupa — comentou ele. — O James disse que vai ter uma festa de casamento.

Eu me arrastei de volta para o quarto. Em casa, lá em Sussex, a gente se arrumava para o jantar, mas era um exercício que eu nunca tinha levado a sério. Era mais um disfarce, um autofingimento. Saias compridas que minha mãe comprou para mim, caras e elegantes, e lábios escuros para combinar com as roupas. Produzida daquele jeito, eu parecia anos mais velha.

Ali, eu não tinha nada que não pertencesse a Rose, a vlogueira de moda, e não queria me vestir como ela no momento.

Vasculhei o guarda-roupa da irmã da inspetora Green, me perguntando distraidamente se ela teria alguma peça que coubesse em mim. Cardigãs. Blusas de gola alta e botões nos punhos. E, logo em seguida, uma fileira de vestidos de festa. Dois deles eram do meu tamanho; o segundo era vermelho. Tirei a roupa, botei o vestido e caminhei até o espelho.

Certa vez, Watson me descreveu como uma faca. Era verdade que eu não tinha nenhuma "curva". Em termos geométricos, eu era uma linha. Aquele vestido não mudava a realidade do meu corpo, mas, por outro lado, eu não precisava disso. Peguei um par de sapatos do guarda-roupa e uma bolsa de festa prateada do gancho na porta. Enchi a bolsa de artigos de primeira necessidade. Voltaríamos para buscar nossas malas, se fosse possível; se não fosse, teria que me virar o com o que tinha.

— Charlotte — chamou Leander, sua voz soando estrangulada.

Eu o encontrei quase curvado sobre um celular na bancada da cozinha.

— O que houve? — perguntei, ofegante, e então dei uma boa olhada nele. — Não. Você não... Você está rindo. Por que você está com o meu celular antigo?

Ele tinha dito que ia carregar meus dois celulares. Eu tinha guardado o que usava na Sherringford no fundo da bolsa, desligado, para que o GPS não fosse usado para rastrear minha localização. Era sempre uma boa ideia ter um celular reserva.

Era quase sempre uma boa ideia ter um celular reserva.

— Está dizendo aqui que você não ligava ele há onze meses — disse meu tio, enxugando as lágrimas dos olhos.

— Onze meses! Nesse tempo, você recebeu nenhuma mensagem. Nenhuma mensagem. Até hoje. Até literalmente *agorinha*.

Arranquei meu celular da mão dele.

Quatro novas mensagens:

Holmes.

Holmes.

Charlotte.

Cadê você?

dezenove
jamie

Ano anterior, Sussex Downs

CHARLOTTE HOLMES LEVOU AS MÃOS AO ROSTO. ELA estava chorando.

— Milo — disse ela. — Milo. Milo, não. Não, você não fez isso.

À distância, um carro arrancou. Houve gritaria, alguém berrou *"Não encosta em mim, não encosta em mim"*, e em seguida, rodas no cascalho. Quando me virei para olhar, uma figura solitária, um homem, estava parado na frente da propriedade sombria dos Holmes. Como alguém trancado fora de casa ou um andarilho à procura de um lugar para passar a noite.

A mãe de Holmes tinha ido embora. Hadrian e Phillipa... Onde eles estavam?

— Eu... — Milo estava tremendo. Ele estendeu a arma na frente do corpo. — É o August... e o Hadrian... Meu Deus, Lottie, não dá mais pra fazer isso. O Lucien sumiu. Ele sumiu. Não tem nenhuma filmagem, nenhuma informação, nenhuma... *Não posso continuar com isso.* Como eu poderia continuar e ter sucesso? O mestre do universo nos fazendo essa pergunta. Holmes arrancou o rifle das mãos dele. Sem olhar para baixo, desmontou o pente da arma e jogou tudo no chão.

— O Leander *caiu fora* — disse ela. — O August está *morto*. Isso vale pra você também? Vai deixar nós dois aqui para limpar a bagunça?

— A bagunça é sua — respondeu Milo. — Já não é hora de você arrumar?

Eu mal prestava atenção ao que eles diziam. À distância, o oceano rugia mais alto. O frio fazia minhas mãos formigarem. August Moriarty estava estatelado no chão, e não era um sonho; dava para ver o contorno do casaco dele na neve. Eu não conseguia olhar para eles, para nenhum deles, Holmes ou Holmes, as duas faces do mesmo deus horrível olhando em direções opostas. Proferindo seus julgamentos. Disparando suas armas. E a figura em frente à casa... tinha ido embora, o terreno estava vazio agora, e o oceano era ensurdecedor.

Mas não era o oceano. Eram sirenes, uma cacofonia de sirenes, e quando as luzes vermelhas e azuis chegaram à entrada da garagem, Holmes e eu estávamos sozinhos.

Milo tinha ido embora. Em um instante estava ali, e no seguinte não havia nem pegadas, como se tivesse se apagado do lugar onde estava. Procurei por elas, por um sinal. Havia pegadas de animais, corças e raposas, o farfalhar baixinho de um coelho, as patas enlameadas de um cachorro. Mesmo no inverno, aquele lugar pulsava vida.

— Watson — chamou Holmes.

O homem parado perto da casa estava olhando para a gente. Ele ergueu a mão e apontou o dedo, como se fosse um professor chamando um aluno. Em seguida, fechou mais o casaco e se afastou de nós em direção à casa.

— Watson — disse Holmes. — Watson. *Jamie*. Olha pra mim.

Eu me obriguei a voltar os olhos na direção dela. Estava me sentindo lento e pesado, como se alguém me segurasse debaixo d'água. O sobe e desce das notas chorosas da sirene nos açoitava como uma corrente. Era uma ambulância. Alguém devia ter chamado. Será que havia uma casa perto o suficiente para ouvir o tiro e ligar para a emergência?

Quase perguntei a Holmes. Mas ela estava me olhando como se eu fosse um tumor cancerígeno que precisava ser removido.

— E agora? — perguntei, com uma meia risada. — Qual é o plano?

Os olhos dela eram sempre incolores. No momento, estavam frios.

— Preciso que você leve a culpa — disse ela, virando-se para olhar os paramédicos que pulavam da parte de trás da ambulância. — Preciso que você confesse.

Se tivesse sido qualquer outro dia, qualquer outra situação, eu poderia ter aceitado. Poderia ter mergulhado no plano dela. Talvez fosse desespero por conexão. Talvez fosse ilusão. *Folie à deux*. Talvez, pelos últimos três meses, eu tivesse passado por um desejo de morte, me jogando de pontes, sem me importar se tinha uma rede escondida lá no fundo.

Não daquela vez.

— É para isso que estou aqui, então. Para levar a culpa.

— Watson...

— Esse é o grande motivo de você ter me trazido junto. Eu sou o bode expiatório. A pessoa para você culpar. Você teve semanas. Semanas, Holmes, para explicar! Se você tivesse dito *qualquer coisa*... Qualquer coisa! Eu poderia ter feito você mudar de ideia. Mas você me manipulou esse tempo todo só para...

Ela se virou para mim.

— Isso é amor — rebateu ela, as pupilas fixas, os olhos com uma luz perigosa. — É assim que é ser amado.

— Então ninguém nunca amou você, inclusive eu.

Os paramédicos... Eu chamaria a atenção deles. Havia um carro de polícia logo atrás, com homens saindo pelas portas. E uma detetive, inconfundível em seu traje à paisana e seus óculos escuros, com um rádio na mão.

— Ei! — gritei. — Ei! Preciso de ajuda!

— Watson — disse ela, segurando meu braço. — O que você está fazendo?

— Contando a verdade.

Ela ficou sem resposta.

Eu me desvencilhei dela e corri para encontrar os policiais que se aproximavam.

— Tinha um homem aqui... Ele é alto, usa óculos e estava com um rifle de mira. Ele atirou no nosso amigo. Ainda está em algum lugar por aí.

O policial olhou para trás de mim, para o corpo sem vida de August.

— Onde? Para qual lado ele foi?

Sem forças, apontei para o bosque em que ele tinha se escondido, na esperança de que encontrassem alguma coisa que deixei de ver, algo que indicasse o caminho. O policial saiu correndo, e os outros o seguiram.

Holmes os encarou com olhos arregalados.

— Esperem, esperem — disse ela. — Esperem. Fui eu. Foi baixinho. Tão baixinho que só o policial que estava por último parou e se virou para olhar.

— Fui eu — repetiu ela. — A culpa foi minha.

— Senhorita — disse ele, em um tom levemente suplicante. — Eu sei que não é verdade...

Ela avançou com passos pesados.

— Usei um rifle de precisão .338, de cima daquele olmo. Eu pratico no campo de tiro em Eastbourne há anos; leva minha foto até lá, eles vão me identificar. Estive afastada nos últimos dois anos...

O policial deu um passo involuntário para trás.

— Reforços — disse ele no rádio. — Reforços.

— ...mas planejei tudo isso durante um bom tempo, porque, sabe aquele homem ali? — Ela apontou o dedo para o corpo de August. — Ele me magoou. Ele *mentiu* para mim. Pediu outra pessoa em casamento. Ele era meu e pediu Bryony Downs em casamento, e eu nunca vou permitir que ele me deixe. Ia permitir que ele me deixasse. Pretérito. Ficamos no pretérito agora.

O policial ergueu as mãos, assentindo, do jeito que se faz com um tigre no meio do picadeiro.

— E isso? — Holmes gesticulou na minha direção. — Esse garoto patético e chorão acha que, se me livrar disso tudo, vai poder ficar comigo, como se eu fosse um prêmio. Olha pra isso. Olha pra mim. Quanto isso vale pra você agora?

— Inspetora Green — disse o policial, agradecido, enquanto a mulher de casaco comprido se aproximava, abrindo caminho em meio à neve. — Temos uma confissão aqui... Eu não falei os direitos dela. Foi uma declaração no calor do momento...

Os olhos astutos da detetive passaram de Holmes para mim e de volta para Holmes.

— Qual deles? — perguntou ela.

— Ela.

Será que a decepção que vi na inspetora foi coisa da minha imaginação?

— Está bem — disse ela. — Pode algemá-la. E fale os direitos dela. Depois, pergunte de novo. Você também, garoto, vem junto.

Com cuidado, o policial pegou Holmes pelo braço. Apesar de tudo, apesar do jeito como ela praticamente cuspiu sangue na cara dele, ele a tratou como se fosse feita de vidro. Ele a algemou, a inspetora pôs a mão no ombro dela, e os três voltaram para o carro.

Fiz menção de segui-los. Então percebi que não tinha visto quando os paramédicos levaram o corpo de August embora. De longe, eu os vi erguer a maca e entrar com ela na parte de trás da ambulância. Eles o levariam para o necrotério. Tirariam as roupas dele e o deitariam em uma mesa de autópsia, como um objeto. Como um boneco. Fiquei imaginando quem eles chamariam para identificá-lo. Quem tinha sobrado para ir e dizer o nome dele?

Atrás dele, a polícia estava levando Holmes para dentro do carro. Não estavam com nenhuma pressa, como se estivessem sendo gentis com ela. Eu sabia que ela já tinha trabalhado com a polícia antes, em Londres; tinha ajudado algum detetive cujo nome esqueci a solucionar o caso dos diamantes Jameson. O caso do qual eu tinha ouvido falar lá nos Estados Unidos. Mas estávamos longe de Londres no momento, e dos Estados Unidos também, e a polícia dali só tinha conhecia o sobrenome Holmes, não a garota por trás dele.

Não havia me dado conta até notar a umidade nos joelhos, mas tinha caído de joelhos na neve. Não achava que fosse conseguir andar. O tempo ficara lento; a polícia estava rodeando a área, espalhando fitas de isolamento, tirando uma câmera e um tripé do carro para fotografar a cena.

Não importava. Eu apenas ficaria ali, em um lugar em que não precisasse pensar.

Alguém pôs a mão no meu ombro.

— Vem comigo, garoto — disse ele. Fiz que sim, me levantei e fui atrás. Ele me conduziu pela casa e me levou à porta do porão, ainda aberta; o chão lá embaixo estava sujo e coberto de palha. — Desce.

Eu me virei para olhar para ele. Era o pai de Holmes. Alistair.

— Por quê? — questionei.

— Eles querem que você espere lá embaixo — respondeu ele. — Vem comigo.

Na prática, Alistair agiu com gentileza. Ele me ofereceu o braço para me ajudar a descer a escada e, assim que cheguei lá embaixo, pegou uma cadeira — vinda da mesa da sala de jantar, ao que parecia, considerando o encosto alto e esculpido — e permitiu que eu me acomodasse antes de pegar a corda.

Eu não me lembrava do que ele tinha feito com ela. Só me lembrava do depois, da corda toda enrolada em mim como uma cobra.

Parado ali, olhando para mim, ele juntou as mãos sob o queixo.

— Sinto muito por ter que fazer isso — disse Alistair. Alguma coisa em sua expressão tinha se apagado. — Preferia muito mais que minha filha estivesse aqui com você. Acho que a presença dela ao seu lado lhe traria algum conforto. Quer que eu pegue uma cadeira para ela também? Como um gesto simbólico?

— Não — respondi. Tive a vaga sensação de que algo estava errado. Eu me remexi um pouco contra a corda, mas ela se manteve firme.

— Ah — disse Alistair enquanto me observava. — Você está se recuperando do choque. Isso vai dificultar as coisas.

Atrás dele, a parede estava cheia de armas — um par de floretes, um conjunto de facas com pontas cegas. Aquela era a sala de treino deles. Voltei a olhar para o rosto de Alistair. O olho dele estava vermelho e ensanguentado no ponto em que eu tinha lhe dado um chute, rastejando para fora do porão. Senti um impulso insano de pedir desculpas.

Esse impulso era *mesmo* insano. Não era? Mas também era insano estar amarrado em uma cadeira dentro do porão de uma casa onde seu amigo tinha acabado de ser assassinado.

— Pode me soltar? — pedi com cautela.

— Você tem um motivo convincente? — perguntou ele.

— Sempre fiz com que meus filhos me dessem um motivo convincente. Por que você acha que eu te trouxe aqui? Tem vários bons argumentos a serem levantados. Bíblicos. Isaque e Abraão. Pode começar daí.

— Tá bom. Que tal "você é um desgraçado"?

Mas Alistair já tinha levantado a lata de gás. Foi aí que comecei a lutar pra valer.

— Socorro! — gritei. — Alguém me ajuda! Estou aqui embaixo!

— Acredite, essa não foi minha primeira escolha de ação, mas é a única opção lógica que me restou. O Lucien não tem mais nenhum motivo para manter nossa... nossa situação financeira em segredo.

— Sua situação financeira — repeti, arfando, enquanto ele encharcava minhas pernas de combustível. Eu mal senti. Elas já estavam úmidas por conta da neve. — Que merda isso significa?

Agora ele estava lavando as próprias pernas com gasolina.

— Significa que tenho recebido pagamentos dos russos. Convencido meus amigos no MI5 a estar em certos lugares, em certos horários. Vazado as informações. Deixado que sejam pegos. Como galinhas em uma galinheiro, esperando. Tem uma música sobre isso, acho.

Fui o arquiteto de alguns pequenos conflitos internacionais, dissera ele no dia em que o conheci.

— Pensei que você trabalhasse para o Ministério da Defesa.

— O Ministério da Defesa. Comecei por lá. Passei um tempo em Whitehall também. No Ministério do Interior. MI5. Eu voltei. Onde é que você acha que minha filha aprendeu todas as habilidades dela? Certamente não foi por intuição. Mas acabou. Você sabe como Lucien Moriarty escapou da vigilância na Tailândia?

Não falei nada.

— Nenhum palpite? Que pena. Você sabe o que meu país faz com traidores? Lucien Moriarty sabe. E quando ele descobriu que não podia controlar minhas ações, quando não foi capaz de controlar as ações da minha *filha*, parou de medir palavras. Era para eu cobrar o último dos meus favores. Ir até lá pessoalmente, trocar uma palavrinha com o Milo, tomar um drinque, esperar até que ele dormisse e, então, chamar os homens leais a mim na empresa dele.

— Você tem espiões? Na Greystone?

— Claro que tenho — disse ele, impaciente. — Por que não teria? Me doeu fazer isso, é claro, ajudar aquele homem. Ele é como uma arma cega. Assim como minha filha. Sempre achei que ela teria um fim confuso, mas nas mãos do Lucien...

"Bom. Acho que agora não adianta. O Lucien está 'à solta', por mais ridículo que isso soe, e não importa as promessas ele me fez, eu sei que ele vai vazar as informações de qualquer maneira. Que tipo de lealdade um homem desse sente? Nenhuma. Tudo vai vir à tona. O único recurso de verdade que tenho é apagar as evidências. Eu mesmo sou uma evidência. Você também é... e o Leander, é claro, e minha esposa, embora esses dois estejam fora do meu alcance. Isso é o melhor que posso fazer. A apólice de seguro deve deixar um bom pé-de-meia para o meu filho, caso um dia ele decida sossegar."

De dentro do bolso, ele tirou um isqueiro. Não um isqueiro metalizado, como eu esperava, algo precioso e pequeno, mas um de plástico, do tipo que se compra no posto de gasolina.

— Não — falei. — Não, não... Não, de jeito nenhum...

— Ou ele pode simplesmente comprar outra guerra — disse Alistair, semicerrando os olhos para a pequena chama em suas mãos. — Eu juro, aquele garoto tem mais influência do que eu já sonhei...

Comecei a dar chutes no chão, arrastando minha cadeira para trás. Estava gritando, sem dizer uma palavra, apenas um fluxo interminável de som.

Foi aí que ouvi alguma coisa na escada, um som oco, quase uma batida, e não soube se estava enxergando direito quando Hadrian Moriarty fez a curva. Ele não disse nada. Apenas grunhiu e moveu os braços, e então Alistair Holmes caiu durinho no chão.

Hadrian se curvou e pegou o isqueiro, depois o guardou no bolso.

— Oi — falei, feito um idiota.

Ele me cumprimentou com um aceno de cabeça.

— Achei que você fosse... fugir.

— Eu fugi — disse ele. — Para trás das cercas vivas da casa. É melhor ficar por perto o máximo possível, antes de sair em disparada.

— Ah. — Eu não sabia mais o que dizer.

— Senti cheiro de gasolina — disse ele como explicação.

— Aqui. — Ele tirou um canivete do bolso e o abriu.

Fui me contorcendo para longe dele, ofegante. Entre a cruz e a espada...

Ele revirou os olhos.

— Não, garoto. Para com isso. — Então, começou a serrar a corda. — Da próxima vez que isso acontecer com você, é só se remexer. Como se estivesse dançando, sabe? Ele não chegou nem a amarrar suas mãos.

— Da próxima vez. Tá bom.

— Pois é. — Ele jogou as cordas no chão de concreto. — Levanta e dá o fora daqui.

No chão, Alistair Holmes já estava começando a se mexer.

Esfreguei os braços para ver se afastava a dormência neles.

— Por que você me ajudou?

Hadrian olhou para Alistair.

— Ele merece apodrecer atrás das grades. Não tem o direito de escolher o próprio final. Também não tem o direito de botar fogo na casa em que estou escondido, por mais que a casa seja dele. — Com isso, ele cuspiu no chão. — Quanto a você…

Fiquei esperando que ele dissesse: *Você não passa de um garoto burro. Você foi enganado. Usado. Não sabe no que se meteu. Volte para a sua mãe.* Todos os pensamentos que passaram pela minha cabeça desde que voltamos ao Reino Unido.

— Seu papel ainda não terminou — disse ele, e jogou a faca para mim. — Agora vai embora daqui.

Mais tarde, a inspetora mencionou ter me encontrado vagando do lado de fora, atordoado e banhado em gasolina, com uma faca nas mãos. Eu disse a ela que alguém tinha feito aquilo comigo, não sabia quem. Não sei por que menti. Talvez eu não fosse capaz de encarar a ideia de que aquele dia, aquela semana interminável, pudesse se estender em audiências e discussões. Mais batalhas naquela guerra.

Talvez fosse isso que as pessoas faziam — distorciam a verdade até que se abrisse um buraco grande o suficiente para poder escapar.

Eles me pediram para descrever o homem que tinha me amarrado. Eu disse que não conseguia. Disse que não era nada de mais.

Ainda não sei por que acreditaram em mim. Talvez achassem que eu tinha feito aquilo comigo mesmo.

Eles me fizeram passar a noite no hospital, por conta do choque. O diagnóstico de Alistair estivera correto. Passei mais metade de um dia internado, com minha mãe dormindo na cadeira dura de plástico ao lado da cama, e então, depois de mais uma rodada de interrogatórios, meu pai chegou, e me deram alta para ficar em Londres sob os cuidados deles.

A lembrança que mais me atormentava não era a das cordas, nem da cadeira, nem da gasolina, embora todas elas tenham feito aparições constantes nos meus pesadelos. Não foi a lembrança de Alistair nem da crise de consciência de Hadrian. Foi pensar que a Holmes e eu tivemos tempo. Três longos minutos antes de a polícia chegar, o suficiente para que ela se virasse para mim e dissesse: é isso que você tem que fazer, e é por esse motivo.

Não, o que mais me assombrava era saber que, se eu tivesse confessado o assassinato de August ali no gramado, a Holmes teria dado um jeito de limpar meu nome. Mas ela ia deixar o irmão sair impune de seu erro. Ela tinha entregado

Bryony Downs para sabia lá qual destino. Tinha se sentido no direito de decidir a vida de Hadrian e Phillipa. E agora ia se deixar ser presa por um crime que não cometeu, escaparia ilesa, e ninguém cumpriria pena pela morte de August.

    Não cabia a ela decidir. Também não cabia a mim. Certa vez, Charlotte Holmes tinha me dito que não era uma boa pessoa. Naquele dia, comecei a acreditar.

vinte
charlotte

Você vai? Na festa de hoje? Respirei fundo e enviei.
Um minuto se passou. Em seguida: *Vou.*
Watson, pensei. Minha cabeça estava em polvorosa. Ele estava ali. Estava falando comigo. Estava digitando agora mesmo...
Ele está de olho em mim. Tenho que ir.
Pedi quatro vezes que ele me atualizasse. Não tive nenhuma resposta. Hesitei, depois desliguei o celular de novo. *Watson*, pensei. *E Lucien Moriarty.* Então baixei o volume dos meus sentimentos até que não desse mais para ouvi-los.

— Calce os sapatos — disse Leander. — Espero que vocês dois estejam prontos para fazer as pazes.

— Tio.

— Onde foi que eu botei meu casaco?

— Tio. Acho que o Lucien está na festa.

— Está amarelando?

Fiz de tudo para não bater o pé no chão feito uma criança.

— Estou falando sério.

Ele suspirou e se levantou para terminar de abastecer a bolsa com alimentos industrializados.

— Acho que essa é a pior desculpa que já ouvi você usar — comentou ele. — Não tenho tempo pra isso.

— Leander. Olha pra mim. — A contragosto, ele olhou. — O Watson disse que tinha alguém de olho nele, um homem, e aí parou de responder. Por via das dúvidas, caso eu esteja certa, se for isso *mesmo* que o Jamie está dizendo, o que a gente faz?

Meu tio pôs a mochila de lado e ergueu a espingarda que tinha deixado em cima da bancada.

— Não sei — disse ele. — Alguma ideia?

vinte e um
jamie

Eu não conseguia ficar a sós com meu pai.

Estávamos em um restaurante chique no SoHo, em Nova York, que minha mãe tinha pesquisado e feito reserva na semana anterior. Estávamos todos ali: meu pai, minha mãe, Lucien Moriarty. O grupinho todo junto. Abigail também tinha ido — ela estava no andar de cima quando chegamos em casa, preparando o quarto de hóspedes —, mas tinha deixado Malcolm e Robbie com a avó.

Foi melhor assim. Eu não sabia o que ia acontecer naquela noite, mas duas crianças pequenas não tinham lugar no meio disso.

Lucien — "Ted" — não parava de chamar o garçom para pedir mais vinho, mais drinques, mais lagosta, mais filé mignon. Fazia isso de modo discreto, conspiratório. A comida era servida diante dele como se fosse um rei, e ele sorria para nós, meio encabulado, dizendo: "Quer provar? Ouvi dizer que é muito bom." Fomos acomodados em uma mesa redonda em uma salinha particular para que pudéssemos nos ouvir melhor, mas Lucien estava dominando a conversa.

Ele elogiou o casaco do meu pai, depois anotou o nome da loja em que ele tinha comprado a peça. Fez inúmeras perguntas a Abigail sobre Malcolm e Robbie: eles gostavam da escola? Dos professores? Que malandrinhos... Que tipo de confusão eles aprontavam? Em seguida, puxou minha mãe para o papo e perguntou se eu tinha sido que nem eles quando criança, e eu observei minha mãe e Abigail tendo, pela primeira vez, uma conversa que não era forçada, horrível e cheia de ressentimento. *O Jamie também demorou muito para aprender a usar o banheiro*, disse minha mãe, e Lucien segurou a mão dela, acariciando a aliança de casamento de prata com o polegar.

Ele era assustador.

Era muito mais assustador do que se tivesse sido cruel de um jeito óbvio. Isso teria sido uma confirmação. Eu teria tido certeza. Teria tido uma justificativa para fazer o que precisava fazer.

E agora, tudo em que eu conseguia pensar era: *estou enlouquecendo.*

Eu andara conduzindo uma investigação das armações contra mim como se eu fosse... o Batman ou algo do tipo. Mas vinha tendo ataques de pânico. Descontando meus problemas na Elizabeth; escondendo informações dos meus amigos; acusando pessoas de conspirarem contra mim, como se eu fosse importante o suficiente para elas se darem ao trabalho de estragar minha vida.

Como se elas tivessem bolado um grande plano contra mim e a cereja do bolo fosse espirrar uma latinha de refrigerante no meu notebook.

Mas e se... E se eu tivesse feito tudo aquilo sozinho? E se eu tivesse deletado minha apresentação de física sem querer? E se eu nunca tivesse feito o trabalho, para início de conversa? Eu estava insone, em estado de alerta máximo, vomitava só de pensar no ano anterior e talvez estivesse me autossabotando, talvez estivesse forjando situações para justificar o pânico na minha cabeça. E se eu estivesse alucinando? Tendo apagões? E se minha irmã fosse apenas uma garota que odiava a nova escola perfeitamente normal e queria que o irmão a levasse para casa?

Eu estava paranoico, andava assim desde que tinha conhecido Charlotte Holmes, mas... Por que Lucien Moriarty se daria ao trabalho de conquistar minha mãe e se casar com ela? Era como se eu tivesse uma necessidade tão grande de tratar o novo casamento da minha mãe como uma afronta pessoal que tinha decidido que seu marido era o bicho-papão.

Não era improvável. Eu tinha lidado com o novo casamento do meu pai da mesma maneira.

Meu Deus.

E se minha mãe tivesse apenas encontrado um cara bem bacana que queria fazê-la feliz?

Passei o jantar inteiro olhando para ele. Não consegui nem ser discreto. Logo que nos sentamos à mesa, eu estava mandando mensagens para Holmes escondido e Lucien — Ted — pôs a mão no meu ombro.

— Fico um pouco envergonhado, e não quero te dar ordens, mas você se importaria de deixar o celular no meio da mesa?

Confirmação. Confirmação de que eu não estava enlouquecendo. Ele sabia que eu estava pedindo ajuda, queria tirar meu último recurso das mãos...

Desesperado, olhei para o meu pai. Ele estava botando o celular no silencioso, assim como Abigail.

— É uma brincadeira que a gente faz em ocasiões agradáveis — disse minha mãe —, com nossos amigos. Ajuda a gente a focar no presente. Todo mundo empilha os celulares no meio da mesa, e a primeira pessoa que cede ao impulso de mexer nele tem que pagar o jantar.

Ela e Lucien trocaram um olhar cúmplice.

— Não que eu vá fazer qualquer um de vocês pagar a conta — disse ele. — Mas estava muito ansioso para conhecer todo mundo.

Eu o observei levar meu celular para o topo da pilha.

— Pronto — disse minha mãe. — Não é melhor assim?

Fiquei sentado ao lado dele no jantar, ao lado do homem que tinha orquestrado assassinatos, contado mentiras a políticos, feito chantagens e trapaças, me infectado com um vírus mortal e depois tirado o antídoto do meu alcance. Reabasteci sua taça de vinho. Fiquei ouvindo enquanto ele contava em detalhes aos meus pais que também tinha estudado em uma escola ao ar livre, igual à da Shelby.

— Sempre amei cavalos — disse ele. — Fiquei tão feliz quando descobri que a gente tinha isso em comum.

Minha mãe apertou a mão dele.

— A Shel amou a nova escola assim que a gente chegou, sabia? Assinamos a papelada e tudo. Que campus mais lindo! Construções impressionantes. Eles tinham até um centro médico completo, imagino que seja para o caso de acontecer algum acidente com os cavalos.

— E aí a pobrezinha liga quando já estamos a horas de distância e implora pra gente voltar e ir buscá-la.

— Saudade de casa — disse meu pai, balançando a cabeça. — Acontece muito.

— Logo, logo ela vai se adaptar — respondeu minha mãe.

Eu estava contraindo a mandíbula com tanta força que ela certamente tinha ficado branca.

Enquanto os garçons traziam camarão e bife, minha mãe contava histórias de como os dois tinham se conhecido — eles se esbarraram na frente de um mercado; ele a ajudou a escolher as frutas e os legumes; igualzinho a um filme! — e sobre o namoro relâmpago.

— O Ted vive viajando a trabalho — disse ela —, e percebi que toda vez que ele ia embora, eu sentia mais saudade.

Ele pegou a mão da minha mãe e lhe deu um beijo na palma. Eu cerrei os punhos debaixo da mesa.

— Minha primeira esposa morreu — disse ele, baixinho, mais para minha mãe do que para qualquer outra pessoa. — Foi lento e doloroso, e eu... eu passei bastante tempo ao lado da cama dela, pensando. Não queria perder mais tempo. E, quando conheci a Gracie... decidi que a vida era curta demais e que precisava arriscar.

Minha mãe levou as mãos entrelaçadas dos dois aos lábios.

— Por tudo que você disse, a Betty foi uma mulher incrível.

Do outro lado da mesa, os olhos de Abigail se encheram de lágrimas. Meu pai cortava seu bife concentrado, assentindo para si mesmo, como se Ted fosse uma espécie de pequeno profeta.

Era isso que me pegava — o que eu não conseguia entender. O quanto será que meu pai sabia? O quanto ele tinha descoberto? Será que parecia tão cuidadosamente educado por estar comemorando o casamento da ex-esposa ou porque sabia que estava sentado diante de Lucien Moriarty e esperava o momento certo para agir?

Tentei desesperadamente chamar a atenção dele do outro lado da mesa. Mas meu pai não parava de encarar o prato, picando a comida.

E minha mãe… Minha mãe estava tão feliz, com o cabelo cheio de cachos, as unhas feitas, um anel modesto no dedo. Será que Lucien Moriarty não teria feito o serviço completo? Não teria tratado de botar um diamante enorme ali só para causar? Mas não, tinha só uma aliança delicada no dedo dela, e Ted não parava de olhar para lá, depois para o rosto dela, e os olhos dele pareciam demonstrar afeto de verdade.

Eu estava oficialmente enlouquecendo.

— Alguém precisa de alguma coisa? — perguntou minha mãe, com um sorriso. Todo mundo negou com a cabeça.

— Acho que a gente comeu tudo que tinha no cardápio. — Abigail riu. — Estava tão maravilhoso! Obrigada.

— Acham que é hora do bolo, então? — perguntou Lucien quando o garçom apareceu na porta da nossa salinha particular. Ele fez um gesto com a mão e o homem assentiu.

— Ted.

Era a primeira vez em meia hora que meu pai abria a boca. Estava usando seu tom de voz mais áspero, reservado para crianças pequenas, criminosos e os sogros. Ficou bem claro que, mesmo se ele não soubesse quem Ted de fato era, não tinha gostado tanto assim do cara. *Graças a Deus*, pensei. *Nem todo mundo está se apaixonando pelo Ted.*

— Que tal se nós dois fôssemos até aquele lindo bar e eu te pagasse uma bebida?

— Ah! — respondeu Ted. — Eu adoraria, mas não quero deixar a Gracie...

— Não — disse minha mãe, e abriu um sorriso radiante para o ex-marido. — Pode ir. Eu quero que você e o James se conheçam.

Ali. Ali estava.

Lucien hesitou.

Era natural precisar de um momento antes de ter uma conversa cara a cara com o ex-marido da sua atual esposa. Mas não se tratava disso. A Holmes tinha me ensinado muitas coisas, e eu tinha dominado poucas delas, mas estava aprendendo a ler melhor as pessoas.

Ele não parecia hesitante. Não parecia assustado. Parecia, por menos de meio segundo, furiosamente irritado.

Ao observar a reação de Lucien, tive a estranha sensação de estar vendo a Holmes em ação. As engrenagens giravam tão depressa que tudo parecia natural. Mas ele não devia ter encontrado uma maneira de escapar dessa sem desagradar a nova esposa — e, sem a generosidade dela, ele se tornaria indefeso ali.

Bem, tão indefeso quanto era possível para Lucien Moriarty.

— É claro — disse Lucien, arrastando a cadeira para trás. — Mas é claro, James.

— Vou ligar para saber como estão meus meninos — avisou Abigail.

Ela tirou o próprio celular da pilha no meio da mesa. Pelo jeito como me olhou enquanto se afastava, percebi que ela achava que minha mãe e eu precisávamos de um instante a sós.

Minha mãe pegou o garfo e perseguiu a cauda de uma lagosta pelo prato.

— Você está bem quieto — comentou ela.

— Eu sei — respondi. — Foi tudo meio que um choque.

Ela me encarou.

— Estou feliz, sabe? E tenho o direito de ser feliz.

Eu sabia o que ela queria de mim. As palavras que eu deveria ter dito. Deveria ter dado um abraço nela, deveria ter pedido que ela me contasse mais histórias dela e do Ted. *Como foi no cartório? Foi bem romântico? Como foi o pedido de casamento?*

Eu não conseguia me forçar a fazer isso.

— Que bom — falei por fim, feito um babaca, e ficamos ali sentados como se fôssemos dois estranhos, bebendo nossa água.

Quem sabia quanto tempo meu pai e Lucien demorariam? Eu daria um jeito de me afastar de fininho. Levaria meu celular junto; Abigail tinha pegado o dela, e não importava se minha mãe ficasse brava comigo; isso não era nada comparado com a outra opção. Talvez eu estivesse maluco, mas precisava ter certeza.

Os garçons começaram a arrumar a mesa à nossa volta, abrindo espaço para o bolo. Eu os ajudei a fazer uma pilha de louça suja para levar embora, mais para evitar o olhar triste da minha mãe do que por qualquer outra coisa. Lucien tinha deixado o guardanapo cair no chão ao se levantar, e eu puxei a cadeira dele para pegá-lo.

Ali estava. Na cadeira dele. Meu celular.

Como tinha ido parar ali? Eu não o tinha visto pegar. Não o tinha visto olhar para o aparelho.

O quanto será que ele sabia?

Antes que minha mãe pudesse ver, peguei o celular e o enfiei dentro da manga.

— Sabe de uma coisa? É melhor eu ir ao banheiro também. A viagem pra casa é longa.

Minha mãe não estava olhando para mim.

— Quer alguma sobremesa? — perguntou ela, baixinho.

— Não — respondi enquanto me levantava. — Mas obrigado.

Lá dentro, me tranquei na cabine do banheiro e corri para ligar o celular. Não sabia se ele tinha lido minhas mensagens, meus e-mails, se tinha instalado alguma coisa para rastrear minhas mensagens e ligações. Tentei me lembrar do que a Holmes tinha me dito. Uma escuta minúscula? Olhei dentro do bocal, mas não achei nada.

E não parava de pipocar mensagem no meu celular. Recebi um longo recado de Elizabeth: *O Lexington é o fornecedor da Anna desde que ele chegou aqui, mas não foi ele que deu os mil dólares. Ela também mostrou o dinheiro para ele. Ele disse que ela mencionou alguma coisa sobre um velho rico. É "sugar daddy" que chama? Que nojo. Consegui arrancar tudo isso dizendo que faria o dever de inglês dele pelo resto do semestre. Não vou escrever uma palavra.*

Depois: *A Lena disse que acha que tem uma pista de onde o dinheiro foi parar. Vou me encontrar com ela daqui a pouco e te dou notícias.*

Em seguida: *O dinheiro existe. O crime aconteceu... A Lena acha que a Anna está aumentando a história. Está com medo de alguma coisa. Deve precisar recuperar o dinheiro.*

Depois: *Jamie? Você está aí? A gente pode se encontrar hoje à noite depois do toque de recolher?*

E então, vinte minutos atrás, três palavras de Holmes. *Estamos a caminho.*

Ela e Leander, imaginei. Então esse tinha sido o compromisso dele na cidade hoje. Não fiquei surpreso.

Encontro você no campus à meia-noite, enviei para Elizabeth. *Na entrada do túnel do Carter Hall.* E, para Holmes, escrevi: *Cadê você?*

A porta se abriu. Alguém entrou e começou a lavar as mãos.

Estou aqui, escreveu Holmes, então me levantei e apaguei todas as mensagens, fileira por fileira, pessoa por pessoa, meticulosamente. Quando abri a porta da cabine, Lucien Moriarty me pegou pela camisa e me puxou.

vinte e dois
charlotte

NÃO LEVAMOS A ESPINGARDA. EM VEZ DISSO, LEVAMOS duas pistolas. A minha ficou na bolsa; era a única coisa que cabia ali dentro, a não ser por um batom. Não levei nenhum batom. Levei meu kit de arrombamentos amarrado no alto da coxa e, na cabeça, enfiei alguns grampos que poderiam ser usados de chave Phillips se fosse necessário. Por um instante, cheguei a pensar em levar uma mochila para que a espingarda pudesse ir junto — o cano era habilmente serrado, uma beleza —, mas parecia chamar atenção.

Era bem claro que Leander achava que eu estava tomando uma série de precauções ridículas. Esperava muito que ele tivesse razão.

Quando entramos, o restaurante estava lotado. Imaginava que estivesse sempre lotado; era o tipo de lugar em que ninguém ostentava a própria riqueza de maneira descarada, mas a ostentava mesmo assim. Caxemira. Luvas de direção em cima da mesa. Esse tipo de coisa. Leander indicou o caminho para uma série de salinhas particulares, atrás do bar onde James Watson estava bebendo sozinho.

— Vai lá — disse ele. — Vou me despedir do James. Você pode ir falar com o Jamie, e aí a gente vai embora. Dez minutos, combinado? Tem um voo saindo do LaGuardia às onze. E eu pretendo estar nele.

Fiquei observando meu tio seguir na direção de James. Era voyeurístico fazer esse tipo de coisa, mas pensei que talvez pudesse descobrir alguma coisa sobre mim mesma.

Ele se aproximou em silêncio — não era difícil em um restaurante tão cheio, então descontei alguns pontos dele — e se sentou ao lado de James subitamente, como se tivesse atravessado uma porta imaginária. Era o tipo de coisa que costumava gerar um sorriso encantado, pensei. A demonstração de esforço, a clareza do movimento.

James Watson olhou para Leander e cobriu os olhos com a mão. Será que estava chorando? O truque não era tão bom assim.

Ah, pensei. *Eu não deveria estar vendo isso.*

Mas também não fui até a mesa. Foi um surto de vaidade, mais do que qualquer outra coisa, que acabou me levando ao banheiro. Disse a mim mesma que queria ter certeza de que meu kit de arrombamentos não estava marcando o vestido. Não era interessante a interação entre nossos pensamentos verbais e o fluxo que corria por trás deles? Para dizer a verdade, eu queria era ter certeza de que estava bonita antes de ver Jamie Watson pela última vez, e sabia que era por isso que estava indo ao banheiro. (Despedidas são difíceis; me deixa ganhar só essa; *qui multum habet, plus cupit* etc.)

Até que eu estava aceitável para alguém que suspeitava que o homem tentando matá-la estava no mesmo restaurante. Beleza. Eu me inclinei para lavar as mãos.

Ouvi um barulho do outro lado da parede, como se alguém estivesse socando um saco molhado. Para ser mais precisa, como se alguém estivesse tentando matar outra pessoa no banheiro masculino.

Watson.

Não parei para pensar. Para analisar a decisão. Levei apenas um segundo para tirar a arma da minha bolsa de festa.

vinte e três
jamie

Lucien Moriarty não tinha nenhuma intenção de me matar. Eu sabia disso porque era o que ele estava me dizendo com todas as letras.

— Mas quero que você saiba — disse ele, dando outro soco na minha barriga — que não vejo o menor problema em te machucar até que você me escute.

Seu outro braço estava me prendendo pelo pescoço à parede. A princípio, cheguei a lutar contra ele, mas não consegui acertar um golpe, meus pés escorregando no azulejo enquanto ele me deixava sem ar. Tudo que consegui fazer foi arrancar alguns botões da sua camisa quando ele me puxava para fora da cabine.

— Você vai fazer o que eu mandar — disse ele, e pressionou ainda mais o braço contra meu pescoço. — Se não fizer, eu vou parar. Vou parar de te dar ordens. E vou começar a dar ordens ao pessoal que está com sua irmã. Deu pra entender?

— Qual é seu plano? — murmurei.

— Você não ia gostar de saber. Faz que sim. Faz que sim com a cabeça se você entendeu.

Não consegui mexer a cabeça. Murmurei um "sim" e vi um sorrisinho se abrir naquele rosto horrível e brilhoso. Ted. Ted, com seu sotaque encantador, que só tinha olhos para minha mãe. Ted, todo acanhado, intensamente feliz. Ted, que tinha conquistado todo mundo.

Ted, cujo braço apertava minha traqueia.

Respirei ofegante. Em seguida, me impulsionei com força e me lancei para a frente, empurrando-o no chão. Ele foi derrapando para trás até a cabeça bater na parede de concreto.

Eu andara jogando muito rúgbi no último ano.

— Fique sabendo que não vou te matar — falei, me ajoelhando no peito dele. Lucien estava consciente, respirando, mas o sangue escorria de sua testa até os olhos. — Mas quero que saiba que não vejo o menor problema em te machucar até que você me escute.

Lucien respirava com dificuldade.

— Seu merdinha — disse ele, arfando, e nesse momento a porta do banheiro se abriu de supetão.

Ali estava Charlotte Holmes em um vestido vermelho, apontando uma pistola para Lucien Moriarty com as duas mãos. A porta bateu atrás dela.

— Ah. Não sabia que você já tinha tudo resolvido. — Ela levantou a trava de segurança da pistola e a guardou dentro da bolsa.

Houve uma comoção no salão principal. Uma voz solitária gritava: *Eu a vi, vi que ela estava armada...*

Com calma, Holmes trancou a porta atrás dela.

Eu poderia ter sentido muitas coisas naquele momento, mas o único sentimento que consegui demonstrar foi de alívio.

Abri um sorriso para ela.
— Oi.
— Oi — disse ela. — O que você vai fazer a respeito disso?

Ela apontou para Lucien Moriarty com o pé. Ele estava lutando para se levantar, mas ainda estava grogue o suficiente para que eu conseguisse mantê-lo preso por mais alguns minutos. Falei isso a ela.

— Você tem algum plano? — perguntei, e então empalideci. *Da última vez que deixei a Holmes bolar o plano...*

Ela deve ter percebido.

— Não — respondeu. — A arma era meu plano. Mas... não é mais. Tem uma janela. Uma janela pequena, ali em cima.

— Então a gente sai por ela. E depois? Vale lembrar que ele está ouvindo a gente.

— É claro que estou ouvindo vocês, cacete...

Dei um soco na boca de Lucien.

— Esse foi pela minha mãe — informei a ele. — Ou pela minha irmã. Pelas duas.

A Holmes arqueou a sobrancelha.

— Isso vai deixar marca.

— Mas a ferida na cabeça vai só sumir, com certeza.

— Eu não falei que discordava da sua decisão.

— E tem que concordar mesmo — falei. — A ferida na cabeça foi por você.

Tinha alguém socando a porta do banheiro.

— Saiam daí. A gente chamou a polícia, saiam daí...

— Pega meu celular? — pedi a ela. — Acho que está debaixo da pia.

— A tela está rachada — disse ela, jogando o aparelho para mim.

— Vou mandar a conta pra ele. — Rolei minha lista de contatos. — Aqui. Espera.

— Detetive Shepard.

— Shepard — falei no celular. — Eu...

Lucien se contorceu com força; dois segundos mais tarde, a Holmes tinha a arma apontada de volta para ele. *Vê se ele está armado*, falei sem fazer som, e ela começou a apalpar as pernas dele.

— Oi.

— Está tudo bem?

— Está. Quer dizer. Não — falei no celular, enquanto Holmes tirava uma faca embainhada da meia de Lucien. — Estamos no banheiro masculino do restaurante Arnold's, em Nova York. Lucien Moriarty se casou com a minha mãe, e agora estou com ele preso aqui no chão, e a Holmes está aqui com uma arma, e alguém chamou a polícia.

— Você... você o *quê?*

A Holmes me contornou correndo e puxou uma arma de dentro do blazer dele. Em seguida, em um movimento ágil, pegou a carteira, o celular e o passaporte, com a destreza de um batedor de carteira. Com a outra mão, segurava firme a arma.

As batidas na porta ficaram mais fortes.

— Polícia!

— É isso mesmo. Escuta, Shepard, quero que você saiba que vamos ter que deixá-lo aqui...

— Polícia!

— ...mas posso te contar a história toda quando te encontrar. — Holmes indicou com as mãos que a barra estava limpa. Eu assenti.

— Isso está fora da minha jurisdição — respondeu Shepard.

— Eu meio que achei que você deveria saber, de qualquer maneira.

— Certo... Então vá à delegacia.

— Mais tarde. Estamos meio ocupados.

— Meu Deus, Jamie, vá até lá *agora*... — Mas eu já estava desligando. Holmes estava enfiando as coisas de Lucien dentro da bolsinha dela.

— Polícia! Vamos abrir essa porta! — Alguém bateu nela com o ombro. Ouvi o som de algo estilhaçando.

A adrenalina estava começando a sumir do meu corpo. O brilho que vinha com ela, a clareza repentina, a confiança, tudo estava indo embora, e quando saí de cima de Lucien Moriarty precisei me encolher ao lhe dar um chute para que continuasse no chão.

Eu me dei conta de que ia para a cadeia. Não era nem mais uma dúvida.

Holmes indicou a janela com a cabeça. Subi na pia, depois a puxei para o meu lado e, por um instante, ela estava contra mim, quentinha, o cabelo bem debaixo do meu nariz, e eu me inclinei a fim de fazer um suporte com as mãos para impulsioná-la, do jeito que fiz quando nos conhecemos e eu a ajudei a entrar no quarto de Dobson. Estávamos melhores nisso agora. No primeiro impulso, ela abriu a janela; no segundo, ela saiu e estendeu a mão para me ajudar.

A porta do banheiro se espatifou, como um raio atingindo uma árvore. Lucien Moriarty se pôs de pé cambaleante. Do lado de fora, pessoas gritavam.

Mas eu peguei a mão de Charlotte Holmes, escalei a parede com os sapatos, e ela me puxou para a esquina da Broadway com a Prince. No segundo em que ficamos de pé, começamos a correr.

vinte e quatro
charlotte

Precisávamos de um esconderijo, um lugar em que pudéssemos passar despercebidos. Eles iam conferir os trens. Iam conferir os táxis, os pedágios e os carros alugados. Agora iam conferir os aeroportos também, então imagino que, se a ida para Londres naquela noite ainda estivesse de pé, tinha deixado de estar.

Possibilidades:

Voltar para o apartamento de Green.

Assumir a culpa diante de Hadrian Moriarty e pedir asilo.

Localizar um Airbnb vazio e invadi-lo.

Esconder-se temporariamente e pedir ajuda à inspetora Green.

Talvez Leander tivesse voltado ao apartamento de Green; corríamos o risco de envolvê-lo na perseguição. Não ousei entrar em contato com ele, para o caso de estar sendo interrogado. A segunda opção era suicida, e a terceira, se cometêssemos um errinho mínimo de cálculo, envolveria acordar turistas ao invadir a casa alugada deles. Isso significava mais polícia. A quarta opção... a quarta opção era uma possibilidade.

Arrastei Watson até um beco, para trás de uma caçamba de lixo bem nos fundos. Um instante depois, um carro de polícia passou correndo. O carro seguinte ficou preso no trânsito. A sirene uivava sem parar, como um cão de caça.

— Vou ligar para a polícia da Inglaterra — sussurrei. Watson fez que sim.

Já era tarde da noite em Londres, mas a inspetora Green estava acordada.

— Oi, Stevie — disse ela.

— Sim. Oi. Preciso de um esconderijo em Lower Manhattan.

— O que você fez com o apartamento da Lisa?

— Nada. A gente só... A gente acabou de encarar o Lucien Moriarty num banheiro público no SoHo.

— A gente quem?

— Eu e o Watson.

— Entendi. Brilhante. Parabéns.

— Você pode me ajudar ou não, mas me poupe dos comentários espertinhos — sibilei.

— Estou ouvindo sirenes — resmungou ela, mas dava para ouvi-la digitando. — Está bem. Escuta, eu já estava pra falar com você de qualquer maneira. Fizemos contato hoje com uma nova fonte.

— Quem?

— Merrick Morgan-Vilk. Ele está na sua área. Vou ligar para ele para dizer que vou te mandar até lá. Aqui, estou com um endereço. Você tem uma caneta à mão?

Watson deixou escapar um som horrível e sufocado. Um rato tinha saído da caçamba e passava rastejando pelos sapatos dele.

— Não — respondi. — Mas minha memória é boa.

vinte e cinco
jamie

Enquanto éramos conduzidos à entrada dos fundos da residência de Morgan-Vilk, percebi que minha camisa estava cheia do sangue de Lucien Moriarty. Ou talvez fosse meu próprio sangue. Era difícil saber. Holmes, que vivia sempre tão meticulosamente limpa, estava imunda. A barra do vestido vermelho tinha ficado marrom e esfarrapada, e as pernas estavam com cortes e hematomas sujos por toda parte. Eu e ela ficamos parados na cozinha como uma dupla de gêmeos assassinos no meio da Peste Negra.

A cozinha em si não tinha nada de extraordinário — armários, mesa, uma pia de aço inoxidável. Pelo que pude ver da escada que levava ao andar de cima, Morgan-Vilk estava alugando os dois primeiros andares de um prédio de tijolinhos.

A garota que nos recebeu nos olhou com cautela.

— O sr. Morgan-Vilk acabou de sair para buscar uns documentos.

— Certo — disse Holmes. — Tudo bem. Quem é você?

— Minha colega — disse Milo Holmes, sentado à mesa da cozinha, enquanto a assistente dele saía em silêncio.

Quase caí para trás. Não o tinha visto ali. Pelo jeito como a Holmes arregalou e depois semicerrou os olhos, ela também não o tinha visto. Até onde eu sabia, era a primeira vez que isso acontecia.

Talvez fosse porque Milo estava bem diferente. Roupas esportivas. Uma barba gigante. Sem óculos, o cabelo comprido, amarrado em um coque no topo da cabeça. Um copo vazio na frente dele e uma garrafa.

— Não — disse a Holmes, esgueirando-se em direção à porta. — Não, de jeito nenhum.

Por um momento hilariante, pensei que ela estivesse falando do coque samurai dele.

— Senta — disse Milo, e fiquei chocado ao ouvir as palavras balbuciadas, como se ele estivesse meio bêbado. — Senta ou eu vou te arrastar de volta para essa casa e te amarrar nessa maldita cadeira.

Sempre tive medo de Milo Holmes — seria burrice não ter —, mas, naquele momento, estava apavorado.

A Holmes estava impassível, mas sentou-se de frente para ele lentamente, como se ele pudesse atacá-la.

— A inspetora Green me mandou aqui. Vim para ver Merrick Morgan-Vilk.

— Você sempre supõe que eu não sei dessas coisas — disse Milo. Ele serviu mais uísque no copo. — Você nunca aprende, né?

Engoli em seco.

— Por que você está aqui, Milo?

— Jamie — disse ele, com um desdém exagerado. — Que falta de educação, me perdoe. Talvez vocês queiram trocar de roupa?

— Não, obrigado. Milo...
— Parem de me olhar que nem dois coelhinhos assustados. — Ele levou o copo aos lábios. — Eu queria vocês aqui. Não vou machucar vocês.

A Holmes ficou olhando para a garganta dele enquanto Milo engolia.

— Você está em contato com a inspetora Green?
— Foi a inspetora Green quem me procurou, garota. — A resposta veio de uma voz retumbante que descia a escada.
— Espera, espera. Sim, olá.

Merrick Morgan-Vilk estava meio sem fôlego. Estava equilibrando uma caixa de documentos na cintura rechonchuda e nos cumprimentou com um sorriso de político. Por força do hábito, me pus de pé na mesma hora. Holmes estendeu a mão da cadeira onde estava.

— Merrick — disse Milo. — A srta. Holmes gostaria de saber o que "está acontecendo aqui". — Quase dava para ver as aspas com os dedos.

Ele depositou a caixa de documentos em cima da mesa.

— Nosso amigo Milo aqui...

Milo fez uma saudação.

— ...me apresentou aos amigos dele no Conselho de Segurança da ONU. Estou aqui para trabalhar com um comitê exploratório.

— Entendi — falei. Mas, na verdade, não entendia nada.

— Isso não importa — disse Milo. — Estou aqui porque não acho que os americanos vão me extraditar para a Grã--Bretanha. Bom. Imagino que não. Talvez me extraditem. Quem sabe?

Morgan-Vilk contraiu os lábios.

— Tivemos algumas... novidades nos últimos dias.

Milo tomou outro gole.

— Uma filmagem da câmera de segurança. Imagine só. Uma filmagem da câmera da *minha* propriedade, que *eu* instalei, uma filmagem que apaguei tão bem que não deixou nenhum rastro e, de alguma forma, foi parar na mesa de algum idiota na Scotland Yard, alguém que não estava a par da situação...

— Uma filmagem. De você... de você atirando em...

— Não consegui fazer minha boca dizer as palavras. Dizer *August Moriarty*.

Por um instante, a Holmes enterrou a cabeça nas mãos.

— E aí? Agora você está sentindo toda a culpa que andou reprimindo?

— Culpa? — Milo ergueu o copo contra a luz. — Isso é culpa? Só não estou particularmente a fim de ir para a cadeia.

Holmes parecia prestes a pular em cima dele do outro lado da mesa, com as garras estendidas. Eu pus a mão no ombro dela.

— Ei.

Ela se contraiu, depois relaxou. E então fez que sim.

Milo assistiu à cena com algum interesse.

— Que nojo — disse, para ninguém, e então acabou com o restante do uísque.

Morgan-Vilk pigarreou.

— Charlotte. Estávamos falando sobre a ONU?

— Certo — respondeu ela, ainda de olho em Milo. — E da sua amante, é claro.

Em defesa dele (ou, na verdade, talvez contra ele), Morgan-Vilk sorriu.

— O quê? Espera. Desculpa — eu falei. — Ainda estou meio perdido.

— Sr. Morgan-Vilk, para pouparmos um pouco de tempo, você se importaria se eu explicasse ao Watson sua situação atual e o que todos nós estamos fazendo aqui?

Merrick Morgan-Vilk parecia encantado. Ele teria gostado do meu pai.

— Sim, vá em frente.

— Por onde eu começo? — perguntou a Holmes, examinando-o com os olhos.

— Bom, indo direto ao ponto, minha amante não é mais minha amante...

— Não, claro que não — disse ela. — Sua amante não é mais sua amante; ela é sua esposa. Essa é fácil, é só ver a aliança. Mas ela não está aqui com você... Percebi que você está girando o anel no dedo, talvez porque tenha se esquecido de ligar para ela hoje e agora já está muito tarde para entrar em contato lá na Grã-Bretanha. Qual era o seu distrito, quando você era parlamentar? Ela está no velho casarão da família? Não... Isso ia chatear seus filhos. Um apartamento, então, em Londres, porque, se alguém está evitando o interior e tem dinheiro, é para lá que vai. E você, aliás, não está concorrendo a nenhum cargo, então não sei por que insiste em chamar o que está fazendo de comitê exploratório.

— Ah, é? — perguntou ele. — E como é que você sabe disso?

— Você está dormindo bem, se alimentando bem e parece em paz. — A Holmes parou por um instante, olhando ao longe, e então prosseguiu. — Nenhum homem concorrendo mais uma vez a um cargo político depois de um escândalo sexual estaria tão confortável. Também não estaria nos Estados Unidos. Seria absurdamente estúpido arrecadar dinheiro estadunidense para concorrer a um cargo britânico. Você vai se encontrar com um membro do Conselho de Segurança da ONU? Então quer dizer que deixou a eleição de lado. Está tentando angariar apoio para uma indicação a um cargo de embaixador, o que não é exatamente legal, mas também não é exatamente ilegal. Isso explica todo o mistério.

 O sr. Morgan-Vilk aplaudiu. Ele tinha um sorriso alegre e maravilhoso.

 — Ah, excelente — disse ele ao Milo. — Gostei da sua irmã. Que divertido.

 Milo balançou a cabeça.

 — Ela está deixando de lado todas as partes importantes. Tipo nos dizer que merda está fazendo aqui.

 Holmes fez uma careta.

 — Liguei para a Scotland Yard porque precisava de um esconderijo.

 — Porque você tinha acabado de espancar Lucien Moriarty quase até a morte — disse o sr. Morgan-Vilk com o mesmo sorriso alegre de antes. Saí de perto dele de fininho. Talvez não quisesse mais que ele conhecesse meu pai. — Como foi que você conseguiu isso? — perguntou ele para mim. — Excelente trabalho, de verdade.

 — Ah. Rúgbi?

 — Eu devia ter jogado rúgbi — comentou ele. — Que pena. Bom, enfim, o sr. Moriarty. Tenho muito interesse no sr. Moriarty.

 Holmes franziu a testa.

— Dei uma olhada nos registros. Quando falei com seu filho, sabe...

— Quando foi isso?

— Na segunda-feira — disse a Holmes. — Na escadaria do prédio dele.

Ela falou com tanta naturalidade que levei um segundo para me tocar.

— Você estava lá...

— Mais tarde — disse ela, e me lançou um olhar que não consegui interpretar muito bem. — Quando falei com ele, tive a impressão de que talvez o Lucien tivesse abandonado a sua campanha para lidar com a questão do irmão dele, August, ter perdido o emprego como meu tutor.

— "Perder o emprego." Que eufemismo. Não dá pra esquecer o carregamento de cocaína, nem que você o incriminou — disse Milo.

— Fico feliz de servir de entretenimento. Sim, eu e meus erros deploráveis. É tudo bem dramático. — O tom da Holmes era ácido. — Mas eu fiz minhas pesquisas, e as datas não batem. Sua eleição foi no verão antes de tudo isso acontecer. Então por que o Lucien pediu demissão logo antes do seu escândalo vir à tona? Quando ele teria literalmente sido necessário para "consertar" os seus problemas?

Os dois se encararam. Morgan-Vilk apoiou as mãos na barriga.

— Depois que o Moriarty pediu demissão e eu perdi meu cargo no Parlamento de forma tão drástica, tive algum tempo livre. Como você pode imaginar, desenvolvi uma certa... fixação pelo Lucien.

— E aí?

— Ele presta consultoria para vários clientes, sabe? Inventa histórias para eles nos noticiários. Ele não trabalha para o governo inglês há anos; só atua no setor privado. Passar os dias contando mentiras como forma de sustento... é tóxico. Isso pode acabar com seu senso de certo e errado, e se você já não tinha muito desse senso, para início de conversa... Quer saber por que ele saiu da minha campanha?

— Por quê? — eu perguntei.

— Ele estava tendo um caso com a minha esposa — disse Morgan-Vilk. Não havia um pingo de emoção na voz dele.

— E eu não fazia ideia. Estava acontecendo fazia mais de uma década. O Lucien tinha... o quê, uns vinte e poucos anos quando começou a trabalhar para mim? Jovem, bonitão. Ele tem aquele charme preguiçoso, ou tinha, pelo menos. E o sobrenome Moriarty. Tem um certo glamour estranho. Imagino que minha esposa tenha se sentido atraída. Ele saiu da minha campanha porque minha filha, Anna, estava com treze anos, e assim que chegou à puberdade começou a ficar a cara dele.

Anna.

Anna Morgan-Vilk.

Anna, com os mil dólares desaparecidos.

— Não — sussurrei. — Você só pode estar...

— Fizeram algum teste de paternidade? — questionou Holmes.

— Claro que sim — respondeu Morgan-Vilk. — O Lucien usava o cabelo mais comprido naquela época. A Anna fez tudo por conta própria: arrancou alguns fios do casaco dele e os enviou pelo correio. Ela mostrou o resultado a ele na semana anterior às eleições.

— E ele meteu o pé — falei.

— Sim — disse Morgan-Vilk. Aquele sorriso de novo, tipo Papai Noel. — Sim, ele meteu o pé. Gosto bastante dessa expressão. E quando a notícia da minha amante veio à tona, na semana seguinte... bom. Minha filha me odiou. Ela odiou a mãe. E passou a venerar o "pai" que tinha acabado de descobrir que existia. Tentou ir morar com ele, sabe, e ele tratou logo de mandá-la para um colégio interno.

— O nosso colégio. Ela está trabalhando pra ele agora — falei. — Armou direitinho pra cima de mim no início da semana.

— Ah, imaginei que ela pudesse fazer algo do tipo. Jogo sujo. — O sorriso de Morgan-Vilk murchou um pouco. — Detesto saber que minha garota está metida nisso tudo. Vocês dois... bom. Como eu disse, essa história da Charlotte, do August e do Lucien é o tipo de pesadelo que não sai da minha cabeça quando penso na Anna. Aquele homem quer atingir você, e está usando minha filha para isso.

— Sinto muito — disse Milo, e, para minha surpresa, pareceu genuíno. Talvez fosse porque a garrafa estava quase vazia. Ele se levantou, cambaleante, para abrir a caixa de documentos em cima da mesa. — Vim aqui originalmente para discutir certas ações que o sr. Morgan-Vilk poderia tomar para melhorar sua imagem pública, tanto aqui quanto no exterior.

Mesmo bêbado e desgrenhado, Milo Holmes tinha certa dignidade que fazia a gente se sentir relutante em contradizê--lo. Mas não dava pra deixar essa passar.

— Então tá. Sua presença aqui não teve nada a ver com derrubar o Lucien. Com ajudar sua irmã.

Ela o encarou. Ele fez que não de modo quase imperceptível.

— Por favor. O Moriarty está por trás de muitos esquemas. O de vocês não é o único. — Morgan-Vilk apontou para os arquivos na caixa de documentos. — Vou direto ao ponto. Ele é um criminoso de marca maior, e eu preciso do reconhecimento que ganharia ao botá-lo na justiça. Então, gostaria de ser a pessoa que vai entregá-lo à polícia, se vocês não se importarem. Já estou trabalhando nos detalhes da extradição.

— Se a gente não se importar? — Dei uma risada amarga. — Não posso falar pela Holmes, mas, sim, por favor, pelo amor de Deus, leve esse cara embora algemado. Aquele filho da puta acabou de se casar com a minha *mãe*.

— Casou, é? — murmurou Milo, como se estivesse perguntando sobre o tempo.

— É um bom motivo para ostentar o sangue de alguém na própria camisa — comentou Morgan-Vilk.

— Na verdade, não sei se concordo com isso, mas tudo bem, beleza. Olha, ele tem algum tipo de plano. Quem sabe até onde esse plano vai? E ele já está quase conseguindo... o Milo está escondido, bêbado, dando conselhos a você em uma *cozinha*, e eu e a Holmes estamos de mãos atadas. Nem imagino o que ele está contando à polícia agora. Os fatos em si são bastante comprometedores.

— Quais são?

A Holmes suspirou.

— Nós o espancamos, tiramos suas armas, a carteira e o passaporte falso, e aí fugimos da polícia pela janela do banheiro.

Morgan-Vilk deu um assobio; Milo estendeu a mão.

— O passaporte dele — pediu Milo. — E a carteira.

— Não.

— Como é?

— Não — repetiu a Holmes. — Por que eu ajudaria você? O que eu ganharia com isso?

— Ah, sei lá, Lottie. Ficaria mais perto de botar seu algoz atrás das grades?

— Você não ajuda em nada. — Ela estava tendo dificuldade com as palavras. Com seu vestido vermelho imundo, a Holmes parecia uma garota que tinha fugido de uma explosão. — Milo, você não sabe ajudar. Em vez disso, você assume o controle. Você piora as coisas. Eu sabia o que estava fazendo! Sabia onde o Leander estava! Eu ia *libertá-lo*, fui até Berlim para atrair o Hadrian e a Phillipa para a nossa casa. A inspetora Green ia "prendê-los". O Lucien nunca ia deixar que o irmão e a irmã levassem a culpa de algo que ele tinha feito. Ele é leal nesse nível. Para libertá-los, ele teria que agir! Teria que se expor! Era um *plano*, um bom plano, e aí você me aparece com seu *rifle de precisão*? Ele não tinha mira? Você não parou para olhar antes de atirar? Você...

Milo estendeu as mãos. Estavam tremendo.

— Eu estava tentando proteger você — disse ele, baixinho. — Tudo que eu queria era proteger você.

— Você teve anos para me proteger — rebateu Holmes, derrotada. — Foi um péssimo momento para começar.

Eles se encararam.

— Charlotte — disse Morgan-Vilk em meio ao silêncio.

— Ah, pelo amor de Deus, tá bom — disse ela. — Tá bom. Que tal assim? Eu te dou *cópias* do passaporte falso do Lucien e de tudo que estiver na carteira dele. Em troca dos originais, deixo você entregar o filho da mãe quando chegar o momento.

— E quando é o momento? — perguntou Morgan-Vilk.

A Holmes me olhou de relance.

— Watson?

Ela estava pedindo minha opinião.

— Ainda temos alguns assuntos pendentes — respondi, surpreso. — Que tal amanhã?

Enquanto a Holmes supervisionava a extensa sessão de fotos que a assistente de Milo estava fazendo dos pertences de Lucien, eu me afastei para ligar o celular. Ele tocou tantas vezes desde que fugimos que precisei desligá-lo para economizar bateria.

Eu estava com quase cem mensagens, quase todas da minha madrasta, Abigail. *Jamie, o que foi que você fez? O que deu em você?* e *Jamie, vem pra casa, vai ficar tudo bem*, uma mentira deslavada, e *Seu pai não para de me dizer para deixar a polícia lidar com isso, mas não sei o que está acontecendo, o que passou pela sua cabeça, como você pôde fazer uma coisa dessas?* Fiquei horrorizado por ela, mas quando comecei a digitar uma resposta, me dei conta de que talvez ela não estivesse de posse do celular. Na verdade, eu podia apostar que não estava. Se não estivesse com Lucien Moriarty, então estaria com a polícia.

Não recebi nada da minha mãe. Bem, agora que a adrenalina estava começando a deixar meu corpo, era preciso aceitar a possibilidade de nunca mais receber nada da minha mãe. Eu tinha acabado de agredir o novo marido dela em um banheiro público. Não dava nem para processar o que ela devia estar sentindo. Por mais que ela descobrisse que Lucien Moriarty estivera por trás daquilo o tempo todo, eu tinha batido nele com tanta brutalidade que ela só podia pensar que eu era um monstro. Como seria capaz de olhar na minha cara de novo?

Percebi que estava tremendo. Enjoado. Respirei fundo. *Pense nisso mais tarde*, disse a mim mesmo. *Não dá para lidar com isso agora.*

Mensagens de Elizabeth para ter certeza de que eu estava bem; ela não tinha recebido notícias minhas. Mensagens de Lena, incompreensíveis, cheias de emojis de unicórnio, comemorando algum tipo de vitória que ela achava que aconteceria quando nos encontrássemos de noite.

E uma única mensagem do meu pai. *Quero que saiba que estou orgulhoso de você.* Mais nada.

Por algum motivo, isso me assustou mais do que qualquer outra coisa que eu tinha visto aquela noite.

Eu estava esgotado, e muito, quando Holmes voltou com o passaporte na mão.

— Vou ter que dormir com isso aqui debaixo do travesseiro — murmurou ela, enquanto Morgan-Vilk falava no celular ao fundo.

Mostrei a Holmes minhas mensagens dela e de Elizabeth.

— O que você acha? Será que a gente deveria se encontrar com a Lena? Ver o que ela está tramando?

— Acho que sim. Meu plano era ir embora do país hoje à noite...

Eu a encarei.

— Hoje à noite?

Ela se apressou em prosseguir.

— ...mas não acho que seja seguro me juntar ao meu tio de novo...

— Espera, você estava com o Leander? Há quanto tempo?

— ...ou talvez seja seguro, mas por que arriscar? E aí tem a questão de você estar sendo perseguido pela polícia, e eu... bem. Prefiro ficar aqui. Mas a Lena disse meia-noite. Ainda faltam quatro horas para termos que voltar à Sherringford.

— Meu Deus. — Eram só oito da noite. Foi um choque perceber que não tinha se passado uma semana inteira desde que saí do campus, naquela tarde.

— Bem. — A Holmes não estava me olhando nos olhos direito. Ao fundo, Milo despejou uma pasta de arquivo em cima da mesa, e papéis se espalharam como folhas caindo das árvores.

— Não tivemos a chance de... Não te contei sobre a Shelby — falei, e a lembrança voltou em uma cascata terrível. Como pude ter esquecido? Lucien/Ted, e nossa corrida maluca pela cidade, e Milo surgindo como o Fantasma da Ressaca Passada... Tudo isso me distraiu da minha irmã. — Ela começou hoje na escola nova, aqui nos Estados Unidos, mas acho que é mais um golpe do Lucien. Minha mãe diz que ela só está com saudade de casa, mas eu confio no bom senso da minha irmã. E Holmes... a Shel estava assustada quando me ligou. Assustada a ponto de se esconder num armário. Isso não é saudade de casa.

A Holmes voltou a concentrar o olhar em mim.

— Onde fica?

— Em algum lugar perto da Sherringford, eu acho? Não sei...

— Tira ela de lá — disse a Holmes na mesma hora. — Agora. *Agora*, Jamie. Há quanto tempo ela está lá?

— Só faz algumas horas. Espero que não tenha sido tempo o suficiente para algo horrível ter acontecido.

— Muitas coisas horríveis podem acontecer com uma garota em poucas horas.

— A gente consegue um carro? Como faz para sair da cidade? Será que...

— Precisam da minha ajuda? — gritou Milo.

— Não — dissemos a Holmes e eu em uníssono. Ela me arrastou para longe dele e de Morgan-Vilk, em direção ao corredor escuro.

Chegando lá, ela andou de um lado para outro, passando as mãos pelo cabelo.

— Não. Não, a gente não pode estar em todos os lugares. Não dá pra tentar estar. Nós temos recursos... sim. Meu tio.

— Meu pai — falei, pegando o celular. — Vou mandar uma mensagem.

Pai, escrevi. *A Shelby está em perigo. A escola nova ... Acho que é fachada para alguma coisa.*

A Holmes estava observando meus dedos.

— O Lucien presta consultoria para uma escola em Connecticut. Uma escola de reabilitação ao ar livre. Já estive em lugares desse tipo, e eles são horríveis, mas em geral são seguros. Não sei até que ponto isso se aplica se o Lucien estiver envolvido.

— Ela é só uma garotinha — falei, quase em desespero.

— Pois é — disse Holmes. — Queria que isso fizesse diferença.

Pega o Leander e tira ela de lá. Por favor, escrevi e desliguei o celular, mas mesmo assim não consegui desgrudar os olhos da tela, como se algum tipo de consolo fosse aparecer ali em um passe de mágica.

— Deixa esse assunto de lado por enquanto — disse ela, me observando. — Confia neles. No seu pai. No Leander. Eles já lidaram com coisas piores. E eu conheço sua irmã. Ela é forte.

— Tá — respondi, porque era horrível e era verdade.

— Tá — disse ela, e depois: — Jamie. A gente pode conversar?

— Pode, é claro — respondi. Porque ainda não tínhamos conversado, não de verdade.

Ela se remexeu um pouco, flexionando as mãos.

— Tem um quarto lá no andar de cima — falou ela por fim. — Se quiser um pouco de privacidade.

— Ah. — Minha nuca ficou quente, depois gelada. — Ah. Tá bom.

— Nada de "ah" — disse ela, refutando automaticamente, e então: — Quer dizer. Não é necessariamente nada de "ah". Não é "ah" a menos que... Droga, Jamie, estou me esforçando, será que a gente pode ir lá pra cima, por favor?

A casa era maior do que eu tinha me dado conta. O quarto que nos foi concedido ficava no final de um longo corredor, com as tábuas do piso esbranquiçadas e empenadas, e paredes também revestidas de um branco empoeirado. Todos os outros quartos estavam fechados, inutilizados, e havia um cheiro de mofo no ar, como se ninguém tivesse aberto uma janela durante todo o inverno.

Nosso quarto tinha a mesma vibe mal-assombrada. Na cama havia uma pilha alta de travesseiros e roupas de cama brancas, e havia cadeiras e uma cômoda, mas estavam cobertas por panos para protegê-las da poeira. Senti vontade de arrancá-los e sacudi-los, para ver se havia alguma coisa ali embaixo que valesse a pena salvar, mas não fiz isso. Eram bonitas do jeito que estavam.

Holmes não deu muita bola. Não ligava para esse tipo de beleza.

— Alguém deve ter grampeado o quarto — murmurou ela e, no mesmo instante, passou a desmembrá-lo parte por parte, começando pela cama. Assim que terminou de apalpar o colchão, eu me joguei nele e a observei em ação.

Era o primeiro momento que tinha a sós com ela em mais de um ano.

Eu me peguei buscando sinais de mudança, alguns que dessem para enxergar. O cabelo dela estava mais ou menos do mesmo tamanho, escuro e liso até os ombros, os olhos ainda eram do mesmo cinza incomensurável. Ela estava desmontando a cômoda no momento, removendo cada gaveta para examiná-las, e avançava com a intensidade furiosa que sempre demonstrava quando estávamos envolvidos em um caso.

Era como um míssil, feito de estruturas, metal e combustível de foguete, mortal e incontrolável, disparado para atingir um alvo minúsculo a milhares de quilômetros de distância. Era esse nível de precisão. Era esse nível de incrível.

Parei por ali. Um ano batendo cabeça, sozinho, xingando-a, de luto pela morte de August, cheio de culpa e vergonha. E em uma hora juntos em Manhattan, eu já a estava admirando?

Sério?

Senti que estava começando a me fechar.

— O que foi? — perguntou ela, sacudindo o lençol da última cadeira, o que levantou uma tempestade de poeira.

— Nada — falei, tossindo. — Precisa de ajuda?

— Estou quase acabando. — Ela enfiou as mãos por baixo da almofada. — Espera... não. Espera aí. — Franzindo a testa, ela examinou o objeto na palma da mão. — Acho que isso é um grampo mesmo.

— Talvez seja melhor lavar as mãos, e...

— Certo.

Quando ela voltou, vi que também tinha feito algum esforço para lavar a barra do vestido.

— Acho que não tem como salvar — disse a Holmes, parada meio sem jeito ao lado da cama. — Fico me sentindo mal. Peguei esse vestido da casa onde eu estava hospedada.

— Onde você estava hospedada? — perguntei, porque não sabia mais o que dizer.

— Ah — disse a Holmes, juntando os lençóis e travesseiros nos braços. Sem cerimônia, ela despejou tudo em cima de mim. — Eu não... Quer dizer... Lembra a inspetora Green?

Era difícil esquecê-la. Foi ela quem prendeu a Holmes por matar August Moriarty.

— Lembro — respondi, neutro.

— A gente se conhece há tanto tempo... Não. Quer dizer, sim, ela era no caso das esmeraldas de Jameson, mas eu... A irmã dela...

— Você estava na casa da irmã dela — falei, me sentando.

— Estava.

— Sozinha?

— Faz um tempo que estou sozinha — disse ela, com uma leveza que era obviamente falsa. — Mas o Leander está comigo agora... Não sabia se você sabia disso.

— Não sabia. Mas faz sentido, já que vocês dois apareceram juntos hoje.

— Claro.

— Eu não sou burro, Holmes — falei, e ela recuou.

Por que joguei isso na cara dela? Por que tudo de repente tinha ficado tão difícil? A gente era capaz de derrubar nosso pior pesadelo em um banheiro de restaurante e depois escapar pela maldita cidade de Nova York no meio da noite, mas eu não conseguia falar a sós com ela em um quarto silencioso.

— Nunca achei que você fosse burro — disse ela. — Nunca. Você sabe disso.

Eu estava me esforçando ao máximo para me manter no presente, compreendê-la. Mas a resposta na defensiva — *você sabe disso* — me tirou do sério.

— Eu não era digno — falei, tentando manter a voz calma. — Você decidiu que eu não era digno de ouvir a verdade. Você não foi capaz nem de me dizer para onde estava indo. A polícia te levou embora, e você deu no pé sem dizer uma palavra. Você sumiu. Um *ano* se passou, Holmes. Um ano! Até onde eu sabia, você estava... você estava morta.

— Você é meu amigo — disse ela, cruzando os braços.

— Meu único amigo. Se fosse para contar a alguém o que eu estava fazendo, teria contado para você. Mas achei que você fosse confiar em mim.

— Não me vem com essa. A gente rodou a Europa atrás do Hadrian e da Phillipa porque você mentiu pra mim. Eu deveria ter confiado em você depois disso? O Leander estava no seu *porão*. Você sabia disso. E não me contou. Eu deveria ter confiado em você depois disso?

— Deveria — disse ela no automático. Em seguida, se retraiu. — Não. Não, claro que não. Mas dá pra me culpar por não pensar com clareza depois do que aconteceu com o...

— Com o August — falei. — Bom, você estava pensando com clareza o suficiente para me dar ordens.

Ela me lançou um olhar desesperado.

— Não foram boas ordens.

— Claramente não.

Holmes se remexeu.

— Mais alguma coisa?

— Bom. — Encolhi os joelhos contra o peito. — Eu... é só isso.

— É só isso?

— Eu tinha... Tem tanta coisa que eu queria te contar. Cometi tantos erros. Eu sinto... sinto quase como se você tivesse acabado comigo.

— Watson...

— Ou talvez eu já estivesse acabado. Não sabia por que você tinha me aturado por tanto tempo, e a princípio pensei: *Não sou tão esperto quanto ela; sou apenas o coadjuvante.* Pensei que você me quisesse por perto porque eu... eu te admirava. Não dava para esconder; o sentimento era muito forte. Eu só não sabia o que você queria de mim. O que *você* ganhava com nós dois juntos. E aí você foi embora, e eu... acho que me perdi. Não gosto mais de mim. Eu costumava gostar de mim. Pelo menos um pouquinho. E tenho me comportado que nem um monstro.

— Você acha que eu fiz isso com você? — Era uma pergunta honesta.

— Talvez — respondi, e engoli em seco. Em seguida, disse o que estava pensando desde que Lucien Moriarty me arrastou para fora daquela cabine no banheiro. — Holmes, não sei se vamos sair vivos dessa.

Os olhos dela estavam brilhando.

— Eu sei.

Forcei uma risada.

— Últimas palavras?

Ela deu de ombros.

— Holmes... — Afastei o edredom, os lençóis, toda aquela montanha de branco para abrir espaço ao meu lado. —Vem aqui — falei, e então me retraí. — Quer dizer. Se você quiser.

Ela se sentou cautelosamente na beirada da cama.

— Jamie...

A palavra pairou no ar.

— Desculpa — disse ela de repente.

— Pelo quê?

— Eu... Desculpa, Jamie.

Esperei. Às vezes, eu era capaz de interpretá-la com tanta clareza que era como se os pensamentos dela estivessem passando pelo céu, e às vezes ela era a criatura mais misteriosa do mundo.

— Quando eu te conheci, eu ainda estava... *Odeio* isso.

Palavras são muito imprecisas, me lembrei dela dizendo certa vez. *Muitos tons de significado. E as pessoas as usam para mentir.*

A expressão no rosto de Holmes era a de quem tentava arrancar alguma coisa do fundo do coração.

— Tenta — falei.

— Eu estava... Acho que a única forma de descrever é fora de controle.

— Fora de controle?

Enquanto falava, ela fazia longas pausas entre uma frase e outra.

— Ou faminta. Como se eu tivesse passado anos confinada dentro de um quarto recebendo só água e comida suficientes para sobreviver. Aí me levaram a um bufê, e ele estava cheio de gente que comia havia anos. Eu sabia que não fazia parte daquele grupo. Eu mal era uma pessoa. Eu era... Eu só *queria*. Estava morta de fome, mas isso me fez ser ácida. O mundo era suave demais, complacente demais. Eu o odiava por isso. Também não é bem isso. Talvez eu estivesse presa debaixo d'água. Talvez eu tivesse me prendido lá. Quando te conheci, pensei que estava no fim de tudo. — Ela juntou os joelhos contra o peito. — No meu fim, eu acho. Acho que era verdade, eu estava no fim de qualquer coisa que eu fosse. Mas precisava dar um ponto final nisso por conta própria, entende? Sozinha. Eu queria... Quando te visse de novo, queria ter encontrado um recomeço.

Não a entendi nem um pouco. Pensei: *Nunca vou conhecer ninguém melhor do que a conheço.*

— Desculpa — disse ela simplesmente. O cabelo escuro caía em volta do seu rosto. — Eu devia ter te contado meus planos. Acabei entrando em pânico. O August estava morto, e todo mundo tinha caído fora, e havia armas em jogo, e você não estava em segurança. Tudo em que consegui pensar foi:

Se eu levar o Watson para a inspetora Green, ele vai ficar fora de perigo. Ela vai saber o que fazer. Pulei todas as outras etapas e fui direto a esse ponto. Eu fico tão impaciente, mas estava errada, e eu...

— Você deixou seu irmão se safar. — Tentei manter a voz firme.

A Holmes fez que não rapidamente.

— Ele teria se safado de qualquer maneira. Não dava para prendê-lo na época. Talvez ainda não dê. Não com o dinheiro que ele tem, não com a equipe de advogados que ele tem. O Milo era processado talvez duas vezes por semana. Ele tinha uma equipe de emergência de plantão 24 horas por dia, ele botaria a polícia de Sussex no chinelo. E agora... Sei lá. Talvez a justiça seja feita.

— Espero que sim. Senão, não vai sobrar mais ninguém para assumir a responsabilidade. Pelo August.

— Vai, sim. Posso até ter começado isso tudo, mas vou dar um ponto final com a prisão do Lucien. E mesmo que ele não tenha matado o August, ainda vou considerar o caso encerrado. Talvez eu seja a responsável pela morte dele. Mas eu era... era uma criança, e não tinha sido orientada, e tomei uma péssima decisão. Pensei que fosse conseguir que ele fosse demitido do cargo de meu tutor. Não acho que isso me torne responsável pela morte dele. Talvez isso faça de mim uma má pessoa. — Ela endireitou os ombros. — Mas eu... não acho que eu sou.

— Não acho que você seja má pessoa.

— Você achava.

— Não acho mais — falei, e descobri que estava sendo sincero.

— Eu quero ser boa — disse ela. — Quero ser boa sem ser boazinha. Será que dá pra fazer isso?

Abri um sorriso; foi mais forte do que eu.

— Gosto mais de você quando não é boazinha.

Eu estava lutando contra o impulso de tocá-la, mas ela se virou para mim de repente e afundou o rosto no meu pescoço. Meus braços a envolveram quase que por vontade própria.

— *Odeio* isso. — Ela enxugou o rosto com gestos raivosos. — Estou chorando a semana inteira, e por quê? Por você? Por Lucien Moriarty?

— Estou enchendo seu vestido do sangue dele. Eu também choraria.

— Você não está mais namorando aquela garota — disse ela.

Arqueei as sobrancelhas.

— Isso não foi uma pergunta.

— Você não está mais usando o cachecol dela.

— Quando foi que você me viu usando aquele cachecol? Naquela escadaria?

Ela abriu seu sorriso imprevisível.

— Tenho minhas fontes.

— É isso que você andou fazendo esse tempo todo? — perguntei, acariciando o cabelo dela. — Me observando?

— Seria horrível se fosse?

Soltei o ar.

— Um pouquinho horrível.

Ela se afastou para ver meu rosto.

— Você não acha horrível.

— Não.

— Você acha meio sexy, na verdade. — Aquele sorriso de novo, que logo sumiu.

— Você acabou de dizer "meio sexy"? Quem é você?

— Recentemente, andei sendo uma vlogueira de moda — disse ela, e então me beijou, um beijo rápido, impulsivo, como que por acidente.

— Ei — falei baixinho, me afastando.

Ela puxou meu colarinho. Senti a mão dela descendo, e ela abriu o botão de cima bem devagar, deslizando-o entre os dedos. Era assim que as coisas funcionavam com ela. Um vaivém. Nada que desse para prever.

Nunca pensei que chegaríamos a esse ponto de novo.

— Holmes — falei, estendendo o braço para tocar as mãos dela, para segurá-las.

— Você me perdoa?

— Parece que você está tomando algum tipo de decisão — falei, porque ela estava me assustando um pouco.

— Perdoa?

Parei para pensar. Havia pouco tempo, eu queria tudo que viesse dela. Queria que ela fosse minha confidente, minha general. Minha melhor e única amiga. Queria que ela fosse minha outra metade, como se juntos formássemos uma moeda. Ela era a coroa da minha cara. Eu a amava como se ama a pessoa que você sempre quis ser e, em troca, eu a teria seguido a qualquer lugar, perdoado qualquer ação, lutado para mantê-la no alto de seu trono.

Quando esse mito que criei em volta dela caiu por terra, eu não soube o que fazer. Ao longo do último ano, qualquer pensamento que eu tinha a respeito dela parecia errado. Como eu seria capaz de entender os acontecimentos quando tinha inserido tantas lentes entre a minha vivência com ela e a garota que de fato ela era?

A Holmes não era um mito, não era um rei. Era uma pessoa. E, para ter um relacionamento com uma pessoa, era necessário tratá-la como tal.

— Posso te perdoar um pouquinho agora? E aí mais um pouquinho amanhã, e mais um pouquinho no dia seguinte? Se tiver um dia seguinte?

— Pode — disse ela depressa, como se fosse mais do que tinha pedido. Como se eu pudesse voltar atrás.

— Contanto que você não exploda nada, é claro.

— Sim.

— Ou tente dar uma olhada nos meus ouvidos enquanto estou dormindo...

— Sim — disse ela com uma risada. Sempre com aquela expressão no rosto, como se estivesse surpresa de estar rindo, como se fosse algo involuntário e um pouco vergonhoso, como um espirro.

Não consegui me segurar.

— Senti sua falta — falei, segurando os ombros dela. Ela estava ali. Ela estava ali, e eu podia tocá-la, e meu Deus, como eu podia ter tanta sorte? Falei de novo, sem conseguir conter: — Senti sua falta, senti sua falta...

— Jamie — disse ela, meio perdida. E repetiu meu nome, testando os contornos da palavra, quase como se falasse em voz alta pela primeira vez.

— Desde quando você me chama de Jamie? — A pergunta saiu suave, um tantinho perigosa.

— Por que você não me chama de Charlotte? — sussurrou ela. Seus dedos voltaram ao meu pescoço, depois seguiram um caminho invisível até minha bochecha, percorreram meus lábios. — Por que você não me chama pelo meu nome?

Porque ela era uma garota de uma história que eu amava. Porque, quando nos conhecemos, ela me disse para chamá-la de Holmes, e quando Charlotte me mandava fazer alguma coisa, eu obedecia.

— Você quer que eu te chame assim? — perguntei.

— Não — disse ela com certa urgência. — Não, só quero saber por quê.

— Porque eu precisava te chamar de um nome que fosse só meu — respondi, e os olhos dela se arregalaram e se escureceram de um jeito para o qual eu não tinha uma palavra. Uma hora mais tarde, ela ainda estava nos meus braços.

vinte e seis
charlotte

NÓS NOS LEVANTAMOS, POR FIM, QUANDO OUVIMOS UMA batida na porta.

— Vocês têm meia hora até que o carro que vai levá-los à Sherringford chegue — disse a assistente de Milo enquanto me entregava um pacote; roupas escuras do nosso tamanho que ela havia comprado e mandado passar. Eram muito mais legais do que qualquer coisa que eu usara ao longo do último ano; os sapatos, especialmente, eram belíssimos. Achei que talvez estivesse apaixonada por ela. Estava me sentindo muito amorosa naquele momento.

Watson e eu nos revezamos para tomar banho. De volta ao quarto, cantarolei um pouco em voz baixa enquanto fechava os botões da camisa. Ele amarrou os cadarços das novas botas pretas. Estava sorrindo — ele sempre quis um par igual ao meu.

— Como está se sentindo? — perguntou ele quando terminou.

Para mim, qualquer coisa feita numa cama com um garoto me causava tensão. Não sabia por quanto tempo isso seria verdade, talvez para sempre. Várias vezes naquela noite tivemos que nos interromper, conversar sobre o que estávamos fazendo e como estávamos nos sentindo a respeito. Parecia um exercício tedioso e, talvez, de certa forma, fosse. Eu não ligava.

Como eu estava me sentindo? Como uma das colmeias da minha tia Araminta, zumbindo como se houvesse uma cidade dentro de mim. Com Watson, eu sempre me tornava alguém melhor. Passei o último ano de luto pela nossa amizade, mas também sabendo que era melhor ficar afastada. E agora…

Agora, eu teria que continuar de luto pela nossa amizade, imaginei. Eu e ele já tínhamos chegado a esse ponto antes, num hotel em Praga, mas, antes que tivéssemos a chance de reconfigurar o que significávamos um para o outro, tudo se desintegrou ao nosso redor. Hoje à noite, seu cabelo escuro e bagunçado ainda estava úmido, e estávamos com o mesmo cheiro, já que tínhamos usado o mesmo xampu. Ele dobrou as bainhas das calças porque eram, como todas as calças dele, meio compridas demais, e não havia nada de novo nos ombros dele, mas uma hora antes eu os mapeei com os dedos mesmo assim. Amava os ombros dele. Ele ficou me observando, pensativo, enquanto eu tocava seus punhos, suas palmas. *Do que você está se lembrando?* Encaixei a mão dele no meu quadril e lhe contei das três outras vezes em que aquela mão estivera bem ali (numa livraria em South London, por acidente; no voo de volta à Inglaterra, para tirar meu celular do bolso; enquanto estávamos escovando os dentes no mesmo banheiro em Sussex, porque ele precisava abrir uma gaveta, e eu estava na frente). Não havia nenhuma marca em mim depois do que tinha acontecido hoje à noite, mas o torso dele estava escurecendo com os hematomas no lugar em que aquele desgraçado tinha enfiado o punho, as unhas ainda com um pouco de sangue, e ele estava com uma expressão totalmente nova, cautelosa, alerta e incrivelmente triste, mesmo agora, sobretudo agora, uma expressão que vi pela primeira vez quando o flagrei dando uma bela de uma surra em Lucien Moriarty. Pensei que entraria ali para salvá-lo, mas Watson precisava de uma parceira, não de um anjo vingador.

Ele tinha um belo gancho de esquerda. Tinha um corte no maxilar onde se machucou ao fazer a barba. Como eu só tinha visto isso agora? Queria examinar o corte com os dedos, encostar meus lábios ali, e foi o que fiz.

Ele soltou um som do fundo da garganta e me puxou para o seu colo, a respiração rápida e quente, e, quando bateram na porta, tentei não rosnar para ela.

— Esconde as facas — disse Watson, rindo da minha expressão, com as mãos emaranhadas no meu cabelo.

— Sr. Watson e srta. Holmes — disse a assistente do outro lado da porta. — O carro de vocês chegou.

Nada diminuía aquela sensação — nem a corrida até a porta do carro, nem a chuva que tinha começado a derreter a neve, nem a incógnita do que nos esperaria quando chegássemos à Sherringford. Eu tinha partes de um plano. Watson me ajudou a reorganizá-las até que eu ficasse satisfeita, ou algo próximo disso. Muito do que precisávamos saber ao longo do ano já estava em nossas mãos separadamente — Anna Morgan-Vilk, por exemplo. Se eu tivesse ficado na escola, eu a teria reconhecido. Poderia ter feito meu trabalho sem deixar a escola, sem deixar Watson, e se dissesse a mim mesma que tinha me afastado só para perseguir Lucien Moriarty, saberia que era apenas uma meia verdade. Se eu tivesse ficado, teria que enfrentar a confusão que criei. Se eu tivesse ficado, Watson não estaria usando aquele cachecol quando o encontrei. A ideia de que ele andava beijando uma garota gentil e talentosa não deveria ter importância para mim. Porque eu conhecia Watson bem o suficiente para saber que, na minha ausência, haveria outra garota ao lado dele. Ele não ficaria se lamentando para sempre. Por que faria isso? Essa ideia me trouxe conforto. Me deixou furiosa. Me fez pegar a mão dele com mais força do que eu pretendia. Ele arqueou a sobrancelha, depois entrelaçou os dedos nos meus.

Qual era o meu problema? Eis, como dizem, a questão. A sensação adorável e vibrante que tinha tomado conta de mim não sumiu, mas estava se transformando em outra coisa.

Na cidade de Sherringford, tudo parecia tranquilo. Contei três carros de polícia parados em ruas laterais, com os motores ligados e os faróis apagados. Sem dúvida, Lucien Moriarty tinha mencionado que talvez Watson tentasse voltar para a escola. Mesmo assim, nosso carro preto atravessou a noite com discrição, e as viaturas permaneceram em seus lugares. Passar pelos portões da escola seria outra questão.

— Será que você poderia encontrar um beco para estacionar, por favor? — pedi ao motorista enquanto passávamos pelo centro da cidade. — Vamos precisar entrar no porta-malas.

Era um retorno infame à Sherrinford, com certeza, mas descobri que não me importava. Nós nos encolhemos depressa, Watson pôs a mão naquele ponto do meu quadril (*a quarta vez foi num porta-malas em Connecticut*, pensei) e, quando a polícia parou o carro na entrada da Sherringford, ouvi a voz abafada do motorista dizer algo sobre ser um professor voltando para usar a copiadora. Ele apresentou sua identidade falsa, e avançamos lentamente até o estacionamento do prédio de ciências.

O carro parou. Watson ficou tenso, mas não se mexeu enquanto o motorista dava a volta para abrir o porta-malas. Ele se inclinou sobre nós, como se não estivéssemos lá — o zíper do casaco estava perto o suficiente para tocar meu cabelo —, e tirou a maleta de trás da cabeça de Watson. Tive um instante para ver onde ele tinha estacionado: no cantinho do estacionamento para o qual o direcionei, onde me lembrava de haver um aglomerado de arbustos espessos.

Ele pôs a bolsa no ombro. Em seguida, fechou o porta-malas com gentileza. A porta não travou.

Passos.

— Boa noite, senhora — ouvi o motorista dizer. — Só vim para usar a máquina de xérox.

— Vou liberar sua entrada no prédio — disse a policial com a voz severa. — Sabe quanto tempo vai levar?

— Estou fazendo plano de aula. Não vai levar mais que uma hora. — Enquanto ele continuava falando sobre o teste que estava preparando, ouvi os dois caminhando até a entrada. A voz dele, e depois a dela, começou a diminuir.

Era nossa chance, enquanto eles estavam de costas para o estacionamento. Nosso motorista não tinha dito "meia-noite", nosso código para indicar que havia policiais na área. A barra estava limpa.

Quando a policial voltou, Watson e eu já estávamos nos arbustos; até ela alcançar o carro de novo, já tínhamos chegado à entrada do túnel do Carter Hall.

— A Elizabeth me mandou a senha mais cedo — cochichou ele, encolhido junto à porta. — 57482.

— Você está muito mais silencioso do que de costume.

Digitei a senha.

— Valeu — disse ele. — Andei treinando.

Quando a porta se abriu, descemos a escada de fininho. Estávamos meia hora adiantados para o encontro de Watson com Elizabeth. A passagem do tempo essa noite me fez lembrar, de todas as coisas, de um acordeão: conforme avançávamos, ele se expandia *ali* e se contraía *aqui*. Nosso tempo no esconderijo pareceu ter se passado em poucos minutos; nossa corrida maluca para Connecticut, horas. E agora esperaríamos que a ex-namorada de Watson nos desse informações sobre Anna Morgan-Vilk que eu provavelmente já sabia, enquanto Lucien Moriarty mobilizava a força policial para nos prender por agressão.

Fazia mais de um ano que eu não pisava nos túneis de acesso, mas me lembrava da disposição deles. A entrada do Carter Hall nos deixava perto dos prédios acadêmicos e da capela, e longe do dormitório de Watson. Com sorte, qualquer investigador ficaria de prontidão por lá, e não aqui, perto da nossa posição atual. Qualquer detetive que se preze saberia que deveria procurar por um aluno desaparecido da escola nesses túneis, mas, por outro lado, só o Shepard parecia ter alguma competência, e eu supunha que ele estivesse do nosso lado. Além disso, o código de acesso do túnel não tinha mudado desde que Elizabeth tinha mandado a mensagem. Isso poderia significar tudo; poderia significar nada.

Isso deixava de lado o fato evidente de que os túneis de acesso, que ficavam acesos todo santo dia, estavam na mais profunda escuridão hoje à noite.

Watson pegou minha mão. Murmurou:

— Será que eu deveria ligar a lanterna do celular?

Esperei que meus olhos se ajustassem, mas a escuridão era absoluta.

— Não — disse a ele, passando a mão pela parede. — Venha atrás de mim e fique em silêncio.

Eu o ouvi tirar as botas e enfiá-las debaixo do braço.

Nós nos movemos lentamente. Havia três portas à esquerda, antes que o corredor fizesse a curva: um gerador, uma caldeira e uma sala vazia que antigamente era usada como espaço de oração por freiras quando a neve ficava pesada demais. A última funcionaria bem para os nossos propósitos (tudo que eu queria era um esconderijo enquanto finalizávamos nosso plano), mas a porta estava trancada. Meu kit estivera amarrado na minha perna debaixo do vestido, mas, quando troquei de roupa, joguei algumas peças na minha bolsinha inútil e deixei o resto. Eu só estava com meu trado e minha chave de pressão ajustável — ferramentas meio vagabundas, mas que davam pro gasto. Ferramentas de tamanho único. Se eu cometesse um erro, poderia quebrar a fechadura.

Fazia um tempo que eu não arrombava uma fechadura no escuro. Fazia anos que eu não tentava arrombar uma fechadura sem as ferramentas específicas.

A noite estava ficando animada.

Enquanto eu ajustava minhas ferramentas, Watson mudou de posição atrás de mim. Ele sempre ficava impaciente. Mudava o peso do corpo de um lado para o outro, estalava os dedos, contava visivelmente as telhas do teto. Para ele, o mundo era interessantíssimo, mas só as partes que não deveria estar estudando. Ele não tinha o foco total que uma arte delicada como aquela exigia, e, sim, pronto, a fechadura cedendo debaixo dos meus dedos...

— Holmes — sussurrava ele. — Holmes. — Como não respondi, ele estendeu o braço e afastou minhas mãos da porta à força. — Está ouvindo isso?

Eu estava concentrada demais no meu trabalho, em escutar com meus dedos, para ouvir as garotas que se aproximavam. Deviam ser garotas, ou garotos esbeltos usando sapatos muito elegantes: o tlec-tlec-whoosh entregava. Eram duas, avançando lentamente pela escuridão em silêncio.

Watson e eu ficamos de costas para a parede de blocos de concreto. Foi pura sorte que elas não tenham acendido as lanternas dos celulares, que nós estivéssemos de preto, que a placa de saída acima da porta do Carter Hall tivesse sido apagada com o resto da energia elétrica. Que, para todos os efeitos, estivéssemos invisíveis.

Elas pararam a poucos metros de nós.

— Você vai encontrá-los aqui — uma delas sussurrou.

— Quando?

— Daqui a vinte minutos.

— Você sabe o que vai dizer?

— Anna, já repassamos isso um milhão de vezes — disse Elizabeth. — É claro que eu sei o que dizer.

vinte e sete
jamie

Não dava para vê-las. Para vê-la. Não dava para ver nada naquela escuridão. Tudo que eu sabia era que o braço de Holmes estava estirado sobre meu peito, para me manter grudado na parede. Como se eu tivesse qualquer vontade de me mexer.

Como se eu fosse ser capaz de me mexer, mesmo se quisesse.

— Você vai ter que ir — disse Elizabeth. Eu conhecia aquele sussurro. Já tinha ouvido pelo telefone de noite, quando ela me dava boa-noite depois que a colega de quarto estava dormindo; já tinha ouvido na mesa do almoço, quando ela zoava em cochichos o novo colete de lã do Tom.

Nenhuma das duas disse nada por um instante.

— Você não confia em mim — disse Elizabeth. Ela não estava mais sussurrando.

— Confio, sim — respondeu Anna. — Meu pai diz que eu não deveria, sabe. Mas eu confio.

Elizabeth suspirou, emitindo um som desafinado.

— Bom, se seu pai diz, deve ser verdade. E sensato. Completamente sensato.

— Ele não precisava me mandar para a Sherringford, tá? Poderia simplesmente ter me esquecido, como todo mundo. Ele não está forçando a barra me pedindo ajuda nisso. O Jamie e a Charlotte *mataram o irmão dele*. Tá? A polícia não está nem procurando por eles!

— Eu sei. — Ela não parecia convencida.

— Talvez eu devesse ligar para o *seu* pai — sibilou Anna. — Talvez eu devesse lembrá-lo de que Lucien Moriarty — ela encheu a boca para falar o nome dele — tem posse da escritura do apartamento dele em Nova York. Ou de que uma única ligação pode botá-lo no olho da rua. Meu pai é *dono* da Virtuoso School.

Do meu lado, Holmes endireitou a postura e prendeu a respiração.

— Porque é desse jeito que a gente garante a lealdade de alguém — disse Elizabeth. — Fazendo o mesmo tipo de ameaça sempre que tiver a oportunidade. Arrogância. Isso é pura arrogância. É nojento.

— O dinheiro também é nojento?

— Não estou fazendo isso por dinheiro — disse Elizabeth.

— Então devolve.

— Você ainda nem me *deu* o dinheiro. Então como eu posso devolver? A gente veio aqui para pegá-lo, não para você questionar minha lealdade de novo.

— Não fui eu que cortei a luz!

— Não. Você é só a garota dos mil dólares imaginários.

— Vai se foder. Sério. — Anna foi se afastando pelo corredor. — Vou arrumar seu dinheiro. Aí você pode fazer suas comprinhas idiotas.

Assim que Anna se afastou o suficiente, Elizabeth pegou o celular e digitou uma mensagem. A luz da tela iluminou seu cabelo, o nariz arrebitado. Lançou sombras abaixo dos olhos. Se ela tivesse erguido o olhar naquele momento, teria visto Holmes e eu a encarando, uma dupla de abutres pronta para atacá-la.

Mas não. Ela se virou enquanto mandava a mensagem, olhando na direção da figura distante de Anna e, quando terminou, bloqueou o celular. A tela ficou escura.

Minha ex-namorada podia até ter conspirado contra mim, me beijado, mentido e me manipulado dentro do meu próprio quarto, mas ela não tinha me conquistado de verdade. Será que eu sabia, lá no fundo, que havia algo de errado desde o início? Talvez. Mas talvez isso fosse me dar crédito por uma intuição que eu não tinha.

Mesmo se Elizabeth estivesse sendo chantageada, mesmo se não fosse culpada pelas próprias ações, ela poderia ter me contado o que estava acontecendo.

Estava magoado demais para deixar Elizabeth entrar com tudo na minha vida. Solitário demais para não ficar sozinho. Sentia falta de Holmes com uma ferocidade que não conseguia compreender até ela voltar para o meu lado, e talvez Elizabeth soubesse disso tudo. Talvez tivesse medo de como eu reagiria se ela me contasse a verdade sobre Anna. Talvez pensasse que eu a culparia. Que eu fugiria.

De certa forma, eu era responsável por tudo isso.

— Vem logo — gritou Anna. — Já que quer tanto assim seu dinheiro. Daqui a pouco meu pai chega.

Bufando, Elizabeth desceu o corredor.

Não havia muito motivo para alívio no momento, mas, mesmo assim, soltei um suspiro baixinho. Do meu lado, Holmes relaxou.

E aí o celular no bolso de trás dela vibrou com uma mensagem.

vinte e oito
charlotte

Quando fui em busca de uma fonte que pudesse me manter informada sobre os acontecimentos da Sherringford na minha ausência, precisava de alguém com quem pudesse contar. Minha ex-colega de quarto, Lena, parecia a escolha óbvia: era confiável, tinha iniciativa e talento, respondia às mensagens em questão de segundos, mesmo quando estava no banho. Durante algumas semanas no início do ano letivo, cheguei a lhe pedir notícias. Mas ela não era mais próxima o suficiente de Watson para me fornecer informações úteis. *Ele está bem acho?? Não comeu muito no almoço hoje mas talvez esteja de dieta agora por causa do rúgbi ele estava ganhando massa antes haha que nojo né. Tudo bem aí em Londres gata?* Emoji de coração. Emoji de detetive. Dois emojis de sacola de compras.

Não era bem isso que eu estava procurando.

Não queria informações sobre a vida pessoal dele, ou pelo menos foi o que disse a mim mesma. Só queria saber se ele estava em segurança. Estava prestes a escrever para o meu terrível irmão mais velho em busca de ajuda quando, numa tarde de outubro, recebi uma ligação. Só atendi porque vinha de um número privado — esperava que pudesse ser uma ligação do meu tio Leander. Quando se tratava dele, eu vivia na esperança.

— Não sei se você se lembra de mim. Sou a Elizabeth, sabe? Do ano passado. Peguei seu número no celular dele. — Ela não precisou me dizer quem era "ele". — Entendo que é estranho eu estar te ligando. Mas acho que ele sente muita saudade sua, e se você entrasse em contato, seria de muita ajuda. Nem que seja para dizer adeus.

Não respondi. Eu estava numa mesa no meu café favorito à beira do Tâmisa, e o barulho da água estava bem alto, e não tinha nada para dizer a essa garota.

— Você nem se importa se ele está bem, né?

— Claro que me importo — rebati.

— Ah, o gato não comeu a sua língua — disse Elizabeth com um tipo de risada solitária, e foi aí que percebi que, se eles já não estivessem namorando, estariam em breve.

Mas, se ela não ia me contar, eu fingiria não saber. Era mais conveniente para os meus objetivos, que iam tomando forma conforme conversávamos.

— Preciso de tempo — disse a ela. — Quero ir vê-lo no ano novo, aí vou me despedir. Mas, por enquanto, será que você poderia me mandar uma mensagem de vez em quando para me dizer como ele está? Garantir que não tenha mais nenhum incidente, como o que aconteceu com Bryony Downs?

Útil para ela: um prazo de validade para o sofrimento emocional do namorado. Útil para mim: atualizações regulares sobre o bem-estar de Watson.

No início, era só isso. Uma mensagem aqui dizendo para quais faculdades ele ia se candidatar. Outra mensagem ali sobre a situação do time de rúgbi. Não havia nada de útil nas informações, na verdade, mas mesmo assim eu ansiava por elas. Relia as mensagens no trânsito, na minha escrivaninha, na cama ao acordar pela manhã. *O Jamie está resfriado.* Dois dias mais tarde: *Ele melhorou.* Coisas banais. Coisas com as quais ninguém se importaria.

Acabei descobrindo que eu me importava imensamente. O que ela ganhava em troca? Sempre detestei psicologia, mas comecei a pensar que essas mensagens lhe davam uma sensação de controle. O namorado ainda estava chateado por causa de uma garota do passado; logo, ao administrar as informações sobre ele a que essa garota teria acesso, Elizabeth poderia se sentir no controle do relacionamento.

Não era verdade, é claro. Não dava para controlar os sentimentos dos outros. Na maioria das vezes, mal era possível controlar os *próprios* sentimentos. Assim, as festas de fim de ano chegaram e passaram. O ano-novo passou. Elizabeth me pressionou para saber quando estava planejando visitar, para que eu finalmente acertasse as contas com Watson, e não lhe ofereci nada. Essa semana, quando comecei a receber mensagens dizendo *Estou preocupada com o Jamie, acho que tem coisas ruins acontecendo e ele não está me contando* e *Ele está sendo levado à força para ver a reitora e acho que vai ser suspenso*, achei que soubesse o motivo. O plano dela era me forçar a agir. Se eu não fosse dar as caras para ajudar a acalmar a mente de Watson, talvez eu aparecesse se achasse que ele estava correndo perigo. Se ela tivesse que plantar o perigo com as próprias mãos, assim seria.

Parecia um motivo besta para deletar o seminário de alguém, mas, pensando bem, eu era a garota que relia desesperadamente as mensagens sobre os sapatos novos de Watson.

Mas Elizabeth Hartwell é uma baita guerreira. Ao vê-la se afastar agora — ao ver o corredor escuro onde ouvia seus passos se afastarem —, me dei conta de que a subestimara.

Ela foi metida numa situação em que sua família corria perigo; foi chantageada a seguir o plano de Anna Morgan-Vilk; foi forçada a machucar Watson, um garoto de quem ela claramente gostava; e, em resposta, tinha convocado a única pessoa que achava que poderia ajudar, sabendo muito bem que essa pessoa era eu.

A mensagem no meu celular dizia: *Não sei se você vem com o Jamie hoje à noite, mas vocês precisam ter cuidado. Lucien Moriarty e a filha estão nos túneis. A polícia está por toda parte.*

Eu sabia o conteúdo porque Watson me arrastou para a sala de orações, agora destrancada, fechou a porta, tirou o celular das minhas mãos e leu a mensagem em voz alta para mim com a voz trêmula de raiva.

— "Jamie parece ter perdoado o Tom" — disse ele, rolando a tela para cima com os polegares. — "O pai do Jamie não para de vir buscá-lo para irem a algum lugar." "O Jamie está relendo *O último adeus de Sherlock Holmes*. Ele parece triste." "Eu e o Jamie fizemos um piquenique hoje." Que porcaria é essa, Holmes? Há quanto tempo isso está rolando?

— Fala baixo — respondi. O que mais eu poderia dizer?

— Falar baixo. Você está preocupada com o *volume* da minha voz. Meu Deus, isso... isso já está rolando há meses.

Desde o baile de boas-vindas. Desde quando ela me chamou pra sair. Vocês duas tinham alguma espécie de *plano*? Meu Deus... — Ele deu um giro, e a minha tela iluminou na parede de blocos de concreto de cima a baixo. — Foi péssimo quando você desapareceu. Pensei que fosse a pior coisa. A pior. Mas isso... isso é pior.

— Eu disse que estava de olho em você. Precisava saber que você estava seguro. — A resposta saiu baixinho. — Precisava saber que Lucien Moriarty não estava na sua cola.

— Sim, ele realmente ama destruir piqueniques, né? Partidas de rúgbi. Meus sapatos. Ele ama destruir meus *sapatos*. Tudo isso era informação necessária. Não tem nada a ver com você me deixar de lado e continuar sendo minha amiga por *procuração*.

— Aquilo que você viu ali fora... Ela está sendo coagida. Não está trabalhando com a Anna porque quer.

— Eu saquei — rebateu ele.

Fui até ele e o segurei pelos ombros. Ele se afastou das minhas mãos e abraçou as botas com força.

— O Lucien está aqui — disse ele. — Em algum lugar. A Anna está aqui. Liga para o detetive Shepard. Liga para o Leander. Faz o que tiver que fazer.

— E o que você vai fazer?

— Vou repensar algumas das minhas escolhas de vida — respondeu ele.

Não era uma resposta insensata à situação. Mesmo assim, engoli em seco. A sala estava fria, escura e vazia, e Watson estava de meia no chão de concreto. Se eu fosse ele, estaria buscando uma metáfora. Em vez disso, falei:

— Sinto muito.

Watson se virou para me encarar, com meu celular ainda em mãos. A luz da tela me fez recuar.

— Você sente muito por várias coisas, né? — perguntou ele.

F ALTAVAM APENAS DEZ MINUTOS PARA NOSSO ENCONTRO com Elizabeth, e se por acaso tivéssemos um plano antes, não era mais o caso. O pior era saber que essa minha traição era relativamente pequena se comparada às recentes, e que, com o tempo apropriado (alguns dias, quem sabe uma semana), Watson não estaria mais bravo comigo. Tive dificuldade de levar a raiva dele a sério, já que o momento era bem inconveniente.

Ele estava sendo meio que um monstro. E isso porque estava sendo humano.

Para resumir: meu pedido de desculpas foi sincero; eu não teria feito nada de diferente; achava burrice Watson sair esbravejando pelos túneis de acesso escuros, mas, mesmo assim, foi o que ele fez.

Então, me perguntei se aqueles eram os pensamentos de uma pessoa horrível, se talvez eu não tivesse mudado nem um pouquinho, que qualquer progresso que tivesse feito como ser humano tinha acontecido no vácuo, e não na arena mais complicada da minha vida cotidiana, ou que talvez fosse Watson, meu indispensável Watson, que revelava o pior de mim — a parte de mim que amava alguém, e aí pensei *aegres cere medendo*, vim em busca do meu coração só para ser destruída por ele e, que coisa patética, estou citando provérbios num cômodo vazio e sujo enquanto meu melhor amigo idiota está saindo a passos firmes em direção à morte, e não existe nenhuma maneira real de livrar alguém de si próprio, nenhuma maneira real de imaginar algo assim, imaginar Watson morto, eu mesma morta, ou Watson sumido, e a mãe dele — a mãe dele e sua fé de que tinha encontrado um parceiro. Minhas veias ardiam. Elas ardiam de um jeito horrível, e minha cabeça era uma válvula de vapor quebrada, e era como se eu estivesse debaixo da varanda da casa da família de Watson, enterrada na neve para preservar meu próprio corpo prematuramente — daria menos trabalho, no fim das contas —, e eu tinha guardado minha oxicodona na bolsa como um desafio para mim mesma, eu a transportava como um desafio, a escolha mais sensata teria sido me livrar dela meses antes, então joguei os comprimidos no chão e os esmaguei com o salto do sapato.

Pronto.

Se Lucien Moriarty estivesse nesses túneis, eu o encontraria e lidaria com ele por conta própria. Descobri que, naquele momento, sentia a necessidade de quebrar alguém.

Eu veria o sangue dele todo espalhado pelo chão.

vinte e nove
jamie

EU JÁ TINHA FEITO ALGUMAS COISAS ESTÚPIDAS NA VIDA. Coisas egoístas. Uma ou outra ação bem-intencionada que, mesmo assim, quase me matou. Essa já era a terceira delas. A questão não era Holmes. Ou a questão *era* Holmes e também Elizabeth. E o medo. E a falta de sono, e estar completamente no escuro e descontrolado e também saber ao mesmo tempo que (a) ela estava escondendo coisas de mim, de novo, quando não fazia nem *duas horas* que tinha pedido desculpas por esse exato motivo enquanto (b) minha agora certamente *ex*-namorada teve o tipo de discussão com a filha bastarda de Lucien Moriarty que se esperaria de um casal em processo de divórcio (c) minha irmã mais nova estava presa em um cativeiro em algum lugar e *sabe-se lá* o que estava acontecendo com ela (d) Lucien Moriarty em pessoa provavelmente estava à espreita nesses corredores, querendo acabar comigo, enquanto (e) eu, o completo idiota, era incapaz de pensar com clareza sobre tudo isso, incapaz de bolar um plano, só conseguia ouvir a pulsação forte do sangue nos meus ouvidos e (f) atacar Holmes por puro medo (porque nada tinha mudado, nada) e aí eu queria fazer aquilo que meu antigo terapeuta tinha falado sobre me afastar e me acalmar, e (g) — eu já estava no (g), certo? Desperdicei minutos nesse corredor quando poderia ter pedido desculpas e acabado logo com isso, e mesmo assim, mesmo quando me virei para pôr a mão na maçaneta, já sabia que era tarde demais.

A essa altura, eu já conhecia o som que uma arma fazia ao ser engatilhada.

— Indo a algum lugar? — disse Lucien Moriarty atrás de mim.

Lá no fundo, parte de mim pensou: *Ele esperou anos para dizer isso a alguém.* O restante de mim estava aos berros.

— Mãos pro alto — disse Lucien. Ele tinha trocado o sotaque galês falso pelo sotaque natural, e era angustiante ouvir uma voz parecida com a de August armando minha execução.

— Tá bom — falei, obedecendo. Feito um trouxa. Como era possível que ele estivesse enxergando? O corredor estava um breu.

— Pai — dizia Anna de algum lugar mais afastado. — Pai, o que você precisa que eu faça?

— Lanterna, garota.

A parede de blocos de concreto à minha frente ficou fluorescente.

— Pode virar. Devagar.

Foi o que eu fiz, me encolhendo enquanto meus olhos se ajustavam. Somente a silhueta de Lucien estava à mostra, mas mesmo assim dava para ver o lábio cortado, os olhos roxos. As mãos segurando uma pistola. Uma explosão de luz atrás dele, que só podia vir da lanterna do celular da filha.

— Ajoelha — ordenou ele, e me abaixei dolorosamente até o chão.

— Pai? — disse Anna e, dessa vez, parecia apavorada.

Éramos dois.

Lucien deu um passo à frente. E mais um. Ele segurava a arma com firmeza.

— Agora — disse ele, a menos de um metro de distância — é só esperar. Onde há fumaça, há fogo.

Então, num piscar de olhos, a porta atrás de mim se abriu.

— Lucien — disse Holmes.

Ela deu um passo à frente, ficando próxima o suficiente para que eu sentisse sua presença pairando sobre mim.

Ele manteve a arma apontada para o meu rosto.

— Quer pular as formalidades, então, e ir direto ao assunto?

— Que assunto? — perguntou ela, com toda a calma.

— Aquele em que eu peço desculpas pelo que fiz com o August? De novo? Você poderia simplesmente ter ligado. Ou chantageado meus pais. De novo. Já que isso funcionou tão bem da última vez.

— Funcionou, é? — disse ele.

Dava para ouvir o sorrisinho malicioso na voz de Holmes.

— Foi isso que matou seu irmão idiota, não foi? Ponto para mim.

A luz da lanterna de Anna balançou, descontrolada. Fechei os olhos para me proteger dela, para me proteger das palavras maldosas de Holmes em relação a August, por mais que eu soubesse que não eram verdadeiras.

— Garota — disse Lucien rispidamente para Anna, sem se virar. — Controla essas mãos.

— Você poderia acender as luzes de novo — falou Holmes. — Mas imagino que queira um pouquinho de drama para esse... confronto.

— Você e essa sua necessidade de botar a boca no trombone. — Ele sugou o lábio cortado. — Ele falava disso comigo quando me ligava do trem voltando da sua casa. Ele voltava para aquela quitinete horrível em Eastbourne, tudo que podia bancar com a merreca que seu pai pagava, e me ligava, enquanto comia feijão enlatado, e dizia: *Era como se ela fosse criada por lobos*. — Eu me segurei para não me sobressaltar. Lucien era um imitador perverso. Estava tudo ali: a sinceridade contida de August, a dúvida. — Ele dizia: *Ela não entende autoridade. Acha que tem algum poder supremo. Ela é tão inteligente, mas é um perigo para si mesma*. E aí ele voltava a trabalhar na dissertação. Era isso. Esse foi o triste período de treinamento dele. Ele cortando um dobrado. Eu deveria simplesmente tê-lo bancado, mas ele queria o maldito emprego. Achou que seu pai poderia ajudá-lo a arrumar uma vaga de professor universitário, que talvez pudesse mexer uns pauzinhos...

— Lucien semicerrou os olhos. — Meu irmão. Sempre foi assim. Tão determinado a provar o próprio valor, a ser melhor do que o *sobrenome*. De certa forma, só posso achar que fez por merecer.

— Fez, é? — ecoou Holmes.

— Alguém que confia tanto assim nos outros? É teimosia. É ir contra o próprio instinto animal. Mas, por outro lado, o meu me disse desde o início que você era um cachorro que precisava ser sacrificado, e mesmo assim cá estamos nós, não é mesmo? Você continua viva.

— Já terminou o lenga-lenga? — perguntou Holmes, e o celular de Anna voltou a balançar. — Quer que eu segure isso aí pra você... Como é que ele está te chamando mesmo? Garota?

— Me passa o celular, Anna — disse Lucien, estendendo a mão para ela —, e vai buscar nossa surpresinha.

Ela avançou aos tropeços e enfiou o celular na mão dele, e tivemos um segundo de descanso da luz antes de Lucien erguer o aparelho. Dava para ouvir os passos dela pelo corredor.

— Onde estávamos mesmo? — perguntava Holmes, com a voz firme feito aço temperado. — Essa era a parte em que você fingia odiar seu irmão? Fingia achar que ele merecia o destino que teve? É bem engraçado, sabe, já faz um tempão que não encontro alguém que consegue disfarçar tão bem seus rastros. Sua expressão não entrega nada. Imagino que tudo isso venha da sua formação política, né? Bom trabalho. É como se estivesse lendo a lista telefônica para mim.

— Fico feliz com a sua aprovação — resmungou ele.

— Sim, excelente trabalho. Seu olhar nunca vacila, você nunca olha para os lados; até suas pálpebras estão sob controle. Nenhuma piscada fora de hora. Suas mãos também. Bem firmes, e é claro que você não arrasta os pés, você não é nenhuma *criança*. — Mesmo agora, dava para ouvir a satisfação no prazer que ela encontrava (mesmo agora, apesar de tudo) ao interpretá-lo. — Isso só torna ainda mais impressionante o fato de que seus sentimentos continuam tão transparentes.

— Você pode me dizer por que estou te dando ouvidos? — disse Lucien. — Pode me dizer por que simplesmente não te dei um tiro?

Holmes suspirou.

— Porque você teve inúmeras oportunidades de fazer isso nos últimos anos e, em vez disso, tomou a decisão de brincar comigo. Passei o último ano dando todo tipo de sinal, Lucien. Você poderia ter acabado comigo a qualquer momento. Não. Isso é diferente. Tem a ver com justiça, não tem? Tem a ver com você achar que tinha perdido o August, descobrir que ele estava vivo… e aí perdê-lo de novo. Por minha causa.

A lanterna vacilou. Bem, bem de leve.

Minha cabeça estava começando a doer. Semicerrei os olhos contra a luz, mudei ligeiramente meu peso de um joelho para o outro. Tentei me concentrar na dor para não pensar.

Holmes estava apenas no aquecimento.

— Sabe o que é isso tudo? É você criando o tipo de mundo que quer. É bem interessante… Com base nas suas ações, daria até pra pensar que você é alguém completamente imoral, só que, durante todo esse tempo, estava vivendo de acordo com suas próprias regras. Enquanto estávamos interpretando nossos papéis predeterminados, estava tudo bem, não é mesmo? Hadrian e Phillipa, seus irmãos não tão espertos, tediosos mas úteis, do jeito deles; você, o jovem mestre do universo, comandando o governo da Grã-Bretanha por baixo dos panos; e August, seu irmão, o inocente. August, que dedicava a vida à academia. August, que era obcecado por *matemática...* dá pra imaginar uma coisa mais pura? Uma coisa mais distante das suas tramoias?

"Mas a coisa complicou, não foi? Complicou porque ele veio trabalhar com a minha família. Tudo isso começou ali. Não com as drogas no carro, não com minha *quedinha* idiota. Começou quando o August atravessou a nossa porta. Quando começou a fazer política. Porque foi uma decisão política, não foi? Ele queria um favor do meu pai. Meu pai, cujo sobrenome o tornava mais nobre do que você, não importa que coisas terríveis ele tenha feito. Aos olhos do mundo, você e sua família sempre seriam *inferiores*. Porque você era um Moriarty."

— Brilhante — disse Lucien com a voz rouca. Queria poder ver a cara dele. — Quanto foi que você pagou por esse curso de psicologia?

— Tive bastante tempo para pensar nisso — dizia Holmes. — Tive bastante tempo para somar dois e dois. Eu sei, por exemplo, por que você deu a volta por cima desde que o August morreu. Ah, claro, me sacanear era um passatempo *seu*, mas antes da morte dele nunca tinha sido sua principal ocupação. Bryony Downs? Você a encorajou com alguns telefonemas, depois deixou que ela fizesse o resto. Hadrian e Phillipa? Você não confia em nenhum deles o bastante nem pra amarrar o cadarço dos seus sapatos, imagina me *matar*. E o envenenamento da minha mãe... isso você armou por conta própria, tenho certeza, só que não moveu uma palha para agir. Mas olha só pra gente agora. Todo mundo junto, como uma família feliz. Sinceramente, Lucien... Casar com a mãe do Watson? Sequestrar a irmã dele? Isso é exibicionismo, e você sabe disso.

— É isso que o luto faz com um homem — disse Lucien. Era inacreditável que ele ainda estivesse ali, dando ouvidos a ela; era inacreditável que eu ainda estivesse vivo.

— Claro que você está de luto — rebateu Holmes. — O luto não faz você jogar sua vida inteira no lixo para perseguir uma adolescente no *colégio interno* dela. Não, é mais do que isso.

"Acho que você estava feliz quando achava que o August tinha morrido. Acho que estava *aliviado*. Você poderia botá-lo de volta no pedestal... Chega daquelas escolhas de vida irritantes dele embaçando a narrativa. Você poderia santificá-lo de novo.

"Aí, quando ele morreu pela segunda vez, na propriedade dos *Holmes*, pelas mãos de um *Holmes*, você viu uma maneira de reescrever a história. Uma garota que nem eu? Uma *vilã* que nem eu? Eu era uma oportunidade. E se os Moriarty fossem as vítimas desde o início? E se, o horror dos horrores, eles fossem os heróis?"

— Cala a boca — rosnou Lucien, e foi aí que eu soube que ela tinha vencido.

E que a vitória dela não importava, nem um pouco.

Porque ele ia me matar, de forma bem literal, aos pés dela. Para se provar. Como se eu fosse um saco de lixo que precisava ser virado no chão.

Parece que não vou para a cadeia, afinal, pensei. Queria muito, naquele momento, olhar para Holmes, para ver o que ela estava pensando, mas eu estava morrendo de medo de mexer a cabeça.

* * *

Um som de alguém se debatendo. Uma porta se abrindo.

— Garota — dizia Lucien, e pude notar uma figura pequena ao lado dele, com um saco na cabeça. — Vem aqui.

— Como ela não saiu do lugar, ele repetiu: — *Vem.*

Por um instante, a luz da lanterna dele se apagou, e ficamos no escuro.

— Mais rápido — dizia Lucien.

O mundo se aguçou um pouco ao meu redor. Alguma coisa tinha mudado. Algo pequeno. Um clique. De onde tinha vindo? De trás de mim?

Será que eu estava apenas sonhando acordado?

Talvez, porque Lucien não tinha ouvido.

— Pega a arma do coldre no meu quadril — disse ele à garota. Em seguida, acendeu a lanterna com a luz apontada para o chão.

Por que Lucien precisava de duas armas?

Nesse breve momento de distração, Holmes deixou cair algo duro e pequeno nas minhas pernas. Para ser mais específico, nas minhas panturrilhas, que estavam fora do campo de visão de Lucien. Ela deu uma batidinha com o pé no chão para confirmar. Queria que eu soubesse que tinha feito aquilo de propósito.

— Leva a arma para a Charlotte — disse Lucien à garota.

Foi o que ela fez. Devagar, com passos arrastados. Conforme ela se aproximava, senti minha visão começar a funcionar. Eu tinha presumido, estupidamente, que ele havia arrastado Anna de novo — mas essa garota era menor. Mais magra. Será que era? Ou será que eu só estava imaginando coisas?

Tudo que eu sabia era que ela estava com um par de All Stars cinza com cadarços descombinados — um era rosa, o outro era verde.

Minha irmã, Shelby, tinha sapatos assim.

— Holmes — falei baixinho.

E ela disse:

— Watson. Eu sei.

— *Calem a boca* — ordenou Lucien, e foi aí que percebi que ele estava tremendo. — Não falem nada! Não quero ouvir nem um pio, senão isso vai acabar do jeito mais rápido. *Agora*, Shelby.

Lucien apontou a arma para Holmes. A lanterna percorreu meu rosto, meus ombros.

A parte de trás das minhas pernas.

Prendi a respiração.

Shelby parou. Ela parou. Entregou a arma para Holmes e se afastou, a luz vindo de trás, aquele saco na cabeça como se fosse uma garota brincando, como um demônio de uma história.

— Ajoelha — disse Lucien. — Agora, garota. Aos meus pés.

Não consegui me conter: soltei um som horrível e indistinto.

— Charlotte. Deixa a arma apontada para o teto. É assim que vai ser — avisou Lucien. — Ou você segue o que eu mandar, ou eu atiro na garota aqui mesmo. Entendeu?

— Entendi — respondeu Holmes, firme.

— Três passos para a esquerda. Arma apontada para cima. Muito bom. Vira. De costas para o garoto. É isso. E a arma tem que ficar... Ah, estou vendo que você já adivinhou.

Garota esperta. A arma tem que ficar apontada para a cabeça da pequena Shelby.

Não consegui me conter: virei a cabeça para encarar Holmes. Eu precisava da confirmação. O rosto pálido, os braços longos, a pistola ali no final.

Lucien riu baixinho.

— Está tão quieto, Jamie. Não tem nenhuma pergunta para mim?

— Holmes — falei. — Holmes... por favor. Lucien. Você não quer isso. Não quer. Você pode simplesmente fazer com que ela... fazer com que ela atire em mim.

— Em você? — perguntou ele, desinteressado.

Engoli em seco e segui em frente.

— Não seria pior? Se ela matasse o melhor amigo? Tipo, se você quisesse puni-la... ou a mim...

— Já chega — resmungou ele — de tentar adivinhar minhas motivações. Só temos um minuto. Mas quer saber? Vou fazer sua vontade. Vou punir você. Mesmo que, de alguma maneira, você escape dessa, sua vida ainda vai estar completamente arruinada, que tal? Você vai passar todas as noites se perguntando o que poderia ter feito para salvar a vida da sua irmã, que tal?

"Escuta só essa: que tal imaginar como sua mãe deve estar se sentindo, lá no quarto do hotel, se lamentando porque o filho é o tipo de delinquente que espanca o novo padrasto num banheiro de restaurante? Nenhuma pergunta sobre o que ela vai dizer quando encontrarem seu corpo aqui e sua ex-namorada for levada de algemas pelo crime? Ela não vai ter ninguém para protegê-la. Nenhum pai solidário, nenhum irmão, nenhum Watson para acolhê-la. Nenhum dinheiro. Ela vai estar totalmente sozinha. — Ele cantarolou um pouco. — Espero usar minha influência para internar a Charlotte, sabe? Conheço um hospitalzinho maravilhoso em Washington que talvez possa ajudá-la... Estou preparando um quarto para ela por lá. Verdade seja dita, não é lá essas coisas, mas, por outro lado, ela não vai precisar de muito mesmo..."

— Não — falei, e minha pele foi ficando arrepiada. — Não tenho nenhuma pergunta para você.

Eu não ia morrer ouvindo o monólogo de Lucien Moriarty. E mesmo que Holmes tivesse bolado algum tipo de plano de fuga, mesmo que tivesse largado uma pistola, ou uma faca, ou uma bomba para que eu tirasse a gente dessa, não dava para alcançá-la sem que Lucien atirasse em Shelby primeiro.

Talvez eu não tivesse coragem o suficiente para tentar. Era isso, então.

— Shelby — falei, desesperado —, está tudo bem...

— Não *fala com ela* — disse Lucien —, ou eu mato vocês três. Você tem um minuto, Charlotte. James, você tem permissão para fazer sua namorada mudar de ideia. É a vida da Shelby ou a dela.

Eu não estava enxergando direito, era verdade. A luz do celular atrapalhou minha percepção de profundidade, fez o mundo ficar brilhante demais, levou embora os detalhes. Holmes parecia uma ilustração. Um esboço em preto e branco. As mangas compridas e pretas, as mãos brancas e trêmulas, a arma. Charlotte estava com a mira bem entre os meus olhos.

Eu estava perto o bastante para ver que estava com o lábio preso com firmeza entre os dentes.

— Ei — falei. — Ei. Está tudo bem.

— Não está, não — sussurrou ela. — Claro que não está.

— Vai ficar. Você vai ficar bem.

Holmes balançou a cabeça veementemente.

— Eu? Não estamos falando de mim...

— Estamos, sim — falei. — Estamos. Holmes, não posso tomar essa decisão. Não vou escolher entre vocês duas. Eu não... não posso... Seja lá o que você escolher... A parte difícil está quase acabando.

Ela ainda estava balançando a cabeça.

— Eu sabia que isso ia acontecer. Qual é o sentido de saber se não dá pra impedir?

Shelby oscilava para a frente e para trás de joelhos.

— Não. Ei. Não teria como mudar isso. Não se preocupa...

— Não estou preocupada *comigo*, Jamie — disse ela. — Sinto muito...

— É melhor assim. Desse jeito, você tem o controle da situação. Tenho certeza de que... você sabe onde atirar, né? Pra que acabe depressa. Pela Shelby. — Engoli em seco. — Então assim... assim é melhor. É melhor. Está vendo?

— Você acha que eu a deixaria morrer.

— Não sei o que eu acho. Não consigo pensar...

— Eu deveria ter te mandado correr — sussurrou ela.

Ri um pouquinho ao ouvir isso. O que mais eu poderia fazer?

— Acho que você mandou. Mas, quando o assunto é você, sou meio teimoso.

Ela fez que sim. E fechou os olhos com força.

Quando os abriu de novo, percebi que estava furiosa.

— Não tem como ficar pior do que isso — disse ela para mim, e era quase como se estivesse me dando uma ordem.

— A parte difícil está quase acabando.

Não tem como ficar pior do que isso.

Lucien bufou.

— Que gracinha. Acabou?

A parte difícil está quase acabando.

— Só para deixar claro — disse Holmes, com a voz pesada —, o que exatamente vai acontecer quando eu me recusar a dar um tiro nela?

— Vou acabar com você — disse ele, virando os olhos cintilantes para ela. — E *depois* com a Shelby. Não ache que eu seria estúpido a ponto de tirar os olhos de você nem por um...

Ele não teve tempo de concluir a frase. No segundo em que ele tirou os olhos de mim, peguei a pistola que Holmes tinha soltado nas minhas pernas e disparei dois tiros no escuro.

Um deles atravessou a porta e bateu na sala das bicicletas. Por pouco não atingiu o ombro de Shelby. Naquele último segundo, ajoelhado no corredor, meu mundo tinha se tornado tão pequeno, tão claustrofóbico, que acabei esquecendo que ela estava ajoelhada ali. Mas ela não se machucou. Só ficou assustada o suficiente para gritar, largar o celular e arrancar o saco da cabeça.

Porque não era Shelby. Era Anna Morgan-Vilk, ajoelhada, usando os sapatos da minha irmã, onde o pai tinha acabado de oferecê-la como crime de honra.

A outra bala atingiu a perna de Lucien Moriarty. Foi sorte. Eu nunca tinha atirado antes.

Ele estava gritando. Tinha caído com tudo no chão e estava aos berros, e, meu Deus, eu não conseguia pensar. Será que ele ainda estava armado? *Não*, pensei, *Holmes deve ter pegado a arma*, e caí de quatro no linóleo, com o estômago embrulhado e a visão se dissipando. Ou será que eram as luzes? Queria desmaiar, e tinha tanto barulho nos meus ouvidos, talvez por causa do tiro... Tentei me reorientar...

Passos rápidos se aproximaram de mim.

Eu rastejei para a parede, levantei as mãos. Anna? Era a Anna? Ela estava vindo para terminar o serviço?

Meus olhos recobraram o foco.

Elizabeth. Elizabeth, com o blazer da escola.

— A Lena chamou a polícia — disse, agachando-se do meu lado. Ela tentou pegar minha mão, mas eu me afastei. Não queria que encostassem em mim naquele momento. Não conseguia nem olhar para ela... Eu estava encarando o teto, com a pistola de Holmes nas mãos. Elizabeth acionou a trava de segurança. — Jamie, está tudo bem. Olha. Olha, estou com a arma do Lucien também. Estou com as duas armas. Viu? Está me ouvindo?

Fiz que sim.

Ela continuou falando, tentando me acalmar.

— Está tudo bem. Era para a Anna ficar de olho em mim, por isso eu estava aqui, mas ela surtou quando viu o pai, aí consegui mandar uma mensagem para a Lena do meu bolso, e ela disse que o Shepard está vindo. Deve chegar a qualquer momento, ela bolou um plano que envolvia roldanas e tipo um espanador, e acho que ficou bolada de não ter conseguido pôr em prática? Mas tudo bem, tudo bem. Acho que o Shepard disse que estava esperando ouvir que… que…

Ela se virou para olhar para Holmes, que tinha passado os últimos minutos sangrando em silêncio no chão.

trinta
charlotte

O TEMPO TINHA FICADO FRAGMENTADO, ESTRANHO. Continuou desse jeito por um tempo.

O que eu lembrava:

1. Lucien Moriarty atirando no meu ombro enquanto Watson procurava a arma.
2. A expressão de Lucien Moriarty quando disparou. Foi tipo um anjo vendo os portões do céu, exaltação etc. Foi fascinante.
3. Eu pensando: *Ah, levei um tiro,* do mesmo jeito que se pensa em pedir uma pizza.
4. Watson gritando. Uma maca. Mais gritaria, principalmente de Watson, mas pensei ter ouvido Shepard entrar na confusão. Tudo preto. Um preto turbulento, misturado com trechos de uma dor muito viva, e eu dizendo: *Nada de morfina, não posso, sou viciada,* ou acho que disse — será que eles me ouviam por trás da máscara de oxigênio? Um monitor apitando.
5. Eu também me lembro de ter pedido para ver minha mãe.

5b. Não consegui ver minha mãe. No lugar dela, veio meu irmão.
6. Milo calando Watson aos berros num elevador, dizendo: *A culpa é sua, a culpa é sua, seu moleque idiota...*
7. Morfina, que era algo que eu sentia no meu organismo mesmo quando ele estava em pedaços, pedindo arrego. Eu a sentia ainda mais naquele momento.
8. Leander num quarto escuro que cheirava a plástico. O hospital? Não consegui ouvir o que ele dizia. Um jornal nacional largado na minha bandeja do jantar, aberto na seção de política. Alguém tinha circulado a manchete: *Morgan-Vilk auxilia nas buscas; cidadão britânico capturado.*
9. Shepard me fazendo perguntas. Shepard me fazendo perguntas no dia seguinte, e no outro, e eu sonhei com elas mesmo quando ele não estava ali: *Há quanto tempo você sabia? Você estava em contato com alguém da Yard? O que aconteceu com Anna Morgan-Vilk? Ela desapareceu...*
10. E Watson. Watson ali, todos os dias. No sofá duro de plástico ao lado de Leander. Watson falando com a enfermeira. Watson dormindo com a cabeça entre as mãos. Sempre ali, enquanto eu lutava para dormir ou acordar, enquanto eu ainda estava sem palavras. Durante meus pesadelos. Watson ali, até não estar mais.

trinta e um
charlotte

Duas semanas depois

Ainda não conseguia mexer o braço. Nem o ombro. Nem o pescoço. Havia um fisioterapeuta. Treinávamos pequenos movimentos juntos. Era simples e terrivelmente tedioso.

O desmame da morfina foi um caso à parte. Porque era tudo a mesma coisa — oxicodona, morfina. Eram todos opioides, e meu corpo se livrava deles da mesma maneira: muito mal.

Isso também foi tedioso à sua maneira. Mas, àquela altura, a náusea já tinha passado, assim como a coriza e os olhos úmidos. Os sonhos em que eu acordava aos gritos. Eu havia torcido, de alguma maneira, para que o desmame fosse diferente dessa vez. Não foi. Não de verdade. Apenas os bocejos incessantes foram uma novidade. Meu corpo exigia que eu dormisse e depois se recusava a me deixar dormir. Passei várias noites assistindo à televisão presa na parede, vendo séries que geralmente mostravam homens reconstruindo casas. *Essa aqui tem uma boa estrutura*, diziam eles, ou *Essa aqui está uma merda*. Os episódios sobre casas de merda trouxeram de volta minhas dores de barriga terríveis, então passei a acompanhar séries médicas.

Essas séries irritavam o pessoal da enfermagem, pelo menos, o que me trouxe uma patética sensação de triunfo. A pior parte do hospital era ter que estar disponível o tempo todo. Eu me tornei uma espécie de exposição de arte em forma de garota, à mercê de gente me encarando, me examinando e me interpretando de todos os ângulos. Ouvi tantos comentários sobre meu sotaque que adotei uma ginga texana só para contrariar. Um monte de gente de pijama cirúrgico me chamava de *senhorita Holmes*. O sem-vergonha do especialista em dependência química me chamava de Charlie. Isso, como descobri, não me incomodava.

Leander odiava, acho. Ele passou quase o tempo todo ao lado da minha cama. Quando eu lia sobre esse tipo de comportamento nos livros — o parente babão no quarto de hospital —, sempre imaginava sendo insuportavelmente triste, alguém grudado nas mãos do paciente, aos prantos, enquanto um sintetizador gemia uma melodia. Não foi bem assim. Leander não tirava o blazer, embora deixasse o colarinho desabotoado. Jogava bastante Sudoku. Lia romances, livros de poesia e jornais para mim. Principalmente jornais; ele gostava de ler resenhas cruéis de filmes com uma voz fanfarrona e, quando as críticas ruins acabavam, passava para as resenhas positivas. Juntos, fizemos uma lista de filmes para assistir. Ele ficou chocado quando descobriu que eu nunca tinha visto *Alien*. Depois que ele demonstrou como o dito alienígena saía rasgando o peito de alguém, percebi que também estava chocada.

James Watson veio visitar, com flores, mas sem o filho. Também não trouxe a esposa, o que imaginei ser intencional, já que ele e Leander aproveitaram a oportunidade para brigar bem alto no corredor. *Não existe a menor possibilidade de Shelby ir para aquela escola maldita que quase acabou com seu filho* e *É claro que ele não te odeia, James* e *Para de bancar o mártir, sei que é seu padrão, mas supera.* Depois, eles roubaram o jogo Lig4 do posto de enfermagem e me fizeram assistir aos dois competindo. Comecei a apostar que o sr. Watson ganharia. Não era uma boa estratégia, mas deixava meu tio furioso. Bem, o mais furioso que ele era capaz de ficar na presença do pai do Jamie.

Shelby apareceu; sempre gostei dela, do entusiasmo, da voz alegre. Do rosto, tão parecido com o de Watson. De como ela entrou no quarto e já foi logo dizendo: "Não vamos falar do que aconteceu. É bizarro demais, a gente pode só ver uns vídeos no YouTube?", e então fez duas tranças embutidas no meu cabelo. Ela contrabandeou doze donuts tradicionais para mim e comeu dez deles, de meia nos pés, falando tão depressa que mal dava para entendê-la, deixando cair um único granulado na camisa.

Ela se parecia tanto com o irmão que me dava vontade de chorar. Só que não chorei. Em vez disso, trancei o cabelo dela, para sua surpresa e satisfação.

Ter que escolher entre a vida dela e a minha nunca tinha sido uma dúvida, de verdade.

Lena veio me visitar sem o Tom; tinha largado o garoto como se larga um emprego ruim, disse ela, mas eu sabia que ainda restavam três meses de aula e que Lena tinha um fraco por rapazes de colete de lã. A inspetora Green ligou, assim como o detetive Shepard. O interrogatório a bel-prazer tinha terminado, dissera ele. Eu não ia encarar um processo criminal. Por enquanto. Eu achava melhor voltar para a Inglaterra antes que ele mudasse de ideia.

Hadrian Moriarty me mandou um buquê de lírios, muito provavelmente porque sabia que eram fúnebres. Filho da mãe. Meu irmão sentou-se ao lado da minha cama com um humor trágico e jurou nunca mais me deixar. A não ser pela prisão, já que tinha confessado tudo à polícia. Ele afirmou que cumpriria a pena com dignidade.

Quatro anos antes, eu teria dado um braço para ser tratada desse jeito por Milo Holmes, mas agora simplesmente o fiz sentar na cadeira de plástico e assistir a *Ugly House Rescue* comigo até ele cair no sono. Pela manhã, Milo já tinha ido embora. A assistente disse que meu irmão tinha ido para Taiwan. Eu duvidava de que ele fosse de fato assumir a responsabilidade pelo que tinha feito.

Minha mãe ligou; tivemos uma conversa muito civilizada sobre meus ferimentos, e ela me chamou para visitá-la na Suíça. Seu linguajar deixou bem claro: a casa era dela, não minha, e eu não podia mais pensar nela como um refúgio.

Se é que eu já tenha pensado na casa dessa forma, para início de conversa.

Foi isso. Minha mãe não me queria, meu pai não deu as caras, e a equipe de enfermagem ainda me chamava de *senhorita Holmes, senhorita Holmes*, como se eu fizesse parte daquela família, e fazia dias que não o via. Watson. Ele tinha ido embora e não voltou mais.

Até que acabou voltando.

Leander estava nas máquinas de venda automática. O pessoal da enfermagem tinha acabado de trocar de turno. Estávamos lidando com a papelada para que eu fosse transferida para uma clínica de reabilitação. Eles não queriam que eu pegasse um avião, mas Leander insistia em me levar para casa. Não houve muita objeção — eu era cidadã britânica e esperaria até que não estivesse mais correndo perigo imediato para ir embora.

Ver Watson na porta me fez pensar nisso. No perigo. Por que nós achávamos que precisávamos dele. Por que eu sentia a presença do perigo até agora, enquanto Watson estava ali.

Ele estava usando sua jaqueta de couro, e seu relógio ridículo, e as botas que Morgan-Vilk tinha dado para ele. Ficou um tempão sem dizer nada.

Até que eu, feito trouxa, disse:

— Jamie.

E ele veio até mim como um homem coagido, passos lentos, olhos sombrios, quase contra a vontade. Foi quase contra a vontade que ele pôs a mão no meu ombro. Caiu de joelhos. Afundou o rosto no meu cabelo. Por um instante — só por um instante —, e então endireitou a postura e ficou de pé.

— Fui minha culpa — disse ele. — Eu deveria ter... Você deveria ter dado um tiro em *mim*.

— Você percebe como isso é ridículo, né?

Ele me encarou.

— Você tinha superado o vício, né?

— De certa forma. — Olhei nos olhos dele. — A gente nunca supera de verdade, sabe? Não totalmente. Se bem que o plano de tratamento atual não é dos melhores.

— Plano atual?

— Eu levar um tiro e precisar de morfina.

Ele acabou sorrindo, mesmo sem querer.

— Não é bem uma piada.

— Que pena — falei. — Costumo ser bem engraçada.

Nós conversamos. Watson estava terminando as inscrições para as faculdades; a suspensão tinha sido descartada, e ele voltou a se instalar no seu quarto individual na Sherringford. Tive a sensação de que ele estava contando os dias até que tudo acabasse.

Fazia dias que eu não via Shelby. Ela não ia, como o sr. Watson tinha insistido, continuar nos Estados Unidos. Ia voltar para a mãe em Londres, por enquanto.

Watson não tinha falado muito com a mãe.

— Nem sei quando vou falar de novo — comentou.

— Dê tempo ao tempo — falei a ele. Era um conselho conhecido. Imaginei que tivesse seu mérito.

E a verdade era que só tinham se passado alguns dias. De certa forma, eu tinha começado a me sentir descolada do tempo, de um jeito bem característico dos hospitais, e, enquanto explicava isso para Watson, meu tio surgiu na porta com os braços cheio de salgadinhos e chocolates. Então ele viu a gente e saiu de fininho.

Mas Watson o viu antes.

— Acho melhor ir embora — disse ele. — Vou te deixar à vontade.

— Por que você sumiu? — perguntei sem mais nem menos. — Uma hora você estava aqui, e aí não estava mais.

Sempre fui boa em ler as pessoas, e Watson era meio que um livro aberto. Não sei descrever a expressão que dominou o rosto dele. Não naquele momento. Havia um quê de cautela, um quê de desolação também. Como um menino abandonado no frio.

— A gente não é bom um pro outro — disse ele, pegando minha mão. — Existem provas reais disso, Holmes. A gente não é. Não do jeito que a gente é.

— E isso importa? — perguntei baixinho.

Watson fez que sim.

— Importa. Importa quando as coisas terminam com você desse jeito.

— Eu? Sua irmã quase levou um tiro...

— Um tiro seu — disse ele. — Mas a questão nem é essa. Você entende como tudo isso é louco se a pior parte não é você levar um tiro ou te entupirem de drogas? Nós somos uma bagunça. Tomamos péssimas decisões. Fazemos com que *o outro* tome péssimas decisões. A gente não... a gente não é bom junto, e não posso continuar fazendo isso com você.

Depois disso tudo. Depois disso tudo, ter que ouvi-lo dizer essas coisas.

— Vou voltar para Londres. Talvez amanhã já — falei. Não era minha intenção. Isso não mudaria nada.

Ele fez que sim. Uma vez. Duas vezes. Três vezes, bem depressa.

— Acho que... Adeus, então.

Uma lembrança: nós dois no sofá do pai dele, era Watson quem estava se recuperando, e eu deslizava o cachecol dele nas minhas mãos. *Não será Londres sem você.*

— Vai lá me ver — pedi, imaginando aquele Jamie mais novo. — Vai lá me ver. Vou morar com o Leander.

— Sei lá — disse ele. — Quer mesmo que eu vá?

— Isso tem alguma coisa a ver com pagar penitência? Você não precisa pagar penitência — falei.

Ele suspirou.

— Nem você.

As máquinas presas a mim continuaram seu bipe constante. Watson traçou uma longa linha intravenosa pelo meu braço.

— Já te pedi desculpas?

— A gente precisa de novas palavras para pedir desculpas — comentei.

Era um vaivém. Sempre como se estivéssemos aquecendo o motor de um carro deixado no frio.

— Seria bom. — Ele ainda estava encarando meu braço. Devia ter novas marcas de agulha ali. Pelo menos eram de exames de sangue. — Sinto muito. Estou com vergonha. Morrendo de vergonha. Me sinto culpado...

— Para — falei, porque ele estava muito distante, e logo estaria ainda mais. — Está vendo minha bolsa? Ali, na cadeira. Tem uma pasta ali dentro para você.

Era um relato dos últimos anos. Andei trabalhando nele de noite, no leito do hospital, quando não conseguia dormir. Era feio, às vezes profundamente patético, cheio de símiles aqui e ali, bem no estilo Watson e, verdade seja dita, eu não fazia ideia de como se escrevia a palavra "necessário", e ele perderia muito do respeito por mim depois de terminar a leitura. Mesmo assim, eu sentia as páginas me encarando durante a noite, quase como se o próprio ato da escrita lhes desse vida.

Watson logo percebeu o que era; as páginas reluziam nas mãos dele conforme eram folheadas.

— Tem certeza? — perguntou por fim.
— É nossa história — respondi.
— Não — disse ele, e estava sorrindo. — Não, não é. É sua.

epílogo

JANEIRO

DE: C. Holmes ‹chholmes@dmail.com›
PARA: James Watson Jr. ‹j.watson2@dmail.com›
ASSUNTO: Leander

Achei que você deveria saber que recebi alta da reabilitação e que já estou de volta a Londres há uma semana. Tio Leander está desocupado no momento, com a exceção da função de ser meu responsável. Os resultados têm sido variados. E péssimos. Quando não está fazendo panquecas em forma de ratos ou coelhos para mim, ele me arrasta para bares para bisbilhotar conversas de pessoas perfeitamente inocentes. Por diversão, diz ele. Não importa o fato de eu ainda estar com três gessos diferentes e ser tão discreta quanto um elefante. Leander não é muito melhor, que fica comendo batata frita fazendo barulho e sorrindo para mim durante essas expedições.

 Eu disse que ele precisava arrumar um novo hobby. Hoje de manhã acordei e dei de cara com um pôster do Harry Styles preso no meu teto. No tal pôster, ele está usando uma calça de couro muito apertada e glitter. Muito glitter.

Ele precisa muito de um caso. Leander, quero dizer.

Por favor, vai matar alguém ou assaltar um banco próximo. Por favor. Eu te imploro.

DE: C. Holmes ‹chholmes@dmail.com›
PARA: James Watson Jr. ‹j.watson2@dmail.com›
ASSUNTO: Talvez

Será que é de mau gosto fazer piada sobre assassinato?

DE: C. Holmes ‹chholmes@dmail.com›
PARA: James Watson Jr. ‹j.watson2@dmail.com›
ASSUNTO: Re: Talvez

Imagino que seja por isso que você não respondeu ainda. Se bem que não é muito sua cara ficar ofendido. Ou melhor, é sua cara ficar ofendido ao mesmo tempo que também gosta de se sentir ofendido.

DE: C. Holmes ‹chholmes@dmail.com›
PARA: James Watson Jr. ‹j.watson2@dmail.com›
ASSUNTO: Re: re: Talvez

Watson. É impossível para mim fazer qualquer tipo de dedução estando do outro lado do oceano. Boas deduções, de qualquer maneira. Se você estiver chateado comigo, precisa botar esses dedos pra funcionar. Isso faz parte daquela história de você precisar de "distância"? Imaginei que mais de três mil quilômetros já dariam conta do recado.

DE: James Watson Jr. ‹ j.watson2@dmail.com ›
PARA: C. Holmes ‹chholmes@dmail.com›
ASSUNTO: Re: re: re: Talvez

C,
Você tem noção de que enviou esses quatro e-mails num período de tipo vinte minutos, né? Eu estava na aula. Algumas pessoas ainda têm aulas para assistir se quiserem fazer coisas do tipo se formar e não voltar rastejando para a casa de um dos dois pais separados depois. Coisa com a qual, aliás, estou oficialmente fazendo piadas, porque (a) minha mãe ainda está sem falar comigo e (b) meu pai e Abigail andam brigando com tanta frequência que não aguento passar mais de dez minutos na casa deles, e é tudo tão horrível que chega a ser quase engraçado. Então, faculdade = importante.
    O que você vai fazer em relação a isso, afinal? Já pensou melhor se vai para a universidade ou não? A soma total da sua educação no momento é o Leander te arrastar para o Dog's Arms, para o East Sider ou (Deus que me perdoe) para o bar do Sherlock Holmes e pedir frituras para você?
    Inclusive, se for o caso, posso ir também?
    Voltei para o meu quarto para a hora do almoço. Aliás, a Lena mandou um beijo e disse que a gente deveria passar a trocar mensagens pelo celular como "pessoas normais", porque alguém precisa te ensinar como se usa um emoji e que, de qualquer maneira, só "adultos" mandam "e-mails". Acho que ninguém está questionando que e-mails são diferentes de mensagens, mas, quando eu disse isso a ela, ela me chamou de pedante e roubou meu brownie, o que fez a Elizabeth rir tanto que começou a tossir, e aí o Tom fez uma piada sobre

ela engasgar com um diamante, e a Elizabeth engasgou, mas de verdade, e acho que você de fato tem um concorrente na categoria Ofender Pessoas.

    Estou com saudade, sua doidinha. Manda um abraço pro Leander.

bjs

J

FEVEREIRO

DE: C. Holmes ‹chholmes@dmail.com›
PARA: James Watson Jr. ‹j.watson2@dmail.com›
ASSUNTO: Re: re: re: re: re: re: re: re: re: re: re: re: re: re: re: re: re: re: re: re: re: re: re: re: re: re: re: re: re: re: re: re: re: re: re: re: re: re: Talvez

Tudo que estou dizendo é que comer sozinho no refeitório é um ato totalmente aceitável e não entendo seu medo de fazer isso. Não precisa ter alguém a tiracolo (isto é, Elizabeth ou similares) para comer sua refeição todas as vezes. Você vai ser servido de qualquer maneira, eu garanto.

DE: James Watson Jr. ‹ j.watson2@dmail.com ›
PARA: C. Holmes ‹chholmes@dmail.com›
ASSUNTO: Olha

Você pode simplesmente perguntar se eu voltei com ela. (Não voltei.) (Além disso, só como com ela quando todo mundo está junto, então seu "ou similares" significa "Lena Tom Randall Elizabeth e o namorado da Elizabeth, Kittredge".)

DE: C. Holmes ‹chholmes@dmail.com›
PARA: James Watson Jr. ‹j.watson2@dmail.com›
ASSUNTO: Re: Olha

Imagino que seja legal ter a companhia de alguém enquanto come. O que, por coincidência, tem sido assunto da minha terapia. Ela é a décima terceira terapeuta com quem converso, o que é ao mesmo tempo vergonhoso e levemente revigorante. Ela também é a primeira a falar qualquer tipo de língua que eu entenda. (Se bem que não para de fazer referência a algum chefão que desconheço toda vez que falo dos Moriarty e de acontecimentos relacionados aos Moriarty.) Enfim, gosto bastante dela, o que é surpreendente. No momento, temos falado dos meus hábitos alimentares, e de você, e de programas ambulatoriais, e do médico que o Leander vive trazendo para me atender, que é bem gato.

    Meu tio ainda se recusa a assumir casos, aliás, porque "preciso de cuidados atentos". Ele mergulhou de cabeça na minha "educação". Assim, primeiro estudamos os programas de vários cursos de graduação em ciências humanas, lendo um monte de romances e textos de não ficção bem interessantes, um pouco de poesia e, é claro, a crítica cultural relevante associada, mas, depois de mais ou menos uma semana disso, meu tio jogou tudo pro alto para me fazer ver TV com ele à noite. Programas ruins. De acordo com Leander, meu pai ignorou completamente minha "educação social e emocional" em prol de um "currículo inutilmente específico", o que me transformou numa espécie de "robô que de fato curte ler Heidegger... Meu Deus, Charlotte, quem é que gosta de uma coisa dessas? Ou de Camus? Você estava mesmo lendo Camus e rindo?"

Ao que parece, a única maneira de corrigir isso é assistir a um monte de episódios antigos de *Doctor Who* enquanto comemos frango empanado com amendoim no sofá.
Estou estudando Heidegger por conta própria.

DE: James Watson Jr. ‹j.watson2@dmail.com›
PARA: C. Holmes ‹chholmes@dmail.com›
ASSUNTO: Re: re: Olha

C,
Ótimo saber da sua terapeuta, que está funcionando. É menos ótimo saber do Heidegger. Mais ou menos ótimo saber do *Doctor Who*.
Tem algum motivo específico para você estar falando do médico? O bonitão?
bjs,
J

P.S.: Por favor, me diz que posso fazer uma lista completa de séries de TV e filmes para você ver se gosta... Talvez você devesse começar com o Coppola. Tipo, *O Poderoso Chefão*?

MARÇO

DE: C. Holmes ‹chholmes@dmail.com›
PARA: James Watson Jr. ‹j.watson2@dmail.com›
ASSUNTO: Re: re: re: re: re: Férias de primavera

Sério, por que raios eu te convidaria para ficar no nosso apartamento se não quisesse você lá? O Leander também quer te ver. Ele mandou você deixar de ser *numpty* ("idiota" em escocês, tive que pesquisar o significado e agora estou recebendo propagandas muito estranhas no meu celular) e "vir logo pra cá", embora saiba tão bem quanto eu que suas férias só começam na semana que vem.

DE: James Watson Jr. ‹j.watson2@dmail.com›
PARA: C. Holmes ‹chholmes@dmail.com›
ASSUNTO: Re: re: re: re: re: re: Férias de primavera

Só não quero incomodar ninguém. Tipo você, por exemplo. Para dizer a verdade, só acho que não sei em que pé estamos? Tipo, só conversar com você desse jeito, e numa situação em que não tem ninguém morrendo ou desaparecido ou ativamente tentando matar a gente, parece saudável. Só estou meio que ansioso, e as coisas estão indo muito bem no momento, e talvez a gente precise de mais tempo antes de se encontrar para deixar que as coisas continuem ótimas. Com isso, não quero dizer que você especificamente torne as coisas não ótimas.
 Mas também sinto tantas saudades suas que às vezes parece que fico sem ar.
 É só que... O que sua terapeuta acha?
bjs
J

DE: C. Holmes ‹chholmes@dmail.com›
PARA: James Watson Jr. ‹j.watson2@dmail.com›
ASSUNTO: Re: re: re: re: re: re: Férias de primavera

A dra. Kostas acha que precisamos nos dar um tempo para nos conhecermos nesse contexto novo e mais saudável e que, enquanto isso, deveríamos evitar "jurar lealdade máxima" um ao outro de novo, já que isso apresentou resultados abaixo do ideal no passado.

No fim das contas, ela disse que a decisão é minha. E sua. Se bem que eu sei que você já se decidiu.

Já comprei roupa de cama nova para o quarto de hóspedes e comecei a fazer uma lista de compras (biscoito Calipso, Tunnocks – as barras, não os bolinhos – e aquele chá irlandês daquela loja caríssima na Piccadilly. E o naan congelado da Waitrose. E Milk Tray. Quantidades obscenas de Milk Tray. E também o suco de laranja da Tesco que você tomou um ano e meio atrás enquanto passeávamos juntos pela cidade. Na garrafinha de plástico, sabe? Tinha manga, cenoura e gengibre dentro, e fedia demais. Separei quatro pra você).

É claro, se interpretei errado, por favor me diga. Mas você tem a tendência de abusar da palavra "só" quando já tomou uma decisão e está tentando justificá-la para si mesmo ou para os outros.

DE: James Watson Jr. ‹j.watson2@dmail.com›
PARA: C. Holmes ‹chholmes@dmail.com›
ASSUNTO: Re: re: re: re: re: re: re: re: Férias de primavera

Você está me subornando com Milk Tray? Porque está dando certo.

Sim, sim, é claro que quero ir. Se você estiver confortável com isso, e seu tio também, e sua terapeuta. E se a gente for devagar.

Além disso, você é tipo... Às vezes você é simplesmente a melhor. Realmente a melhor. Espero que saiba disso. Não sei o que fiz para te merecer bjss

DE: C. Holmes ‹chholmes@dmail.com›
PARA: James Watson Jr. ‹j.watson2@dmail.com›
ASSUNTO: Re: re: re: re: re: re: re: re: Férias de primavera

Alguma coisa horrível, provavelmente.

    Eu e o Leander vamos encontrar você no desembarque do Heathrow. Ele estará segurando um cartaz que está preparando com tinta relevo. No momento, o plano dele é escrever WATSON TAVA AKI. Eu até que pediria desculpas, mas também é engraçado demais.

ABRIL

DE: James Watson Jr. ‹j.watson2@dmail.com›
PARA: C. Holmes ‹chholmes@dmail.com›
ASSUNTO: King's College Londres!!!!!!!!!!

Eu passei!! Eu passei!!!! Isso fez valer todas as rejeições e as noites em claro e todo o esforço para melhorar minha média com unhas e dentes e mesmo se eles só tiverem me aprovado por pena ou por causa daquela matéria no *Daily Mail* sobre como nós dois somos desequilibrados ou sei lá o quê eu ACEITO DE BOA TÔ NEM AÍ vou te levar pra jantar assim que voltar pra Inglaterra!!!

DE: James Watson Jr. ‹j.watson2@dmail.com›
PARA: C. Holmes ‹chholmes@dmail.com›
ASSUNTO: Re: King's College Londres!!!!!!!!!!

Não que seja um encontro nem nada do tipo!

DE: James Watson Jr. ‹j.watson2@dmail.com›
PARA: C. Holmes ‹chholmes@dmail.com›
ASSUNTO: Re: re: King's College Londres!!!!!!!!!!

A menos que você queira que seja? Você quer que seja? (Ai, meu Deus.) E isso não é só porque passei pra faculdade nem nada... Não foi minha intenção de forma alguma. E tudo bem se você não quiser! Sair comigo, digo. Sei que já faz um tempo desde a última vez que a gente tentou algo do tipo e sei que não fizemos isso nas férias de primavera – eu realmente gostei de passear por Londres com você e visitar livrarias e tomar chá gelado.
    Isso também foi um encontro?
    Por favor, acaba com meu sofrimento.
    Tudo que eu quero é explorar Londres com você de novo. Você conhece partes da cidade que eu não fazia ideia de que existiam. Às vezes acho que a cidade inventa partes novas só para você. bjsssss

DE: James Watson Jr. ‹j.watson2@dmail.com›
PARA: C. Holmes ‹chholmes@dmail.com›
ASSUNTO: Re: re: re: King's College Londres!!!!!!!!!!

Eu sei que você está on-line. Estou te vendo no chat. E aí, está me deixando todo atrapalhado escrevendo e-mails constrangedores porque é engraçado ou porque está horrorizada?

DE: C. Holmes ‹chholmes@dmail.com›
PARA: James Watson Jr. ‹j.watson2@dmail.com›
ASSUNTO: Re: re: re: re: King's College Londres!!!!!!!!!!

Porque estou encantada, e um pouquinho nervosa.
 Parabéns, Watson. Eu sei o quanto você queria isso, e estou muito, muito feliz por você.
 Me liga? Estou acordada. Quer dizer, é claro que estou acordada, já que estou escrevendo isso e não sou sonâmbula. Mas me liga. Se quiser.

MAIO

DE: James Watson Jr. ‹j.watson2@dmail.com›
PARA: C. Holmes ‹chholmes@dmail.com›
ASSUNTO: Re: Facul

Tá, mas você é o único ser humano na face da Terra que decide querer estudar na Oxford mesmo tendo um terço de diploma do ensino médio E ficha na polícia e ainda faz com que eles fiquem tipo "Ah, claro, pode vir, de boa, é só fazer uns cursos de verão primeiro!".
 Estou com inveja. Na verdade não estou não, porque tipo, a Oxford me bota muito medo, e sério, não estou com inveja de verdade – estou principalmente muito orgulhoso e feliz e acho que vai ser ótimo pra você poder se concentrar no tipo de trabalho que deseja fazer: explodir coisas. (Eles têm alguma graduação no assunto?)
 Você ainda vai estar por Londres quando eu voltar da Sherringford? Estou tentando resolver onde vou ficar – as coisas

com minha mãe estão um pouco melhores, mas não sei se quero voltar a morar com ela por enquanto.

DE: C. Holmes ‹chholmes@dmail.com›
PARA: James Watson Jr. ‹j.watson2@dmail.com›
ASSUNTO: Re: re: Facul

Chama-se química, Watson.

E estou inscrita em sete cursos de verão, na verdade. Sim, só quatro eram obrigatórios, mas tinham aulas de bioquímica, de teoria musical, de estatística e de poesia que me pareceram interessantes, então agora estamos organizando meu cronograma de aulas. Eu posso ou não ter marcado de encontrar meu tutor de Poe às terças à meia-noite.

    O programa de verão também oferece uma oficina de escrita de ficção que dá um semestre de crédito universitário. Começa dois dias depois da formatura da Sherringford e dura seis semanas.

    Eles oferecem bolsas de estudo.

DE: James Watson Jr. ‹j.watson2@dmail.com›
PARA: C. Holmes ‹chholmes@dmail.com›
ASSUNTO: Re: re: re: Facul

1: Por favor, me diz que você não vai encontrar o tal tutor de Poe numa catacumba, à meia-noite, às terças-feiras.

2: E essas bolsas de estudo são tipo as bolsas Leander Holmes de rúgbi?

3: Aliás, espera aí... Poesia?

4: Além disso, esse é seu jeito estranhamente formal de me perguntar se quero fazer esse lance de programa de verão com você?

DE: C. Holmes ‹chholmes@dmail.com›
PARA: James Watson Jr. ‹j.watson2@dmail.com›
ASSUNTO: Re: re: Facul

1: Possivelmente. Faria diferença?

2: Possivelmente. Faria diferença? (Brincadeira, Watson. Claro que são.)

3: Tenho escrito bastante poesia nos últimos tempos. Eu sou bem ruim nisso. Acho, na verdade, que essa talvez seja a primeira vez em que sou péssima numa coisa e continuo gostando dela. Tirando ser sua melhor amiga, é claro.

4: Por favor, vem. Se for algo que te interesse, ou se você ainda estiver procurando alguma coisa para fazer. Estou com saudade.

5: Estou com saudade o suficiente para dizer: por favor, não me deixa coagir você a fazer algo que não queira.

DE: James Watson Jr. ‹j.watson2@dmail.com›
PARA: C. Holmes ‹chholmes@dmail.com›
ASSUNTO: Falta quanto pra eu te ver?

Para com isso. Você é a melhor amiga que eu já tive, e sempre vai ser. A menos que decida me reichenbalizar de novo; se for o caso, precisamos conversar.

Um dia seu tio vai ficar de saco cheio de pagar pela minha educação. Mas nunca vou deixar de ser grato. Vou ligar para ele amanhã para agradecer; já está tarde aí.

Acabei de falar com meu pai, e ele está surpreendentemente entusiasmado com a minha ida. (Bem, não é lá tão surpreendente.) Então, sim, eu vou! Você venceu. Para dizer a verdade, parece incrível, e eu sempre quis passar um tempo em Oxford. Vai ser legal ver como funciona uma oficina de escrita universitária se eu realmente quiser levar esse lance de ser romancista adiante. Você falou disso com a Lena? Hoje no almoço ela também estava falando do assunto. O Tom ficou meio pálido e começou a pesquisar passagens aéreas no celular.

Também estou com saudade. Você faz tanta falta quanto respirar. Será que eu já disse isso? Mas é verdade. Você faz tanta falta quanto pizza no pão naan e chá preto. Você é o lar que eu nunca soube que tinha.

DE: C. Holmes ‹chholmes@dmail.com›
PARA: James Watson Jr. ‹j.watson2@dmail.com›
ASSUNTO: Quatro semanas, dois dias, três horas, dezessete minutos e quarenta e dois segundos

Inclusive, por favor: não use Reichenbach como verbo. bjssss

agradecimentos

SOU MUITO GRATA À MARAVILHOSA KATHERINE TEGEN e a todo mundo da Katherine Tegen Books por todo o apoio. Você é mesmo minha publisher dos sonhos. Agradeço especialmente à minha incrível editora, Alex Arnold, cuja gentileza e cuidado só se equiparam à sua inteligência e perspicácia. Obrigada, Rosanne Romanello — sou muito grata por sua defesa feroz do Jamie e da Charlotte! —, Sabrina Abballe e todo mundo da Epic Reads. Tenho muita sorte de contar com o apoio de vocês.

Eternos agradecimentos a Lana Popovic, agente dos sonhos e amiga querida. Nada disso é possível sem você.

Obrigada, Terra Chalberg (e todo mundo da Chalberg & Sussman), Sandy Hodgman e Jason Richman pelo trabalho de vocês nesta série.

Amor e gratidão a Kit Williamson e Emily Temple, a família que encontrei.

Emily Henry: parceira de crítica, coconspiradora, irmã--anjo. Eu te amo. Jeff Zentner: você é um amigo querido, um bastião da sanidade e basicamente a única pessoa que quero ao meu lado numa loja de velas. Obrigada por ser uma rocha. Evelyn Skye, Charker Peevyhouse e Mackenzi Lee: minhas incríveis amigas e aventureiras. Alguns livros são escritos por uma só pessoa, mas os meus estão firmemente assentados na comunidade que vocês criaram.

Obrigada a todos os meus leitores. Ouvir o que vocês pensam é a melhor parte de qualquer dia! Agradeço especialmente a Ashleigh, Katie, Anthony, Abby, Eline, Kathleen, Kristen, Sarah, Melissa e Suzanne pelo apoio inicial a esta série.

Impressão e Acabamento:
GRÁFICA E EDITORA CRUZADO